Für Erika

Meddi Müller

Im Schatten der Schwester

Der vierte Fall des Türmers

Ein historischer
Frankfurt-Krimi

Charles
VERLAG

Impressum:
Charles-Verlag Frankfurt am Main, www.meddimueller.com
Druck: Verlag-Lindemann, Offenbach
Titelbild: Christine Ellger
Lektorat: Gisela Froese
Umschlaggestaltung: Marcel Dax

ISBN 978-3-940387-70-7

1. Auflage 2014

Bibliographische Information der Deutschen Nationalbibliothek
Die Deutsche Nationalbibliothek verzeichnet diese Publikation in der Deutschen Nationalbibliographie; detaillierte bibliographische Daten sind im Internet unter http://dnb.dbb.de abrufbar

Der Autor

Meddi Müller ist weltweit der einzige Berufsfeuerwehrmann, der historische Frankfurt-Romane schreibt. Dieses Buch ist bereits der vierte Fall des zum Kult gewordenen Türmers.

Meddi Müller, 1970 in Frankfurt am Main geboren, lebt im eher ländlichen Norden der Stadt. Weitere Bücher und Kurzgeschichten, sowie einen eigenen Blog und weitere Informationen finden Sie auf www.meddimueller.com.

Der Autor liest gemeinsam mit Musikern zu vielfältigen Anlässen. Lesungen können über die Webseite gebucht werden.

Vorwort

Liebe Leserin, lieber Leser,

ich bin immer bemüht, bei meinen Büchern die mir höchst mögliche schriftstellerische Qualität zu liefern. Sie haben ein Recht darauf, Sie haben ja schließlich dafür bezahlt. Dennoch muss ich Sie warnen: Ich bin weder ein zweiter Hemingway, noch ein neuer Stephen King oder eine Reinkarnation von Kafka. Ich bin Meddi Müller, ein Feuerwehrmann, der gerne Geschichten erzählt. Einfach, klar, hoffentlich unterhaltsam, aber immer mit Leidenschaft.

Ich habe weder Literatur, noch Geschichte, Germanistik, noch sonst irgendetwas studiert. Im Grunde bin ich dumm. Auch habe ich nie eine Schreibwerkstatt besucht (mal abgesehen davon, dass ich davon nichts halte). Alles was ich will, ist, Sie lediglich für einige Zeit in eine andere Welt mitzunehmen und Ihnen eine spannende, fiktive Geschichte zu erzählen. Ich bemühe mich, möglichst einfach und verständlich zu schreiben, denn das ist es, was ich auch von anderen Autoren erwarte. Ich denke, man muss nicht mit Fremdwörtern glänzen, die man nachschlagen muss, nur um als besonders gebildet zu gelten. Man muss auch keine Schachtelsätze bilden, um ach so toll zu erscheinen.

Ich bin ein einfacher Mann, der Menschen mit seinen Geschichten unterhalten will und sich wie ein kleines Kind an Weihnachten freut, wenn diese Geschichten jemandem gefallen.

Sollte ich damit Ihren Ansprüchen nicht genügen, so hoffe ich, dass Sie den Kassenzettel aufgehoben haben und Sie das Buch umtauschen können, bevor Sie sich auf Amazon als klugscheißender Literaturpapst aufspielen.

Allen anderen wünsche ich viel Spaß bei der Lektüre!

Ihr

Meddi Müller

Goliath im Kräutergarten

Goliath, der kleine Hund des Dompförtners, hatte keine Lust die Tür zu bewachen. Ihn dürstete nach Abenteuer. Meinhardt, sein Herrchen, hatte sich zu einem kleinen Nickerchen in die Frankfurter Julisonne des Jahres 1910 vor den Stufen des Domturms niedergelassen und schnorchelte leise vor sich hin. Er genoss die milde Abendluft, zumal es in den letzten Tagen sehr regnerisch gewesen war. Er hatte seinen morschen Holzstuhl nach hinten kippen lassen und an die Wand der Pförtnerbude gelehnt. Sein Kopf berührte ebenfalls die Wand und seine schmucke Dienstmütze war ihm über die Augen gerutscht. Seine Hände waren vor seinem kaum vorhandenen Bauch gefaltet und seine Füße schwebten in der Luft. Er war maximal entspannt. Jetzt, so kurz vor Feierabend, stahl sich die Sonne hinter dem Taunus davon und tauchte die Stadt in feurig rotes Licht, wärmte aber immer noch die Menschen am Boden.

Als kurz vor ihm eine Taube aufflog, zuckte Meinhardt zusammen, kam ins Straucheln, ruderte wie wild mit den Armen und verlor letztendlich das Gleichgewicht. Der morsche Stuhl unter ihm zerbarst mit einem krachenden Geräusch. Sekunden später vergrub Meinhardt den Stuhl, oder vielmehr die Trümmer dessen, unter sich. Dabei tat sich der Pförtner weh. Meinhardt zog die Luft ein und biss auf die Zähne, um den Schmerz zu ertragen. Doch es half nichts, weshalb sich ein Fluch aus seinem Mund davonstahl, der eines betrunkenen Hafenarbeiters würdig gewesen wäre.

„Mann, dess dud vielleischt weh“, jammerte er und rappelte sich auf.

Beim Aufstehen, zwickte es in seinem Allerwertesten. Er verrenkte sich, um zu sehen, was ihm da Schmerzen verursachte. Allem Anschein nach hatte es ein Bruchstück des Stuhls geschafft, Hose und Haut des Pförtners zu durchbohren und nagte nun an seinem Fleisch. Ein kleines Stück Stuhl ragte aus seiner rechten Backe.

„Ach du Scheiße!“, entfuhr es Meinhardt. Ihm wurde schwindelig bei dem Anblick. Er verfiel in einen jämmerlichen Tonfall. „Ohmeingottohmeingottohmeingott“, lamentierte er in schneller Folge. „Bitte lass es nett so schlimm sein, wie's aussieht."

Meinhardt schloss die Augen, umfasste das Stückchen Holz, holte tief Luft und zog es mit einem Ruck aus seinem Körper. Das hässliche Geräusch, das dabei entstand, ließ den Pförtner würgen. Wieder wurde im schwindelig, sodass er sich an der Wand der Pförtnerbude abstützen musste. Tränen standen ihm in den Augen. Er hielt die Luft an, um durch das Tal des Schmerzes zu wandeln. Dann endlich ließ der Schmerz nach und Meinhardt konnte aufatmen.

„Kerle, Kerle", kommentierte er. „Des war vielleischt was!"

Langsam kehrte Leben in den kleinen Mann zurück. Seine Gesichtsfarbe normalisierte sich. Doch ein dumpfer, pochender Schmerz blieb zurück. Vorsichtig betastete er die Stelle, an der das Stück Holz eingedrungen war.

„Autsch!", rief er bei der ersten Berührung und zuckte zurück. Dann griff er erneut an die verletzte Stelle, diesmal noch vorsichtiger als vorhin. Jetzt war der Schmerz erträglich. Die Stelle fühlte sich feucht an. Blut sickerte durch die Uniformhose.

„Ich blute", stellte der Pförtner entsetzt fest. „Des gibt's doch nett."

Panik übernahm das Kommando in Meinhardts Kopf. „Was mach' isch denn jetzt?" Schon wieder drehte sich alles. „Eieieieiei", kam es aus seinem Mund.

Er schaute sich hektisch um, ob Hilfe nahte. Doch war weit und breit niemand zu sehen. Wo waren die denn alle, wenn man sie mal brauchte? Der Pförtner sah sich schon in einer Blutlache auf dem Domplatz sterben. Er konnte ja nicht wissen, dass seine Wunde bereits aufgehört hatte zu bluten. Wie auch, sie war nämlich an einer Stelle, die er als Normalsterblicher nicht einsehen konnte. Er war schließlich nicht in einem Zirkus aufgewachsen.

Voller Todesangst lief er auf den Weckmarkt und schaute sich um. Es war nichts los auf dem weitläufigen Platz. Die Schirnen an der Domwand hatten bereits alle geschlossen. Keine Spaziergänger weit und breit. Alles tot. So wie der Pförtner auch bald. Dachte er zumindest.

Dann hörte Meinhardt das Kläffen seines Hundes.

„Goliath!", rief er. „Du musst mer helfe!"

Kaum hatte er diese Worte ausgesprochen, wurde ihm deren Absurdität bewusst. Wie sollte ihm ein nur wenige Zentimeter großer Hund helfen? Er war dem Tod geweiht, so viel stand fest. Dann hörte er hinter sich die Stahltür zum Domturm knarren. Ein Geräusch, das ihm so sehr vertraut war, dass er es in Bruchteilen von Sekunden erkannte. Da war jemand, der ihm helfen konnte! Er würde überleben, Halleluja!

Meinhardt drehte sich um und humpelte zurück zu seiner Pförtnerbude. Dabei ignorierte er den Schmerz. Alles was jetzt zählte, war das Überleben. Nach nur wenigen Schritten hatte er seine Bude erreicht. Er stützte sich an die Kante des Verschlages und erblickte Heinrich Niemann, den Türmer, der ihn nichtsahnend anschaute.

„Ich grüße dich, Meinhardt", sprach dieser freundlich, „ist das nicht ein schöner Abend?" Der Türmer schweifte mit dem Blick über den Krautplatz und atmete genüsslich ein. „Ich liebe den Sommer."

„Heini, helf mer. Isch sterb."

„Was?"

„Isch hab kei Zeit für Erklarunge", krächzte der Pförtner. Er lehnte wieder schwächelnd an der Wand der Pförtnerbude. „Ich hab misch schwer verletzt und blut wie ein Schwein. Du musst mer helfe, sonst isses rum."

„Was redest du denn jetzt schon wieder für ein wirres Zeug, Meinhardt?"

Wortlos drehte sich der Pförtner um und ließ die Hose runter. Dann sagte er in dramatischem Tonfall: „Hier, guck dir des ah. Wennde jetzt nett schnell reagiern dust, bin isch hie. Verstehste des denn nett. Du musst die Bludung stoppe."

Heinrich sagte nichts.

„Heini", drängelte der Pförtner. „Jetz' mach endlisch."

„Ich fass' das nicht an."

„Du musst!"

„Ich muss gar nichts."

„Isch verblude!", rief Meinhardt, der mit heruntergelassener Hose vor dem Türmer stand und immer verzweifelter wurde. Seine Stimme war eine Mischung aus Jammern und Flehen.

Heinrich überlegte kurz, ob er dem Pförtner sagen sollte, dass die Wunde sehr klein war und überhaupt nicht mehr blutete. Dann aber beschloss er, sich einen Spaß zu erlauben.

„Na gut“, sagte er. „Ich schaue mir die Sache mal an.“

„Mach schnell.“

Der Türmer trat näher und tat so, als würde er die Wunde inspizieren. Dann ließ er Sätze fallen wie: „Das sieht aber gar nicht gut aus“, oder „Ob das jemals wieder wird?“

Das ging eine ganze Weile so, bis Meinhardt wütend rief: „Willste misch jetzt gesund babbele oder ach was unnernemme?“

„Ich weiß nicht …“, zögerte der Türmer.

„Was gibt'sen da zu üwwerlesche, Herrgottnochemal.“

„Das sieht echt schlimm aus. Ich bin kein Arzt und wenn ich jetzt da dran herummache, könnte es schlimmer werden.“

„Heini!“, drängelte der Pförtner, der immer noch mit heruntergelassener Hose auf dem Krautmarkt stand.

Heinrich hatte ein Einsehen, zumal jeden Moment jemand hätte vorbeikommen können und dann sah das wirklich nicht schön aus, wenn er hinter dem Pförtner stand, der ihm seinen nackten Hintern entgegenstreckte. Da konnte man ja sonst was denken. Also sagte er: „Jetzt zieh' die Hose hoch und hör auf zu jammern. Das ist nur ein Kratzer.“

„Bist du sischer?“

„Ja, bin ich. Und jetzt zieh' endlich die Hose hoch, bevor ich von deinem behaarten Hinterteil Albträume bekomme.“

„Gott sei Dank!“, zischte Meinhardt und zog die Hose hoch. Heinrich stand hinter ihm und verzog angewidert das Gesicht. Er zwirbelte seinen Bart, um ein wenig Haltung zurückzubekommen, richtete seine blaue Uniform der Berufsfeuerwehr Frankfurt und wollte sich auf den Weg in die Schirn machen, um zum Abendessen einen halben Ring Fleischwurst zu sich zu nehmen und ihn mit einem wohl temperierten Apfelwein nachzuspülen.

„Bist du sischer, dass es nur en Kratzer is?“, versicherte sich Meinhardt.

„Ja doch, du Jammerlappen.“

„Da bin isch aber froh. Isch hab schon geglaab, dass …“, weiter kam der Pförtner nicht, denn vom Weckmarkt her, hörte er Goliath wie wild bellen. „Was hatten der jetz?“, fragte er sich und schritt um die Pförtnerbude herum auf den Weckmarkt. Das Bellen des kleinen Hundes wurde immer lauter und aggressiver.

Auch Heinrich wurde neugierig und vergaß kurz die Fleischwurst. Da stimmte eindeutig etwas nicht. Die beiden

Männer gingen in die Richtung aus der das Bellen kam. Es war schon relativ dunkel, sodass man kaum erkennen konnte, was am Ende des Doms auf dem Garküchenplatz vor sich ging. Denn dort sahen sie den kleinen Hund aufgeregt vor einer Gestalt hin- und herspringen, wie wild kläffend.

„Des mescht der doch sonst nett", sinnierte Meinhardt und beschleunigte. „Da stimmt was nett."

Als die Männer näher kamen, konnten sie gerade noch sehen, wie die Gestalt – offensichtlich eine Frau – nach Goliath trat. Sie traf den kleinen Hund am Kopf. Das Leichtgewicht flog ein paar Meter weg und jaulte fürchterlich.

„He, was sollen des?", rief Meinhardt laut und fing an zu rennen. „Isch glaab es geht los!", setzte er nach und spurtete in Richtung des kleinen Hundes der völlig verdutzt auf dem Kopfsteinpflaster lag und nicht wusste, wie ihm geschah. Er jammerte noch schlimmer als zuvor Meinhardt. Heinrich, der ebenso verblüfft war, wie der Pförtner, nahm die Verfolgung der Übeltäterin auf. Er rannte so schnell er konnte, musste aber schon am Eingang zur Kannengießergasse feststellen, dass die Dame zu schnell fur ihn war, weshalb er die, ohnehin halbherzige, Verfolgung schnell aufgab. Kopfschüttelnd ging er zurück zu Meinhardt und Goliath, der sich wieder beruhigt hatte. Der Pförtner hatte den Hund auf dem Arm und streichelte ihm über den Kopf, wobei er sanft auf ihn einsprach.

„Also so was hab isch ach noch net erlebt. Tritt die dem klaane Kerlsche an de Kopp. Der hätt dadabei druff gehe könne", motzte der Pförtner.

„Ich denke, sie hatte Angst vor ihm und wusste sich nicht anders zu helfen", versuchte der Türmer eine Erklärung zu finden. Auch ihm war diese Reaktion doch sehr übertrieben vorgekommen. „Ist ihm etwas passiert?", wollte Heinrich wissen.

„Um den machste dir mehr Sorsche als wie um misch", warf Meinhardt dem Türmer vor.

„Der ist ja auch nett zu mir", konterte Heinrich.

„Isch glaab es is nix bassiert", sagte Meinhardt. Er drehte den Hund ins Licht, untersuchte ihn eingehend und setzte den kleinen Kerl dann ab. Er klopfte ihm sanft auf den Kopf und murmelte etwas Beruhigendes. Sobald Meinhardt von ihm abließ, machte sich der Hund auf den Weg zum kleinen Kräutergarten am östlichen Ende des Doms. Die beiden Männer ignorierten dies zunächst. Sie versuchten noch eine Weile eine Erklärung für den Gewaltakt zu finden, gaben es aber dann auf. Heinrich wollte nun endlich seine Fleischwurst haben und Meinhardt beschloss ebenfalls auf ein Stück Wurst und einen Apfelwein einzukehren, weshalb er in Goliaths Richtung ein schnelles „Kimmste, Klahner“, rief.

Doch der Hund dachte nicht daran. Er stand vor der Tür des Kräutergartens und wedelte mit dem Schwanz.

„Auf jetzt!“, versuchte es Meinhardt erneut. Doch Goliath weigerte sich weiterhin beharrlich. Stattdessen bellte er ihn an.

„Was soll'en des jetzt?“, murrte der Pförtner. „Hat dir der Tritt an die Birne die Sinne vernebbeld?“

Widerwillig und hungrig ging Meinhardt zu dem Hund und schnappte ihn. Dabei bellte Goliath immer heftiger, strampelte sich frei und lief in den Kräutergarten hinein.

„Kimm da eraus, Goliath“, schimpfte Meinhardt. „Des gibt sonst Ärscher mim Parrer.“

Heinrich war jetzt auch ein wenig verwundert und gesellte sich zu den beiden. Meinhardt trat in den kleinen Kräutergarten, um den Hund herauszuholen, als er in der Bewegung inne hielt. Er drehte sich zum Türmer um, der einige Meter entfernt stand und rief: „Heini, kimm her. Hier liescht ahne.“

„Was?“

„Hier lieht e Fraa. Isch glaab die is hie!“

„Nicht schon wieder“, war alles, was dem Türmer dazu einfiel.

Noch mal gut gegangen

Heinrich wurde schlagartig an die Leiche erinnert, die er vor acht Jahren im Glockenraum gefunden hatte. Erinnerungen an den Fall kamen hoch. Als nächstes kam ihm sein Versprechen in den Sinn, das er seiner Frau Klara gegeben hatte. Er sollte nie wieder für die Polizei ermitteln. Und jetzt lag da schon wieder eine tote Frau in seiner nächsten Umgebung. Er war so sehr mit sich und seinen Gedanken beschäftigt, dass er gar nicht bemerkte, wie Meinhardt sich um die Frau kümmerte und ihr auf die Beine half. Goliath sprang um die beiden herum und wedelte wie wild mit dem Schwanz. Er schien sich zu freuen, dass die Frau noch lebte, gleichwohl sie eine blutende Wunde am Kopf hatte. Sie war benommen, konnte sich aber mit Hilfe des Pförtners, wenn auch wackelig, auf den Beinen halten.

„Hilfste mir vielleischt emal, Heini?“, blaffte Meinhardt, der sichtlich Mühe hatte, die Frau zu halten.

Der Türmer erwachte aus seiner Starre. Erleichtert stellte er jetzt endlich auch fest, dass die Frau gar nicht tot war. Er atmete auf und schnappte die benommene Frau am Arm, um sie zu stützen. Gemeinsam führten die beiden Männer die Frau aus dem kleinen Gärtchen heraus, was einige Schwierigkeiten verursachte, zumal es immer dunkler wurde.

„Lass uns erstmal ins Licht gehen“, schlug deshalb der Türmer vor.

Langsam führten sie die Frau zu einer Straßenlaterne. Da die Frau immer noch sehr unsicher auf ihren Beinen stand, setzten die zwei Männer sie erst einmal auf den Boden und lehnten sie an die Laterne, die ein warmes Licht auf die drei Gestalten warf. Heinrich beugte sich zu der Frau hinunter und bekam einen Schreck, von dem er sich aber schnell wieder erholte. Doch Meinhardt war die unbewusste Geste des Türmers nicht entgangen.

„Iss was?“, fragte er deshalb.

„Nein, nein“, beschwichtigte Heinrich und lächelte kurz. „Es ist nur …“

„Was?“

„Sie sieht aus wie Charlotte.“

„Wie dei Schwester?“, fragte Meinhardt.

„Ja", beharrte der Türmer. „Schau sie dir doch an."

Meinhardt beugte sich zu der Frau hinunter und kniff die Augen zusammen, um sie zu mustern. Dann richtete er sich wieder auf, nickte und sagte: „Jetzt wo des sachst … könnt ihr Schwester sein."

Heinrich warf Meinhardt einen missbilligenden Blick zu und verzog die Mundwinkel.

„Welch einfallsreicher Vergleich", kommentierte er.

„Wieso?"

„Weil Charlotte meine Schwester ist."

„Und desta", Meinhardt deutete auf die Benommene am Boden, „könnt' die Schwester von deiner Schwester sein."

Heinrich schüttelte nur den Kopf und dachte: „Selig sind die geistig armen." Dann kümmerte er sich um die Frau. Er kniete sich hin und untersuchte sie eingehender, was bei dem schummrigen Licht nicht einfach war. Dann fiel ihm etwas auf. „Weshalb trägt sie Männerkleidung?"

Tatsächlich trug die Frau auf dem Boden einen Frack. Dennoch war sie klar erkennbar als Frau, da sie lange blonde Locken hatte und einen aufgeschminkten Bart trug.

„Was waas'en isch? Vielleischt is des ne Perverse, oder so was", kommentierte Meinhardt gewohnt einfühlsam. Der Türmer ignorierte ihn.

„Wie geht es Ihnen?", fragte er die Frau.

„Mir ist schlecht", antwortete sie und würgte.

Sofort sprangen die beiden Männer einen Schritt zurück. Sie beobachteten die Unbekannte, die weiterhin mit dem Brechreiz rang und kurz darauf diesen Kampf verlor. Sie erbrach sich neben die Laterne. Meinhardt und Heinrich standen mit bittersaurer Miene daneben und halfen nicht.

„Des is ja ekelhaft", hörten die beiden Männer plötzlich eine Stimme hinter sich. Heinrich fuhr herum und sah hinter sich den kleinen Pitt Jonas Müller stehen. Der Junge hatte ihm vor einigen Monaten geholfen den Betrüger Auland dingfest zu machen. Der Junge zeigte einen angewiderten Gesichtsausdruck und starrte auf die Frau am Boden, die sich mit einem Stöhnen aufrichtete und mit dem Handrücken über den Mund fuhr. Sie ließ den Kopf gegen die Laterne fallen und schloss die Augen.

„Was issn mit der?", wollte Pitt Jonas wissen. „Und wieso ist die aagezoche wie en Mann?"

„Was machst du denn um dieses Uhrzeit hier?“, stellte der Türmer eine Gegenfrage.

„Spaziern.“

Heinrich überlegte kurz, ob er darauf etwas erwidern sollte, beließ es aber dabei.

Er sah den fragenden Blick des schmutzigen Jungen und entschied, ihn, wenn er schon mal da war, auch sinnvoll zu beschäftigen.

„Die Dame hatte einen Unfall“, sagte er. „Sei so gut und hole einen Arzt, damit wir ihr helfen können.“

Pitt Jonas schaute den Türmer an und bewegte sich nicht von der Stelle. Stattdessen schaute er den Erwachsenen mit einem Blick an, der unmissverständlich war. Heinrich begriff. Er kramte in seiner Hosentasche nach ein paar Münzen und gab sie dem Jungen.

„Hier, du Halsabschneider. Geh' rüber in die Fahrgasse und hole Doktor Schneider. Und beeile dich.“

„Wird sofort gemacht“, flötete Pitt Jonas, biss auf die Münze und ließ sie, flankiert von einem frechen Grinsen, in der Tasche seiner abgetragenen Hose verschwinden. Dann sprintete er los in Richtung Fahrgasse.

„Wie geht es Ihnen?“, erkundigte sich Heinrich kurz darauf bei der Frau, die immer noch mit geschlossenen Augen an die Laterne gelehnt da saß.

„Keine Ahnung“, sagte sie.

„Was ist denn passiert?“, wollte der Türmer wissen.

„Ja, genau. Und üwwerhaupt, wieso hawwe Sie en Frack ah?“, mischte sich Meinhardt ein, nur um auch irgendwas zu sagen. Dafür erntete er einen missbilligenden Blick des Türmers. Meinhardt zuckte mit den Schultern. Mit seiner Miene schien er zu fragen: „Was habe ich denn falsch gemacht?“

Heinrich schüttelte den Kopf und wandte sich wieder an die Verletzte.

„Können wir Ihnen irgendwie helfen?“

„Ich weiß nicht ...“, antwortete die Frau mit schwacher Stimme.

„Was ist Ihnen geschehen?“

„Ich weiß es nicht.“

„Des müsse Se doch wisse“, blaffte Meinhardt unsensibel.

Heinrich verzichtete auf einen Tadel. Es war zwecklos, Meinhardt Anstand beizubringen, also beschloss er, ihn zu ignorieren.

„Ich habe bereits nach einem Arzt geschickt. Er wird gleich da sein."

„Ich kann mich an nichts erinnern", jammerte die Frau. Sie war kreidebleich. „Wie bin ich überhaupt hierher gekommen?"

„Des gibt's doch nett", maulte Meinhardt. „Sie müsse doch wisse, wer ihne uff de Deckel gehache hat."

„Wie kommst du darauf, dass sie jemand geschlagen hat?", wollte Heinrich wissen.

„Des sieht doch ein Blinde mim Krückstock, das die a uff die Brezel gekrieht hat."

„Ist das so?", wandte sich Heinrich an die Frau.

„Ich weiß es wirklich nicht. Warum sitze ich überhaupt hier?" Dann schien auch sie zu erkennen, dass sie für ihr Geschlecht die falschen Sachen trug. Sie schaute an sich herunter, befingerte verstört die Kleidung und fragte: „Weshalb trage ich diesen Frack?"

„Die iss doch üwwergeschnappt", entschied Meinhardt.

„Mitnichten", mischte sich eine fremde Stimme ein. Die beiden Männer zuckten zusammen. Sie hatten aber keine Zeit sich zu wundern, woher der Mann plötzlich kam. Der Neuankömmling zwängte sich zwischen die beiden Männer und kniete sich neben die Frau. Dann sagte er: „Sie hat eine Commotio cerebri."

„Gesundheit", erwiderte Meinhardt.

„Eine *was*?", hakte Heinrich nach.

„Eine Gehirnerschütterung, wie der Laie sagt", belehrte der Mann. „Meist einhergehend mit einer retrograden Amnesie."

„Einer *was*?", quiekte Meinhardt.

„Einer retrograden Amnesie, mein unwissender Freund. Oder für Sie: zeitweiliger Gedächtnisverlust."

„Sind Sie Doktor Schneider?", mischte sich Heinrich ein, um die Sache zu forcieren.

„Das will ich meinen", antwortete der Mann ohne aufzublicken. Mit routinierten Handbewegungen untersuchte er seine Patientin. Er ließ sie einige einfache Fragen beantworten. Dann nickte er nachdenklich, rieb sich über das Kinn und kam zu einer Diagnose.

„Eindeutig. Die Frau hat einen schweren Schlag auf den Kopf bekommen.“

„Des hätte mer ach noch hiegekrieht“, murmelte Meinhardt. Hier gab ihm der Türmer sogar Recht. Eine blutende Wunde am Kopf hat meistens etwas mit Schlägen zu tun. Gleich welcher Art. Das stand schon mal fest.

„Wie bereits eingangs vermutet“, fuhr der Arzt unbeeindruckt und selbstbewusst fort, „hat die Dame besagte Commotio cerebri aufgrund von Gewalteinwirkung von außen erlitten. Sie benötigt dringend weitere medizinische Behandlung. Ich schlage vor, wir bringen die Verletzte in das Hospital zum Heiligen Geist.“

Da waren sich endlich alle einig und man half der Frau auf die Füße. Sie stand etwas wackelig, aber sie stand.

„Solle mer net ach de Polizei Bescheid sache?“, schlug Meinhardt vor.

„Wozu?“, wollte Heinrich wissen.

„Ei, die iss doch eindeutisch üwwerfalle worde. Des müsse mer melde.“

Heinrich überlegte kurz. Dann stimmte er zu. Schaden konnte es nicht. Also schickte er den Pförtner los, um der Polizei Bescheid zu sagen. Gemeinsam mit Doktor Schneider schleppte Heinrich die Frau zum Hospital.

Andere Sorgen

Kommissar Gerhard Schuhmann war nur ins Hospital gekommen, weil Heinrich sein bester Freund war. Er hatte derzeit wirklich andere Sorgen als eine überfallene Frau zu befragen, die noch nicht mal wusste, ob sie überhaupt überfallen wurde.

Jetzt stand er am Krankenbett der Unbekannten und wusste, dass es ein Fehler gewesen war, hierherzukommen.

„Ich wusste, dass es ein Fehler war, hierherzukommen", sagte er deshalb zu Heinrich. „Aber wenn ich schon mal da bin, kann vielleicht mal jemand nach meinem Rücken schauen."

„Wieso, was ist mit deinem Rücken?"

„Seit Tagen habe ich Schmerzen. Und jetzt muss ich hier auch noch sinnlos rumstehen." Der Polizist fasste sich an die schmerzende Stelle, verbog sich und verzog das Gesicht.

„Ich hatte Meinhardt eigentlich geschickt die Polizei zu rufen und nicht dich persönlich."

„Ich bin die Polizei", widersprach der Kommissar.

„Ja, schon klar. Aber du hast bestimmt andere Sorgen als eine Frau, die überfallen wurde und noch nicht mal weiß ob überhaupt."

Schuhmann musste grinsen. Der Türmer konnte ja nicht wissen, dass dies sein erster Gedanke war, als er von der Sache hörte.

„Du sprichst mir aus der Seele, Heini", sagte er nur. Dann atmete er hörbar aus. Es war eine Geste der Resignation. „Aber wenn ich schon mal hier bin, kann ich mir die Geschichte auch gleich anhören."

Schuhmann wandte sich an die Frau, die mit einem wenig kleidsamen Kopfverband im Bett lag und döste.

„Fräulein?", sprach er sie vorsichtig an. Sie öffnete die Augen und betrachtete den Kommissar skeptisch.

„Wer sind Sie?"

„Ich bin Kommissar Gerhard Schuhmann von der Polizei. Wie ich hörte, sind sie überfallen worden. Möchten Sie eine Anzeige erstatten?"

„Ich weiß nicht …"

„Aber Ihren Namen werden Sie doch wenigstens wissen, oder?"

„Annemarie Schubert.“

„Nun, Fräulein Schubert, ich hätte gerne gewusst, an was Sie sich erinnern können.“

„Wie bin ich überhaupt hierher gekommen?“ Sie schaute sich verwirrt um. Dann versuchte sie sich aufzurichten.

„Bleiben Sie bitte liegen, Fräulein Schubert“, bat der Kommissar, „Sie haben eine Kopfverletzung und brauchen Bettruhe.“

Die junge Frau schaute den Mann, der an ihrem Bett stand ratlos an. Dann fasste sie sich an den Kopf, spürte den Verband und wirkte völlig verwirrt.

„Was ist passiert?“

„Das wollte ich Sie gerade fragen.“

„Ich weiß nichts.“

„Also, ich weiß, dass ich hier meine Zeit verplempere“, sagte Schuhmann und drehte sich zu Heinrich um. „Das macht doch keinen Sinn. Sie weiß nichts, du weißt nichts, niemand weiß irgendwas. Das ist doch bescheuert.“

„Ich weiß“, sagte der Türmer, „dass eine Frau mit einer Kopfverletzung in unserem Kräutergarten gelegen hat. Auch weiß ich, dass Goliath eine Frau verjagt hat, die kurz bevor wir Fräulein Schubert fanden ebenfalls am Kräutergarten war.“

„Was für eine andere Frau? Davon weiß ich ja noch gar nichts.“

„Vielleicht war es ja auch nur Zufall“, spekulierte der Türmer. „Deshalb sind wir ja erst auf Fräulein Schubert gestoßen. Goliath hat vorm Kräutergarten eine Frau angebellt. Sie hat nach ihm getreten und da wollten wir sie zur Rede stellen. Aber dann hat sie die Flucht ergriffen.“

„Mit einer Kutsche?“

„Nein, zu Fuß.“

Schuhmann blickte Heinrich fragend an.

„Was denn?“, fragte der Türmer.

„Du hast dich von einer Frau abhängen lassen?“

„Weißt du wie schnell die war?“, verteidigte sich der Türmer.

„Naja, so schnell wie man eben in Rock und Stöckelschuhen übers Kopfsteinpflaster laufen kann.“

Schuhmann grinste lästernd.

„Sie war wirklich sehr schnell.“

„Sie musste bestimmt auch keine überflüssigen Pfunde mit sich rumschleppen", erkannte Schuhmann und tätschelte den Bauchansatz des Türmers.

„Mit dir nehme ich es noch auf. Du machst ja schon bei den Glocken schlapp, wenn du mich auf dem Turm besuchst."

„Ich bin ja auch keine Bergziege."

„Und ich kein Windhund."

„Dürfte ich mal …?", sagte hinter ihnen ein Mann und schob sich an ihnen vorbei. Er trug einen weißen Kittel und schien der diensthabende Arzt zu sein. „Wenn Sie mit Ihren Ermittlungen fertig sind, die Herren, dann verlassen Sie bitte das Zimmer, meine Patientin benötigt nun vor allen Dingen Ruhe." Er ignorierte fortan die beiden Männer, legte prüfend die Finger an das Handgelenk seiner Patienten und tat wichtig. Dann prüfte er den Sitz des Kopfverbands, korrigierte ihn sinnlos und schaute der Patientin in die Augen. Heinrich und Gerhard tauschten einen Blick aus. Dann verließen sie das Zimmer.

Draußen auf dem Flur hielten sie kurz an.

„Was meinst du?", wollte Heinrich wissen. „Macht es Sinn, weiter in diesem Fall zu ermitteln."

„Ich glaube kaum."

„Armes Ding", sinnierte Heinrich. „Wird einfach niedergeschlagen und in den Kräutergarten geworfen, wie Abfall."

„Es gibt nicht nur gute Menschen, Heinrich", versuchte der Kommissar eine Erklärung zu finden.

„Wem sagst du das …"

Schuhmann warf einen Blick auf seine Taschenuhr. Er runzelte die Stirn und steckte sie wieder weg.

„Lass uns was essen gehen."

„Wenn dabei ein Äppler rausspringt."

„Natürlich. Wer will schon sein Brot trocken essen?"

„Warum hast du das gemacht?"

„Weil du mir alleine gehörst!"

„Ich gehöre niemandem. Und ich hatte sie doch eben erst kennengelernt. Es bestand kein Grund, sie derart zu schlagen."

„Oh doch, Brüderlein. Wir beide gehören zusammen. Niemand stellt sich mehr zwischen uns." Ihre Stimme wurde sanft, fast lieblich. „Du hast es mir versprochen."

„Deshalb musst du nicht gleich gewalttätig werden. Zum Glück hat der Hund dich von Schlimmerem abgehalten. Du musst damit aufhören, sie werden dich sonst schnappen. Ich flehe dich an."

Sie ignorierte sein Flehen. Stattdessen haderte sie: „Diese kleine Töle … ich wollte ihm nicht wehtun. Aber manche verstehen es nicht anders."

„Du kannst nicht jede Frau, die mir näher kommt töten. Erwartest du etwa, dass ich leben soll wie ein Mönch?"

„Du hast doch mich."

„Du bist meine Schwester, schon vergessen?"

„Und du hast versprochen, dich um mich zu kümmern, nach all dem, was an diesem schrecklichen Tag passiert ist. Für immer und ewig", dann schrie sie mit weinerlicher Stimme: „Du hast es GESCHWOREN."

„Beruhige dich doch. Bitte! Ich kann es nicht ertragen, wenn du unglücklich bist." Er hielt sich die Ohren zu.

„Schwöre, dass du immer bei mir bleibst und keine Frau sich mehr zwischen uns stellt."

„Aber Schwesterlein."

„SCHWÖRE ES!"

„Ich …"

Ihr Ton wurde jetzt unheimlich.

„Oder willst du, dass jede Frau so endet wie diese … *Damen* in der Kanalisation."

Er brach in Tränen aus und jammerte: „Es war nicht rechtens, was du da getan hast."

„Aber ich musste es tun."

„Tu das nie wieder!"

„Es liegt bei dir, Brüderlein."

Nach einem kurzen Fußmarsch saßen die beiden Freunde in der Schirn. Wobei Schuhmann sich sehr vorsichtig bewegte und immer wieder unruhig auf dem Stuhl hin und her rutschte, um den Schmerz in seinem Rücken erträglich zu machen.

Vor sich auf dem Teller hatten beide ein ordentliches Stück Fleischwurst vom Metzger gegenüber und auf dem Tisch stand ein voller Bembel mit feinstem Frankfurter Apfelwein. Der Abend wurde frisch, aber es war noch gemütlich im Freien, weshalb Heinrich und Gerhard einen Tisch vor der Tür aussuchten. Vom Römerberg kamen nur vereinzelt Menschen herüber.

„Du wirkst angespannt“, sagte Heinrich nach einer Weile, in der sie nicht gesprochen hatten und Gerhard nur vor sich auf den Tisch gestarrt hatte.

Der Polizist schreckte hoch. „Was?“

„Was ist los?“

„Nichts.“

Der Türmer schwieg, setzte aber einen missbilligenden Blick auf. Gerhard hielt dem nicht lange stand.

„Es ist der verdammte Rücken und die Arbeit.“

„Willst du drüber reden?“

Schuhmann überlegte kurz und entschloss sich dann, seinen Freund ins Vertrauen zu ziehen. Bevor er sprach, schaute er sich gewissenhaft nach neugierigen Ohren um. Dann beugte er sich verschwörerisch zum Türmer. Als er sprach, war er kaum zu hören.

„Wir haben vor ein paar Tagen einen schrecklichen Fund gemacht, Heinrich.“

„Welcher Art?“

„Wir haben so etwas wie ein …“, er musste kurz schlucken, „Leichennest gefunden.“

„Ein was?“

„Leise, Mann!“, zischte Gerhard und schaute sich um. „Das muss doch nicht gleich die ganze Stadt wissen. Wir haben der Presse noch nichts davon erzählt. Wir wollen erst in Ruhe herausfinden, wer die Opfer sind.“

„’Tschuldigung.“

„Ein Kanalarbeiter hat unter der Friedberger Landstraße vier tote Frauen gefunden.“

„Oh mein Gott“, entfuhr es dem Türmer.

„Sie lagen da wohl schon länger. Ich muss dir nicht sagen, in welchem Zustand sie waren.“

„Das ist ja furchtbar“, zeigte sich der Türmer schockiert und hob die Hand an den Mund. „Warst du in diesem … Nest?“

Gerhard nickte.

„Und jetzt bekommst du die Bilder nicht mehr aus dem Kopf, stimmt’s?“

Wieder nickte der Polizist.

Heinrich überlegte kurz, wie er mit dieser Situation umgehen sollte. Dann entschied er sich für die Ablenkungstaktik.

„Das wird schon wieder“, überspielte er die unangenehme Situation. „Lass uns über etwas anderes reden. Zum Beispiel über die Frau, die wir vorhin gerettet haben. Das ist doch mal was Erfreuliches.“

Gerhard versuchte ein Lächeln.

„Du bist ein wahrer Freund, Heinrich.“ Der Polizist nahm sein Geripptes in die Hand und prostete ihm zu. Dann nahm er einen mächtigen Schluck Apfelwein, setzte das Glas ab und sagte: „Verdammt!“, sein Gesichtsausdruck entkräftete den Fluch. Er schien eher ein Ruf der Erkenntnis gewesen zu sein. „Mich überkommt da so eine Ahnung“, sagte er dann.

„Lässt du mich daran teilhaben?“

„Hast du Zeit?“

„Klar!“

„Dann komm mal mit. Ich will das bestätigt haben.“

„Wohin?“

„Ins Präsidium.“

„Jetzt?“

„Wann sonst?“

„Morgen?“

„Nein, das muss jetzt sein, sonst kann ich die ganze Nacht nicht schlafen.“

„Na gut.“

Also bezahlten sie ihre Zeche und machten sich auf den Weg ins Polizeipräsidium.

„So viel zum Thema Ablenkung“, murmelte der Türmer und folgte seinem Freund.

Auf dem Weg erzählte der Polizist seinem Freund, was geschehen war.

Ein schrecklicher Fund

„Herr Schuhmann, packen Sie Ihre Sachen und kommen Sie mit.“

„Jawohl, Herr Rosenbaum“, antwortete Gerhard. Zuerst gefiel ihm der Tonfall nicht, mit dem ihn sein Vorgesetzter angesprochen hatte. Doch als er seinen Gesichtsausdruck sah, war da etwas Seltsames, was ihn zurückhielt.

Hier war was im Busch!

Kommissar Schuhmann schnappte sich Gehrock und Hut und folgte Horst Rosenbaum, der schon mit langen Schritten den Flur durchschritt. Wenn der Tag schon so anfing, konnte er nicht gut werden. Schuhmann rollte mit den Augen und hastete seinem Vorgesetzten nach.

„Was ist denn los?“, wollte Schuhmann wissen, als er Rosenbaum endlich eingeholt hatte.

„Das werden Sie schon sehen“, gab dieser sich einsilbig.

„Ein bisschen Information wäre schon schön, wenn Sie mich schon so abrupt von meinem Katheder wegrufen.“

„Wir haben etwas gefunden.“

Mehr war nicht aus ihm herauszubekommen. Gerhard war schlau genug, nicht mehr nachzuhaken.

Nach einem kurzen Fußmarsch erreichten die beiden Männer die Friedberger Landstraße. Geschäftiges Treiben herrschte auf der großen Einfallstraße. Gerhard konnte aber nichts Ungewöhnliches feststellen. Alles war wie immer. Bis sie kurz vor dem Hessendenkmal waren. Jetzt fiel Gerhard auf, dass eine kleine Gruppe am Straßenrand stand und sich aufgeregt unterhielt. Als sie näher kamen, erkannte Schuhmann, dass es sich um seine Kollegen handelte. Er bemerkte, wie er sich verspannte. Hier war was Unangenehmes im Gange.

„Wollen Sie mir nicht mal langsam sagen, was mich erwartet?“, fragte er seinen Vorgesetzten.

Rosenbaum schwieg, doch er schien mit sich zu kämpfen. Dann rang er sich durch, zu antworten. Er fasste Gerhard am Arm und brachte ihn so zum Stehen.

„Herr Schuhmann“, begann er. Man merkte ihm an, dass es ihm schwer fiel zu reden, und dass er nach passenden Worten suchte. „Wir … das heißt ein Kanalarbeiter, hat einen schrecklichen Fund gemacht. In der Kanalisation liegen mehrere Frauen. Tote Frauen."

Er schluckte und fuhr fort.

„Sie sind schon etwas länger tot, verstehen Sie?"

„Sie meinen, sie sind schon verwest?"

„Teilweise."

„Wo ist das Problem?"

Rosenbaum staunte.

„Ich dachte, ich sollte Sie vorwarnen."

„Danke. Das ist sehr anständig von Ihnen."

„Dann sind Sie also bereit, sich dem Anblick zu stellen?"

„Das gehört zu meinem Beruf", zeigte sich Schuhmann wenig beeindruckt.

Sie gingen schweigend die letzten Meter auf die kleine Gruppe zu. Gerhard hatte ein mulmiges Gefühl. Auch die Gesichter der Männer, die unter dem Hessendenkmal standen sahen nicht so aus, als würden sie gerade in Glückseligkeit baden. Einige waren doch sehr blass. Und wenn Gerhard sich nicht täuschte, lag unter einer Hecke der Grünanlage das Frühstück eines der Männer.

Angewidert wandte er sich ab. Dann grüßte er die Kollegen und ließ sich ins Bild setzen.

„Sie liegen etwa fünfzig Meter von hier aus in Richtung Innenstadt", sprach einer von ihnen, den Gerhard flüchtig kannte. Er wirkte sehr gefasst. Trotzdem konnte man ihm ansehen, dass die Situation für ihn alles andere als angenehm war.

„Wer hat die Leichen gefunden?", wollte Schuhmann wissen.

„Der junge Mann hier", antwortete der Kollege und zeigte auf einen Kanalarbeiter, der auf dem Bordstein saß und sichtlich an Blässe litt. Gerhard vermutete, dass das Frühstück unter der Hecke ihm gehörte. Der Mann hatte seine Hände auf die Knie gelegt und starrte auf den Boden vor sich. Als Gerhard ihn ansprach, zuckte er zusammen.

„Isch geh' da nemmer hie", sagte er, ohne darum gebeten worden zu sein. „Ich glaab, isch geh da üwwerhapt nemmer einei."

„Müssen Sie ja nicht", beruhigte Gerhard den Arbeiter. „Ich will lediglich wissen, was passiert ist."

„Was was'n isch? Isch hab die nett da hiegelescht."

„Ich habe mich wohl falsch ausgedrückt“, erkannte Gerhard und formulierte um. „Können Sie mir sagen, wie es dazu kam, dass sie die Frauen gefunden haben?“

„Ach so“, sagte der Kanalarbeiter und entspannte sichtlich. „Ich hab maan Rundgang gemacht. Mer habbe alle unsern Abschnitt und den müsse mer alle paar Woche kontrolliere. Des hab isch gemacht und da habbe se dann gelesche, die dode Weiber.“

„Wann war denn ihr letzter Kontrollgang davor?“

„Vor drei Woche.“

„Also kontrollieren Sie diesen Abschnitt alle drei Wochen?“

„Genau.“

Gerhard bedankte sich bei dem Mann und ging hinüber zur Gruppe seiner Kollegen.

„Wer war als erstes am Tatort, meine Herren?“

Ein junger Mann, ebenfalls etwas bleich um die Nase herum, trat vor. Es war Matthias Richter. Er war ihm vor ein paar Monaten als Assistent zugeteilt worden. Schuhmann hatte ihn bis dahin überhaupt nicht wahrgenommen. Richter war klein, fast zierlich, aber keineswegs unsichtbar. Sein wacher Verstand und sein stechender Blick sondierten ständig die Umgebung. Und sein Mundwerk war eine Waffe. Ein fähiger Mann. Mal abgesehen davon, hatte er Heinrichs Leben gerettet.

„Ich, Herr Kommissar.“

„Wie geht es Ihnen?“

„Ging mir schon mal besser.“

„Das wird schon“, beruhigte Schuhmann ihn. „Meinen Sie, Sie könnten noch einmal mit mir da hinunter gehen?“

Richter war anzusehen, dass er das auf keinen Fall wollte. Dennoch sagte er: „Selbstverständlich.“

„Gut, dann los.“

Gerhard stieg als erster in den Schacht hinab. Richter folgte ihm. Kaum hatte Schuhmann die erste Stufe der metallenen Leiter in den Abgrund Frankfurts genommen, bereute er seinen Entschluss. Sein demolierter Rücken beschwerte sich vehement.

„Wo müssen wir lang?“, fragte Schuhmann, der gerade eine Lampe entgegennahm, die ihm von oben gereicht wurde. Er gab sie an Richter weiter und griff nach der nächsten, die er für sich benutzte.

„Hier entlang“, sagte Richter und ging voran.

Der Gestank war nicht von schlechten Eltern. Es war eine Mischung aus abgestandenem Wasser, Fäkalien und feuchter Erde. Das Gewölbe war erstaunlich groß. Die beiden Männer konnten aufrecht durch den Kanal laufen, was Schuhmann nur recht war, so konnte er seinen Rücken schonen. Leider war am Rand kein Gehweg, so dass sie durch das knöchelhohe Wasser waten mussten. Gerhard versuchte, den Ekel vor der Brühe, die in seine Schuhe lief, zu unterdrücken. Er kramte in seiner Jackentasche nach einem Taschentuch und hielt es sich mit der freien Hand vor den Mund.

Schon nach wenigen Metern veränderte sich der Geruch, er wurde süßlicher und intensiver. Die beiden Polizisten hatten Mühe zu atmen, schritten aber weiter tapfer voran. Nach ein paar Metern kamen sie an eine Kreuzung. Vor ihnen lagen mehrere Kanalrohre. Dunkle Schlunde, die in die Hölle zu führen schienen. In der Mitte der Kreuzung war eine Art Sammelbecken, von dem aus das zusammengelaufene Wasser abfloss.

„Hier entlang", sagte Richter und öffnete eine Luke. Unter dieser Luke war eine Leiter, die noch weiter nach unten führte. Die beiden Männer stiegen umständlich hinab, da sie nur eine Hand frei hatten; mit der anderen hielten sie ihre Lampen. Mit jeder Sprosse, die sie tiefer stiegen, wurde der Geruch beißender.

„Vorsicht bei der letzten Sprosse", rief Richter. „Da ist ein Absatz."

Kaum hatte er es ausgesprochen, trat Schuhmann ins Leere. Er rutschte ab, verlor den Halt und stürzte ins Nichts. Er schlug unsanft auf dem Boden auf, der spiegelglatt war. Wieder kam er ins Straucheln, verlor erneut den Halt und taumelte vorwärts. Da er seine Arme einsetzte, um das Gleichgewicht wiederzuerlangen, flackerte das Licht. An den Wänden zeichnete der Lampenschein bizarr flackernde Muster. Gerhard verlor den Überblick. Alles schien sich um ihn zu drehen, dann stieß er mit der Schulter gegen eine Wand, prallte von ihr ab und fiel der Länge nach hin. Endlich war die kinetische Energie erschöpft und Gerhard kam zum Stillstand. Stöhnend lag er auf dem Bauch. Sein Rücken brüllte vor Schmerz. Wie durch ein Wunder hatte die Lampe den bizarren Tanz ohne Blessuren überstanden. Gerhard hielt sie vor sich, damit er etwas sehen konnte.

„Himmel!", stieß er aus, als er direkt vor sich das halb zerfressene Gesicht einer Frau sah. Hastig sprang er auf die

Beine. Er kam ungefähr bis zur Hälfte seiner Körpergröße, als sich sein Rücken wieder meldete. Der Polizist ignorierte mit gefletschten Zähnen den Schmerz und richtete sich auf. Sein Atem ging beängstigend schnell. Er versuchte, die aufkommende Panik zu unterdrücken. Seine Augen waren weit aufgerissen. Als er langsam die Gewalt über sich wiedererlangte, hob er die Lampe nach oben, um den Lichtkegel zu erweitern. Richter tat es hinter ihm gleich. Der Anblick war fürchterlich. Doch der Gestank überlagerte alles. Vor ihnen lagen vier Frauen mit durchgeschnittener Kehle in verschiedenen Stadien der Verwesung. Sie waren allesamt komplett bekleidet. Doch die Ratten hatten sich bereits an ihnen zu schaffen gemacht. Überall waren Fliegen, die ihre Eier in die Kadaver legen wollten. Maden krochen überall auf den Körpern herum.

„Ich habe genug gesehen“, sagte Schuhmann und bedeutete Richter zu gehen.

„Die armen Kerle, die diese Sauerei wegmachen müssen“, war Richters einziger Kommentar.

Hastig machten sich die beiden Männer an den Aufstieg. Kommissar Schuhmann musste etliche Male einen Würgereiz unterdrücken. Er hatte immer noch das Bild vor Augen, wie die Frauen übereinander in der Kanalisation lagen. Wie weggeworfen. Doch schon arbeitete sein geschulter kriminalistischer Verstand. Trotz der wenigen Sekunden, die Gerhard dem Anblick standgehalten hatte, stellte er sich noch während des Aufstiegs Fragen zum Geschehen.

Nie war die Luft frischer als Kommissar Schuhmann seinen Kopf aus dem Kanalschacht streckte. Er nahm einen tiefen Atemzug. Seine Lungen wurden mit der guten Frankfurter Stadtluft geflutet. Er fühlte sich wie neu geboren. Gerhard hatte das Erlebnis unter Tage wohl mehr zugesetzt, als er sich eingestehen wollte. Seine Beine wurden schwach und Schwindel setzte ein. Er hielt sich an der Umzäunung des Hessendenkmals fest, um nicht umzukippen.

„Alles in Ordnung mit Ihnen, Herr Kommissar?“, zeigte sich Rosenbaum besorgt. Er hatte eine Hand auf die Schulter des Kommissars gelegt und schien ehrlich besorgt zu sein.

Gerhard hob eine Hand und nickte.

„Alles gut“, brachte er mühsam hervor. „Alles gut.“

Nach einer Weile hatte sich Gerhard wieder im Griff. Es begann leicht zu nieseln, das Wetter war wirklich nicht eines Julis würdig, dachte Gerhard noch. Dann wunderte er sich, wie er angesichts des schrecklichen Fundes derart Profanes denken konnte.

„Also“, sagte er mit kräftiger Stimme, als er endlich wieder alle Sinne beisammen hatte. „Wir sollten uns der Situation entsprechend benehmen, mein Herren.“

Alle Männer in der kleinen Gruppe schauten auf ihn. Sie waren froh, dass endlich jemand das Kommando übernahm. Eigentlich wäre diese Rolle Rosenbaum zugekommen, doch der ließ Schuhmann dankbar gewähren.

„Wir müssen jetzt erstmal ein paar Männer finden, die es wagen, die armen Frauen aus ihrer unwürdigen Situation zu befreien. Wer kommt dafür infrage? Vorschläge!“

Alle schauten sich verängstigt an. Scheinbar schien weder jemand aus der Runde Lust zu haben, die Leichen zu bergen, noch war ihnen jemand bekannt, der gnadenlos genug war, diese Arbeit zu verrichten. Dann hob ein junger Mann, der in der zweiten Reihe gestanden hatte, zögernd die Hand. Es handelte sich um einen dürren, fast knabenhaften Typ in der für ihn viel zu großen Uniform der Frankfurter Polizei.

Schuhmann sah ihn und erteilte ihm das Wort.

„Naja“, sagte der Junge gedehnt. „Mir fällt dafür eigentlich nur eine Pietät ein. Die sind doch den Umgang mit Toten gewöhnt. Da dachte ich …“

„Sehr gut, Herr …?“

„Hilfspolizist Kreilich, Herr Kommissar“, stellte sich der junge Mann vor.

„Prima Vorschlag, Hilfspolizist Kreilich“, lobte Schuhmann. „Fällt Ihnen da jemand ein?“

„Mein Onkel.“

„Aha“, kommentierte Schuhmann grinsend. „Doch vorher möchte ich, dass ein Fotograf das Dilemma da unten aus allen möglichen Blickwinkeln festhält.“

„Wird veranlasst“, antwortete der junge Kollege zackig und eilte davon, froh etwas zu tun zu haben.

Keine zwei Stunden später waren die in schwarze Anzüge gekleideten Mitarbeiter der Pietät Kreilich vor Ort und holten die

Frauen aus der Kanalisation. Sie wären sogar schon früher fertig geworden, hätte der Fotograf seine Aufgabe nicht zu wörtlich genommen. Er hatte tatsächlich sämtliche Winkel gefunden, aus denen sich eine Fotografie hatte machen lassen. Der Name des Fotografen war Schmidt. Ein eigentlich angenehmer, aber doch manchmal sehr anstrengender Zeitgenosse.

Die Männer der Pietät verzogen keine Miene. Die Polizisten waren beindruckt von der Nervenstärke der Totengräber. Aber wahrscheinlich hatten die Herren schon Schlimmeres gesehen. Die Leichen wurden zunächst zum Gerichtsarzt Karl Roth gebracht, der sie untersuchen sollte. Dies würde ein paar Tage in Anspruch nehmen. Derweil wollte Kommissar Schuhmann herausfinden, ob es Vermisstenanzeigen gab, die zu den gefundenen Damen passten, weshalb er zurück ins Präsidium ging. Der Weg dorthin war zwar nicht allzu lang, aber er genügte, um den Kommissar wieder zurück in die Spur finden zu lassen. Er zwang sich, den schrecklichen Anblick des Tatorts aus seinem Kopf zu verdrängen. Er würde ohnehin die Bilder des Fotografen sichten müssen, sobald sie entwickelt waren. Bis dahin war es angebracht, analytisch zu denken, um den Übeltäter zu finden und dingfest zu machen.

Zunächst suchte Schuhmann den Beamten auf, der für die Vermisstenanzeigen zuständig war.

Der Kollege, den Kommissar Schuhmann in dessen Schreibstube antraf, zeigte sich wenig überrascht, dass die Frauen in derartigem Zustand aufgefunden wurden.

„Wenn ich nach Ihren Beschreibungen urteilen kann, sind die Damen bereits seit mehreren Wochen abgängig“, sagte er gelangweilt. Sein Gesicht war pockennarbig, seine Augen wässrig und sein Haar licht. Sein Anzug hing an seinem Körper wie übergeworfen. Nicht ein einziges Kleidungsstück schien in der richtigen Größe zu sein. Selbst die Krawatte passte nicht. Schuhmann hatte den Mann zuvor nie getroffen, dennoch war er ihm ein Begriff. Er hieß in Polizeikreisen nur *Findenie*. Ein makabrer Scherz unter Kollegen. Tatsächlich war sein Name Karl Josef Schlesinger. Trotz seines bizarren Äußeren war er ein akribisch arbeitender Kollege und im gesamten Präsidium anerkannt und geschätzt. Wenn es jemanden zu finden galt und es möglich war, dann fand Schlesinger ihn. Seine Methoden waren über die Grenzen der Stadt hinaus anerkannt und kopiert worden.

Gerüchten zufolge hatte er diese Aufgabe übernommen, nachdem seine Tochter verschwunden war und nur tot gefunden werden konnte. Da man sich nicht systematisch auf die Suche gemacht hatte, kam jede Hilfe zu spät. Es galt als erwiesen, dass sie überlebt hätte, wenn die Polizei sofort und richtig gehandelt hätte.

„Tut mir leid, Kollege“, sagte Schlesinger ehrlich betroffen. Man sah ihm an, dass er mit den Opfern und deren Angehörigen mitfühlte. „Wenn aber jemand mehr als eine Woche verschwunden ist, kann man von seinem Ableben ausgehen.“

„Das leuchtet mir ein.“

„Um sicher zu gehen, brauche ich natürlich die Bilder der Frauen. Aber nicht die vom Tatort. Das bringt nichts. Ich möchte, dass sie nach der ärztlichen Untersuchung hergerichtet und dann noch einmal fotografiert werden, so als ob sie schliefen. Können Sie das veranlassen?“

„Sicher. Ich kümmere mich darum.“ Schuhmann wollte schon gehen, hatte aber dann doch noch eine Frage.

„Haben Sie denn schon einen Verdacht?“

„Den habe ich.“

Schuhmann wartete darauf, dass Schlesinger weitersprach, was er aber nicht tat. Deshalb hakte er nach.

„Und? Teilen Sie mir diesen Verdacht auch mit?“

„Nein.“

Schuhmann hob den Zeigefinder, setzte zur Rede an, holte Luft und öffnete sogar den Mund. Dann blickte Schlesinger von seinem Katheder auf und Schuhmann direkt in die Augen. Der Blick nahm Schuhmann die Kraft. Er bekam nur ein: „Ich melde mich wieder“, heraus und trollte sich.

Krankenbesuch

Als die beiden Männer im Präsidium ankamen, schwante Heinrich nichts Gutes.

Sie gingen in die Schreibstube des Kommissars, wo Gerhard hastig nach etwas suchte und es schnell fand. Er hielt einen braunen Umschlag in die Höhe und knallte ihn auf einen kleinen Tisch in der Mitte des Raumes.

„Hier, schau dir das an“, sagte er aufgeregt und fing an, den Umschlag zu öffnen. „Die sind heute Morgen fertig geworden. Ich habe nur einen flüchtigen Blick darauf geworfen. Aber jetzt ist es mir aufgefallen.“

„Was denn?“, wollte Heinrich wissen.

„Sieh selbst“, antwortete der Polizist und kippte den Umschlag aus. Auf den Tisch fielen einige Fotografien. Es waren die Bilder, der Frauen, die im Kanal gefunden wurden. Sie waren nach der Untersuchung durch den Gerichtsmediziner ansehnlich hergerichtet und fotografiert worden, um sie den Angehörigen zeigen zu können. Schuhmann reihte die Bilder ordentlich nebeneinander auf. Dann trat er zur Seite und ließ den Türmer einen Blick darauf werfen.

„Das ist doch …“, staunte dieser nach einem kurzen Blick auf die Bilder. „… unglaublich“, vollendete er nach einer Weile.

„Mir ist es heute Morgen nicht aufgefallen, da ich nur einen halbherzigen Blick darauf geworfen hatte. Doch es ist schon ziemlich eindeutig, oder?“

„Sind die Damen untereinander verwandt?“

„Soweit wir wissen nicht. Bisher sind sie noch nicht vollständig identifiziert. Wir haben aber zwei der Opfer zuordnen können, sie sind nicht miteinander verwandt, die kamen noch nicht einmal aus dem gleichen Stadtteil.“ Er hielt eines der Bilder hoch. „Diese hier wohnte in Heddernheim.“ Er nahm die Fotografie eines weiteren Opfers in die Hand und sagte: „Die hier kam aus Offenbach.“

Heinrich zog die Augenbrauen nach oben.

„Sie sehen aus wie Schwestern.“

„Zumindest sehen sie sich sehr ähnlich“, relativierte Schuhmann. „Und bei den beiden anderen ist es nicht anders. Und die Frau, die ihr vorhin am Dom aufgefunden habt, sieht ebenfalls so aus. Ich wette, ihr habt ihr das Leben gerettet. Sie wäre bestimmt tot, wenn Goliath nicht eingeschritten wäre." Dann machte er eine kurze Pause. Er schien etwas Unangenehmes zu verbergen, doch der Türmer kam ihm zuvor.

Er nahm alle Bilder nacheinander in die Hand. Bei jedem schien er blasser zu werden.

„Sie sehen ja alle aus, wie Charlotte."

Es war spät geworden, als Heinrich Niemann endlich aus dem Polizeipräsidium nach Hause kam. Klara war alles andere als begeistert, als er spät am Abend endlich die Tür zur Türmerwohnung hoch oben in der Spitze des Doms öffnete.

„Wo kommst du denn jetzt her?", war ihre wenig freundliche Begrüßung.

„Von Gerhard."

„Wie geht es ihm?"

„Gut."

Klara kannte ihren Mann gut genug, um zu wissen, dass dieses „gut", alles andere als seinem ursprünglichen Sinn entsprach. Sie wurde skeptisch.

„Ist irgendetwas passiert?"

„Wie kommst du darauf, dass etwas passiert ist?"

Klara trat jetzt aus dem Nebenraum hervor, von dem aus sie die ganze Zeit mit ihrem Mann geredet hatte. Er traute sich nicht zu ihr zu gehen, weil er wusste, was ihn erwartete.

Sie sah Heinrich an und hatte einen Verdacht, sprach ihn aber nicht aus. Das musste sie auch nicht. Allein ihre Präsenz genügte, um den Türmer ins Straucheln zu bringen.

„Da war diese Frau."

„Welche Frau?"

„Goliath hat sie gefunden, hinten im Kräutergarten."

„Was für ein Kräutergarten?"

„Na hinten, am Garküchenplatz."

„Seit wann ist dort ein Kräutergarten?"

„Ist doch egal", zischte Heinrich. „Sie war verletzt und wir haben ihr geholfen. So wie das jeder tun würde."

„Und das hat die halbe Nacht gedauert?"

„Nein, natürlich nicht. Aber sie ist dem Anschein nach überfallen worden und da muss nun mal die Polizei eingreifen."

„Aha."

„Wir haben sie ins Hospital gebracht und die Polizei verständigt. Und Gerhard ist nun mal bei der Polizei.“

„Das ist alles?“

„Ja, das ist alles.“

„Sicher?“

„Ja doch!“

„Spielst du schon wieder Polizei?“

„Ich …“

„Du weißt, was du mir versprochen hast.“

„Herrgott noch mal“, fuhr der Türmer hoch. „Eine Frau war in Not. Und ich habe ihr geholfen, sonst nichts.“

Klara schwieg.

„Lass uns endlich zu Bett gehen, ich bin müde“, beschied Heinrich und schob sich an seiner Frau vorbei ins Schlafzimmer, wo das Etagenbett stand. Wortlos zog er sich aus, schlüpfte in sein Nachthemd, kletterte in sein Bett und drehte sich mit dem Gesicht zur Wand, ohne Klara auch nur eines einzigen Blickes zu würdigen.

Er schlief in dieser Nacht sehr unruhig. Immer wieder kamen ihm die Frau aus dem Kräutergarten und die Leichen aus dem Kanal in den Sinn. Wenn er dann doch einmal in unruhigen Schlaf fiel, träumte er davon, wie die toten Frauen auf ihn zukamen, die Hände nach ihm ausgestreckt. Ihre Gesichter waren zerfressen und blutig. Ihre Bewegungen waren ruckartig. Sie flüsterten: „Räche uns!“, „Finde ihn!“, „Nur du kannst uns helfen!“ und „Wenn du nichts unternimmst, war unser Tod umsonst.“ Sie kamen immer näher. Ihre Haut und die Kleidung waren getränkt vom Abwasser. Dann griffen sie nach ihm. Sie klammerten sich an ihm fest.

Heinrich schreckte hoch.

Schweißgebadet lag er in seinem Bett. Sein Herz raste, sein Atem keuchte. Es war dunkel um ihn herum. Die Domuhr schlug zur dritten Stunde. Weit entfernt hörte er einen Hund bellen.

Dann hatte er begriffen, dass er nur geträumt hatte. Erleichtert ließ er sich in sein Kissen fallen, flüsterte ein „verdammt“ und tat von da an kein Auge mehr zu in dieser Nacht. Etwa eine Stunde später, in der er sich von einer Seite auf die andere wälzte, ohne auch nur annähernd Schlaf zu finden, stand er leise auf, um Klara nicht zu wecken, schnappte seine Kleidung und schlich sich nach nebenan, wo er sich anzog und anschließend einen Kaffee aufbrühte.

Als das Getränk durch den Filter in die Kanne fermentiert war, goss er sich einen Teil davon in eine Tasse und betrat die Aussichtsplattform des Doms.

Die Nacht war klar und frisch. Heinrich stellte die Tasse auf der Brüstung ab und schlug den Kragen hoch. Dann schweifte sein Blick über die Stadt, die schlafend unter ihm lag. Ein paar gedämpfte Geräusche drangen zu ihm nach oben. Er liebte es, über die Stadt zu blicken. Seine Stadt. Über die er wachte.

Seine Situation war alles andere als angenehm. Er blies in seine Tasse, nippte an dem Kaffee und seufzte. Wie sollte er seiner Frau klar machen, dass er sein Versprechen, niemals wieder als Polizeigehilfe zu ermitteln, brechen musste? Seine Schwester Charlotte war in Gefahr. Wenn der Mörder sie irgendwo entdeckte, was nicht unwahrscheinlich war, wäre sie in allerhöchster Bedrängnis. Das musste verhindert werden.

Er ging die Ereignisse des letzten Abends in Gedanken noch einmal durch. Doch so ganz wurde er nicht schlau daraus. Warum war diese Frau davon gelaufen? Hatte sie etwas mit dem Überfall auf Fräulein Schubert zu tun gehabt? Vielleicht hatte sie den Überfall beobachtet, einfach nur Angst gehabt und ist deshalb geflüchtet, weil sie dachte, Heinrich und Meinhardt würden ihr ein Leid antun. Oder sie hatte einfach Angst vor Goliath bekommen, was jedoch ziemlich abwegig schien, da der Hund diese Bezeichnung weiß Gott nicht verdiente. Er hatte Rattengröße. Niemand konnte vor dem kleinen Kerl ernsthaft Angst haben. Oder vielleicht doch?

Es war alles so unklar und verwirrend. Heinrich konnte einfach nicht aufhören, darüber nachzudenken. Er beschloss, sein Versprechen zu brechen. Zumal er ohnehin dabei die Finger gekreuzt hatte.

Klara nahm es erstaunlich entspannt auf. Heinrich hatte sich auf den Ehekrach des Jahrhunderts mit anschließendem Liebesentzug bis die Sonne explodiert eingestellt. Doch Klara saß ihm gegenüber am Frühstückstisch und war milde gestimmt. Heinrich hatte ihr seine Beweggründe eingehend dargestellt. Die Angst um seine Schwester war dabei sein Hauptargument gewesen.

„Weißt du, Heini“, sagte Klara lächelnd und stellte ihre Tasse ab. Sie stand auf, lief um den kleinen Tisch herum zu ihrem Mann, stellte sich direkt vor ihn und nahm sein Gesicht in beide Hände. „Als ich dich damals geheiratet habe, wusste ich nicht so genau, wer du bist. Aber mit der Zeit lernt man sich in einer Ehe sehr gut kennen, wenn man den anderen liebt. Ich jedenfalls liebe dich, mein Schatz.“

„Ich dich doch auch“, murmelte der Türmer mit zerquetschtem Gesicht.

„Sei still, ich rede“, kam sofort der Einwand Klaras.

Heinrich nickte.

„Was ich sagen will, ist, dass ich dir damals die Treue geschworen habe, egal was kommen mag. Du bist, wie du bist. Und ich will keinen anderen. Tu, was du für richtig hältst.“ Sie seufzte. „Wenn ich in all den Jahren mit dir eines gelernt habe, dann das, dass du ein Dickschädel bist. Es hat keinen Sinn, dich an die Kette zu legen. Deshalb hebe ich hiermit dein Versprechen, dass du nie wieder Polizist spielen sollst, auf.“

Heinrich riss die Augen auf und murmelte ein „öhrliüch?“ zwischen den Händen seiner Frau.

Klara nickte lächelnd. Sie hatte Tränen in den Augen. Sie küsste ihren Mann schmatzend auf den Mund und ließ ihn los. Dann ging sie wieder an ihren Platz und frühstückte zu Ende. Heinrich war derart überrascht, dass er vergaß weiter zu essen. Er starrte seine Frau nur an.

„Ich liebe dich, Klara“, sagte er schließlich.

„Ich weiß.“

„Siehst du, ohne die anderen Frauen sind wir viel besser dran, Brüderchen“, sagte die Schwester.

„Du hast Recht.“

„Warum musst du dann immer wieder mit ihnen anbandeln?“

„Mache ich doch gar nicht. Annemarie kannte ich doch erst ein paar Tage.“

„So, so. Sie ist also schon die Annemarie.“

Er rollte mit den Augen und ermahnte sich, mehr auf seine Wortwahl zu achten.

„Ich meinte Fräulein Schubert.“

„Du musst nicht so tun, als wäre ich blöd. Ich merke doch, dass du mehr von ihr willst als nur Händchenhalten.“

„Warum sagst du so was, Schwesterlein?“

„Weil es bei den anderen auch so war. Warum sollte es bei diesem Flittchen anders sein.“

„Wieso nennst du sie so?“

„Weil sie eines ist!“

„Du kennst sie doch gar nicht.“

„Brauche ich auch nicht. Sie sind alle gleich.“

„Ich hoffe nur, dass du uns mit deiner unüberlegten Aktion nicht in die Bredouille gebracht hast.“

Sie lachte kurz auf.

„Brüderlein, du bist ein Dummkopf.“

„Warum?“

„Weil sie, wenn überhaupt nach einer Frau suchen, und das bin ich. Du wirst nicht gesucht. Und mich finden sie nie.“

„Ich weiß nicht …“

„Aber ich. Mach dir keine Sorgen, Brüderlein. Sie werden mich niemals finden. Und du weißt das.“

„Ja, Schwester. Ich weiß.“

An diesem Nachmittag beschloss der Türmer, etwas früher Feierabend zu machen. Da er ohnehin keinen richtigen Vorgesetzten hatte im Dom, sprach er das kurzerhand mit sich selbst ab und zeigte sich großzügig. Er stieg die dreihundertachtzehn Stufen des Domturms herunter und wollte sich auf dem Weg ins Polizeipräsidium machen, um zu sehen, ob Gerhard bei den Ermittlungen weitergekommen ist. Kurz bevor er durch die Tür am Fußende des Turms schritt, griff er kurz in seine Jackentasche und holte ein Stück Wurst hervor. Dann trat er durch die schwere Metalltür ins Freie. Wie erwartet, stand dort Goliath und bellte nach seinem Leckerbissen. Heinrich beugte sich zu dem kleinen Kläffer herunter, gab ihm die geforderte Wurst und streichelte dem Tier über das kleine Köpfchen.

„Na, Termer“, hörte Heinrich die wenig angenehme Stimme Meinhardts. „Gibt’s was Neues von dere Fraa?“

„Nein, bisher nicht.“

„Des is werklisch e Schand. So e schee Mädsche haut mer nett.“

„Da gebe ich dir ausnahmsweise mal Recht, Meinhardt.“

„Haste deiner Schwester schon Bescheid gesacht?“

„Weshalb?“

„Weil Charlotte bestimmt die Nächste iss."

„Meinhardt, du bist wirklich ein ungehobelter Klotz."

„Bei was bin ich die Nächste?", wollte Charlotte wissen, die sich unbeachtet den beiden Männern genähert hatte und den letzten Satz des Pförtners mitbekommen hatte. Heinrich blitzte Meinhardt an, der nur unschuldsbewusst die Schultern hochzog und sagte: „Ich würd's ihr sache. Sischer iss sischer."

„Meinhardt, du bist ein wirklicher Trottel."

„Was hab' isch denn jetzt schon widder gemacht?"

„Geh' und hole die Gewichte für die Wasserwaage, ich habe ein Brett auszurichten."

Meinhardt, der dumm genug war, diesen Scherz nicht zu verstehen, war froh, dass er aus dieser unangenehmen Situation herauskam und machte sich auf den Weg. Er ging ein paar Schritte, blieb dann aber stehen. Er drehte sich um und fragte: „Wo bekomm isch die denn?"

„Beim Küster."

„Isch beeil misch."

„Musst du nicht."

Der Pförtner entschwand. Heinrich stand da und schüttelte mitleidig den Kopf. Auch Charlotte wollte nicht glauben, was sie da gerade miterlebt hatte.

„Manchmal denke ich, dass Meinhardt gerade im Urlaub war, als der Verstand verteilt wurde."

„Selig sind die geistig Armen", zitierte Charlotte, wandte sich dann aber mit ernster Miene an ihren Bruder.

„Was hat Meinhardt eigentlich gemeint, Heini?" Ihr Blick ließ keine Ausreden zu. Dennoch versuchte der Türmer abzulenken.

„Willst du zu Klara? Sie ist oben."

„Heinrich!"

Wenn sie ihn Heinrich nannte, war es besser aufzugeben. Der Türmer atmete hörbar aus und sagte dann: „Na gut. Früher oder später hätte ich dir sowieso davon erzählen müssen."

„Stimmt."

„Es wurden ein paar Frauen in der Kanalisation gefunden."

Charlotte hob die Hand an den Mund. Sie ahnte was kommen musste. „Sie wurden ermordet", fügte der Türmer an.

„Das ist ja schrecklich", zeigte sich Charlotte entsetzt. „Aber was hat das mit mir zu tun?"

„Naja …“, der Türmer wandte sich. Er traute sich nicht, seiner Schwester mittzuteilen, was offensichtlich war.

„Also?“, drängelte seine Schwester.

„Es ist so …“, es fiel ihm sichtlich schwer, damit herauszurücken, doch dann gab er sich einen Ruck. „Die Frauen sehen dir ähnlich.“

„Wie ähnlich genau?“, bohrte Charlotte nach. Sie kannte ihren Bruder gut genug, um zu wissen, dass mehr dahinter steckte.

„Um ehrlich zu sein … ziemlich ähnlich“, gab der Türmer zu.

„Und du denkst jetzt, dass ich das nächste Opfer bin?“

„Du bist zumindest in Gefahr.“

„Und wann genau hattest du vor, mich ins Vertrauen zu ziehen?“

„Ich hätte es dir schon noch gesagt. Ich wollte dich nicht unnötig in Angst versetzen.“

„Hat ja prima funktioniert. Jetzt habe ich nämlich Angst.“

„Dieser Volltrottel von einem Pförtner“, murmelte Heinrich. Er sah seine Schwester an. Sie schien verstört zu sein. Ihr standen plötzlich Tränen in den Augen. Ihre Unterlippe bebte und kurz darauf brach sie in Tränen aus. Der Türmer war überrascht, ob des unerwarteten Gefühlsausbruchs. Ihm fiel nicht Besseres ein, als sie in den Arm zu nehmen und sie zu trösten.

„Na, na, na“, machte der Türmer und tätschelte unbeholfen den Rücken seiner Schwester. Sie schluchzte dramatisch. Der Türmer bemerkte, wie seine Schulter feucht wurde. Ob die Flüssigkeit auf seinem Hemd aus ihrer Nase kam oder von den Tränen herrührte, wollte er nicht so genau wissen. Endlich hatte sie sich wieder ein wenig beruhigt. Sie zog die Nase geräuschvoll nach oben und wischte sich die Tränen aus dem Gesicht.

„Wie ich jetzt wohl aussehe“, jammerte sie.

„Frauen“, dachte der Türmer. „Hübsch sein steht an erster Stelle.“ Laut sagte er: „Ich wusste nicht, dass dich die Sache so sehr mitnimmt.“

„Das ist es nicht“, schniefte Charlotte. Sie holte ein Taschentuch hervor und schnäuzte sehr undamenhaft. Heinrich verzog angewidert das Gesicht. „Zumindest nicht allein“, fuhr Charlotte schließlich fort.

„So? Was ist denn noch?“

„Heiko hat mich verlassen“, brach es aus Charlotte heraus. Wieder fing sie an zu weinen. Heinrich war geschockt. Die Hochzeit war doch schon geplant. Wieso hatte sich Charlottes Verlobter denn nun von ihr getrennt? Es gab keinerlei Anzeichen für Probleme in der Beziehung der beiden. Der Türmer war konsterniert und seine Schulter wurde immer feuchter.

„Wieso hat er das gemacht?“, wollte Heinrich wissen, als sich Charlotte endlich wieder im Griff hatte.

Charlotte erklärte es dem Türmer. Doch der verstand leider kein Wort. Die Worte gingen in der weinerlichen Stimme, die noch dazu an seiner Schulter gedämpft wurde, unter. Plötzlich schlug Trauer in Wut um. Charlotte löste sich von der Schulter ihres Bruders und sagte: „Soll er doch bleiben wo der Pfeffer wächst.“ Jetzt kam auch noch Sarkasmus hinzu. „Ich bin ja erst vierundzwanzig, da findet sich bestimmt noch einer.“ Und wieder zurück zur Angst. „Ich werde als alte Jungfer sterben“, rief sie. Und um die Sache schön rund zu machen, fing sie wieder an zu weinen.

Heinrich blieb nichts anderes übrig als seine Schwester im Arm zu halten und sie zu tätscheln. Da hatte Meinhardt ja mal wieder einen Volltreffer gelandet.

Der Türmer hatte einige Zeit gebraucht, um seine Schwester wieder soweit zu beruhigen, dass er sie bitten konnte, doch nach oben in seine Wohnung zu gehen und mit Klara zu reden. Er hatte einfach keine Zeit für so einen Weiberkram. Dummerweise sagte er ihr das genau so. Jetzt war sie auch noch wütend auf ihn. Wutentbrannt hatte sie darauf ihren Bruder von sich gestoßen und den Domturm erklommen.

Charlotte saß nun in der kleinen Wohnung über den Dächern der Stadt und heulte sich die Augen aus dem Kopf. Klara saß neben ihrer Schwägerin und beschränkte sich auf das Tätscheln ihrer Schulter. Sie wusste nicht so genau, was eigentlich mit der Schwester ihres Mannes los war. Sie hatte die Wohnung gestürmt, sich an den kleinen Tisch gesetzt und angefangen zu weinen. Das war jetzt eine gute halbe Stunde her. Seitdem hatte sie nicht aufgehört. Zwischendurch hatte Klara sich gefragt, wo dieses Mädchen all die Tränen hernahm.

Endlich ebbte der Weinkrampf ab. Charlotte hatte Schluckauf, wie ein kleines Kind, das sich das Knie gestoßen hat und konnte kaum reden. Das führte dazu, dass Klara immer noch nicht verstand, was eigentlich los war.

„Weißt du was, Lottchen“, sagte sie sanft und streichelte der Unglücklichen über das Haar. „Du beruhigst dich jetzt erstmal, ich mache dir einen Kaffee und dann erzählst du mir alles in Ruhe.“

Charlotte nickte nur und zog die Nase geräuschvoll hoch.

Klara wartete noch einen Moment, bis sie dachte, das Charlotte jetzt für ein Gespräch bereit ist und kam dann mit einer dampfenden Tasse Kaffee zurück zu ihr an den Tisch.

„So, mein Schätzchen“, sagte sie mit einem Seufzer der Erleichterung und setzte sich neben sie. Sie schob ihr die Tasse zu und lehnte sich zurück.

„Jetzt erzähle mir mal langsam und ganz genau, was passiert ist.“

Charlotte atmete stockend ein, nippte an der Tasse und fing an zu erzählen.

„Heiko hat sich von mir getrennt.“

Klaras Augen öffneten sich noch ein Stückchen. Sie sagte aber nichts. Stattdessen redete Charlotte weiter. Sie schien jetzt wütend zu sein.

„Dieser Mistkerl. Wir hatten sogar schon ein Datum für die Trauung. Einen Pfarrer hatten wir auch schon. Wir waren kurz davor Einladungen rauszuschicken. Da kommt er mir heute Morgen mit so Sachen wie, er könne uns nicht ernähren, wenn wir ein Kind bekämen, er hätte Angst davor zu verarmen und lauter so einen Mist.“

Sie knallte die Tasse auf den Tisch. Klara zuckte zusammen und sah schon überall Scherben. Zum Glück war es eine alte Tasse, dachte sie noch und war heilfroh, als der Becher der Belastung standhielt. Sie überlegte kurz, ob sie ihre Schwägerin dafür tadeln sollte, beließ es aber dabei.

„Wie kommt er darauf, dass wir verarmen?“, regte sich die Schwester des Türmers weiter auf. Sie schien jetzt in Fahrt zu kommen. Wir haben beide eine gut bezahlte Anstellung. Und mit einem Gehalt kommen wir schon über die Runden. Außerdem hatte ich nicht vor, in nächster Zeit schwanger zu werden. Im Moment steht mein berufliches Fortkommen im Vordergrund, da passt ein Kind sowieso nicht hinein. Wenn ich sehe, dass andere mit einem ganzen Stall voll Kindern und einem Einkommen klarkommen, muss ich doch wirklich am Verstand meines Verlobten zweifeln“, schimpfte sie und fügte dann bitter hinzu: „Meines ehemaligen Verlobten, muss ich ja jetzt sagen.“

„Wie kommt er denn jetzt darauf, dass ihr euch kein Kind leisten könnt?“, fragte Klara.

„Kalte Füße hat er“, keifte Charlotte plötzlich. „Das ist es.“

Dann fing sie wieder an zu weinen. Klara rollte mit den Augen und begann wieder, ihre Schwägerin zu trösten.

Als der Türmer das Polizeipräsidium erreichte, hatte er den Vorfall mit seiner Schwester schon fast wieder vergessen. Er platzte in Schuhmanns Schreibstube und sagte: „Wo sind die Bilder der Frauen?“

„Einen schönen guten Tag, mein lieber Freund“, antwortete Schuhmann betont gelassen. „Wie geht es dir?“

„Schnickschnack. Charlotte ist in Gefahr. Zeig’ mir jetzt die Bilder und erzähl’ mir alles, was du weißt.“

Schuhmann legte seinen Füllfederhalter aus der Hand und schloss die Augen. Er griff sich kurz an seinen schmerzenden Rücken, verzog kläglich das Gesicht, holte tief Luft und sprach: „Heinrich, du bist mein bester Freund und du hast der Stadt und der Polizei in den vergangenen Jahren außerordentliche Dienste erwiesen.“

„Ich weiß“, blaffte der Türmer. „Die Bilder!“

Schuhmann fuhr ungerührt fort.

„Wenn ich daran erinnern darf, welchen Beruf du hast und welchen ich ausübe, wirst du sicherlich von selbst darauf kommen, dass ich dir die Bilder nicht geben und den Stand der Ermittlungen nicht mitteilen darf.“

„Du hast sie mir doch schon gezeigt.“

„Und mir eine Rüge von Rosenbaum dafür eingefangen.“

„Aha, daher weht der Wind.“

„Ja, daher weht der Wind. Er hat dich gestern aus meiner Stube kommen sehen und mir umgehend klar gemacht, dass du dich diesmal aus der Sache heraushalten sollst.“

„Damit ihr es wieder vergeigt, oder was?“

Schuhmann überhörte die Spitze und sagte: „Ich habe klare Anweisungen. Und ich gedenke, mich an diese zu halten.“

Die Tür ging auf und Matthias Richter betrat den Raum. Der zerbrechlich wirkende Mann huschte ins Zimmer und warf einen gebündelten Papierstapel auf den Tisch. Er nickte dem Türmer kurz zu und fing sofort an zu reden.

„Ich habe mir die Sache noch mal genau angeschaut. Alle Frauen waren ledig und relativ vermögend. Und, wie wir ja schon festgestellt haben, von ähnlichem Aussehen.“ Er fing an, auf und ab zu laufen. Heinrich hielt sich dezent zurück. Er stellte sich ans Fenster und hörte zu. Richter ließ Schuhmann keine Möglichkeit ihn darauf hinzuweisen, dass Heinrich über den Fall nichts wissen durfte. Er setzte zwar zu einer Erklärung an, wurde aber von Richter davon abgehalten, der einfach weiterredete.

„Auch die Frau, die gestern Abend am Dom gefunden wurde, passt in dieses Muster. Ich schlage vor, wir befragen sie umgehend und ausgiebig. Ich vermute nämlich stark, dass sie das nächste Opfer sein sollte. Herr Niemann und dieser merkwürdige Herr Wolf, haben durch ihr Eingreifen der jungen Frau vermutlich das Leben gerettet.“

„Was macht Sie da so sicher?“, wollte Schuhmann wissen.

„Kriminalistischer Instinkt.“

„Ich fürchte, das ist ein wenig dünn.“

„Wenn wir sie nicht befragen, werden wir es nie herausfinden.“

„Schaden kann es nicht.“

„Ich komme mit“, entschied der Türmer.

„Tust du nicht“, konterte der Kommissar.

„Willst du mir etwa verbieten, einen Krankenbesuch zu machen.“

Der Kommissar wollte den Ton verschärfen und seinen Freund in die Schranken weisen. Doch er kannte ihn gut genug, um zu wissen, dass es unmöglich war, Heinrich von seinem Vorhaben abzubringen. Der Gesichtsausdruck des Türmers spiegelte wilde Entschlossenheit.

„Er kann sicher hilfreich sein“, sprang Richter zum Verdruss des Kommissars dem Türmer in die Bresche. Schuhmann gab auf.

„Gehen wir!“

Nach kurzem Fußmarsch erreichten die drei Männer das Hospital zum heiligen Geist. Sie fanden Fräulein Schubert in ihrem Bett sitzend vor. Ihr schien es schon viel besser zu gehen. Sie hatte wieder Farbe im Gesicht und machte einen aufgeräumten Eindruck. Als sie die drei Männer sah, lächelte sie. Nachdem die üblichen Floskeln und das Erkundigen nach ihrem Befinden erledigt waren, fing Schuhmann behutsam an, seine Fragen zu stellen.

„Fräulein Schubert, Sie wurden in Männerkleidung gefunden. Was hat es damit auf sich?“

Sie lachte kurz auf.

„Wir waren auf einem Maskenball und mein Begleiter hatte die witzige Idee, die Geschlechter zu tauschen.“

„Aha. Daher auch der aufgemalte Bart“, warf der Türmer ein und erntete prompt einen missbilligenden Blick seines Freundes.

Heinrich zog nur die Schultern hoch, hob die Hände und sagte: „Nur eine Anmerkung. Ich bin überhaupt nicht da.“

Schuhmann wandte sich wieder an Fräulein Schubert.

„Wer war denn Ihr Begleiter?“

„Und wo war er zum Zeitpunkt des Überfalls?“, fügte Richter hinzu.

„Mein Begleiter war Herr Stürmer. Und an den Überfall kann ich mich beim besten Willen nicht mehr erinnern, deshalb kann ich Ihre Frage leider nicht beantworten.“

„Was ist denn das Letzte, an das Sie sich erinnern?“, versuchte Schuhmann, die Erinnerungslücke wenigstens teilweise zu schließen.

Fräulein Schubert schien eine Zeit lang angestrengt nachzudenken. Dann sagte sie: „Ich erinnere mich an den letzten Tanz an diesem Abend. Ich weiß noch, dass ich früh nach Hause wollte, weil ich ja am nächsten Tag wieder zu meiner Arbeit gehen musste.“

„Was genau arbeiten Sie denn?“, wollte Richter wissen und holte einen Notizblock heraus.

„Ich bin Verkäuferin in einem Modegeschäft für Damen auf der Zeil.“

Richter nickte und notierte sich die Aussage mit großer Geste. Schuhmann rollte mit den Augen und fuhr fort.

„Sie wissen also nicht, ob dieser Herr Stürmer zum Zeitpunkt des Überfalls bei Ihnen war?“

„Nicht mit Sicherheit.“

„Das wären doch reichlich schlechte Manieren, wenn er sie alleine nach Hause gelassen hätte. Zumal Sie auch noch als Mann verkleidet gewesen waren“, blaffte Heinrich dazwischen.

Schuhmann schloss die Augen, zählte innerlich bis drei und drehte sich dann zum Türmer um. Sein Blick sagte mehr als tausend Worte. Dann sagte er zu seinem Freund mit zusammengepressten Zähnen.

„Wenn du nicht gleich aufhörst, mir in mein Verhör zu pfuschen, lasse ich dich verhaften.“

Am Blick des Kommissars konnte Heinrich erkennen, dass es ihm ernst war, weshalb er auf eine Antwort verzichtete.

„Entschuldigen Sie, Herr Kommissar“, mischte sich Richter vorsichtig ein. „Aber ich finde den Einwand des Herrn Niemann nicht unberechtigt.“

Schuhmann und Heinrich hatten immer noch Augenkontakt. Der Türmer machte eine *Hab-ich-dir-doch-gesagt-Geste* und grinste frech.

Schuhmann schloss erneut die Augen und sammelte sich. Dann drehte er sich zu Fräulein Schubert um.

„Ich gebe zu, an dieser Frage ist etwas dran. Also Fräulein Schubert: Hat dieser Herr Stürmer Sie nun nach Hause begleitet oder nicht.“

„Äh, Gerhard“, meldete sich der Türmer zurückhaltend. „Ich würde da gerne einen wichtigen Beitrag leisten, wenn es genehm ist.“

„Ich geb’s auf“, schnaufte der Kommissar und ließ den Türmer mit einer Geste gewähren.

„Als ich … also wir, Meinhardt und ich … und Goliath …“

„Komm zur Sache!“, bellte Schuhmann gereizt.

„Wie dem auch sei, wir fanden also Fräulein Schubert. Und als ich am Kräutergarten eintraf, ist eine Frau davon gerannt.“

„Na und?“

„Na ja, vielleicht war das ja gar keine Frau.“

„Du meinst …“

„Genau. Vielleicht war das ja Herr Stürmer in Frauenkleidern.“

„Und warum sollte er davonrennen?“

„Da fallen mir nur zwei Gründe ein. Entweder, er ist ein Feigling oder er hat Fräulein Schubert niedergeschlagen.“

„Du hast die Person, die davonrannte aber nicht genau gesehen, oder?“

„Na ja, es war dunkel. Und er oder sie war ziemlich schnell.“

„Was für deine Theorie spricht, dass es ein Mann in Frauenkleidern war."

„Genau."

„Aber wirklich gesehen haben Sie diese Person nicht?", hakte Richter nach. „Was genau hatte die Person denn an?"

Heinrich überlegte angestrengt.

„Schwer zu sagen. Es war auf jeden Fall ein bodenlanges Kleid."

„Welche Farbe?", wollte Richter wissen, der seinen Notizblock jetzt eifrig fütterte.

„Hell."

„Das ist keine Farbe, Heini", sagte Schuhmann.

„Es war dunkel, falls du dich erinnerst und die Person hatte geraumen Vorsprung."

„Mit anderen Worten: Du kannst es nicht sagen."

„So kann man es natürlich auch formulieren, wenn man negativ eingestellt ist."

„Und wenn man positiv eingestellt ist, wie sieht man es dann?", erwiderte Schuhmann schnippisch.

„Dann dankt man seinem Freund für die Hilfe, und dass er überhaupt etwas zur Lösung beitragen konnte, im Gegensatz zu gewissen hauptamtlichen Kräften."

„Heinrich, übertreibe es nicht", sagte Schuhmann und hielt seinem Freund den Zeigefinger unter die Nase.

„Meine Herren, das bringt doch nichts", ging Richter dazwischen. „Wir verfolgen doch ein gemeinsames Ziel, das sollten Sie nicht vergessen. Also Schluss jetzt mit den Kindereien. Ich finde, dass Herrn Niemanns Einwürfe durchaus einen Sinn ergeben und der Sache dienen. Sie sollten sich dem öffnen und Ihren Stolz hintenanstellen, Herr Kommissar. Bedenken Sie, welche Leistungen Herr Niemann in den letzten Jahren für uns erbracht hat und das obwohl er Türmer ist und kein ausgebildeter Kriminalist. Ich denke, Sie schulden Ihm Dank, nicht zuletzt durch die Tatsache, dass er Ihnen einen Mordverdacht von den Schultern nahm. Er war stets loyal zu Ihnen und Sie sollten seinen Rat akzeptieren. Als Freund *und* als Polizist."

„Sind Sie fertig?", fragte Schuhmann, ohne Richter dabei anzusehen.

„Ich könnte meine Ausführungen ergänzen, doch das würde ausufern."

Schuhmann schwieg eine Weile. Dann schien er zu kapitulieren.

„Entschuldige Heinrich, ich bin ein wenig gereizt. Richter hat Recht."

„Schon in Ordnung. Ich will doch nur helfen."

Beide lächelten sich an und die Sache war vergessen. Als die drei Männer sich umdrehten, sahen sie, wie Fräulein Schubert in ihrem Bett saß. Sie hatte die ganze Szene still beobachtet. Jetzt schüttelte sie den Kopf, zog die Lippen kraus und sagte abschätzig: „Männer!"

Die drei Männer sahen sich beschämt an. Fräulein Schubert hatte natürlich Recht. Sie benahmen sich kindisch. Gerhard räusperte sich verlegen und nahm Haltung an.

„Entschuldigen Sie diesen privaten Ausrutscher, Fräulein Schubert. Ich bedaure zutiefst, dass Sie das mitansehen mussten."

„Ich habe drei Brüder, das ist nichts Neues für mich."

„Da bin ich aber erleichtert."

„Können wir jetzt ein wenig professioneller an die Sache herantreten?", legte sie nach und setzte einen kecken Blick auf, der dem Kommissar die Verlegenheit ins Gesicht trieb. Er senkte den Blick und sagte: „Natürlich."

Dann hatte er sich gefangen und fuhr mit der Befragung fort.

„Wissen Sie denn, wo dieser Herr Stürmer zu finden ist?"

„Sicher. Er wohnt in Sachsenhausen."

„Haben Sie eine genaue Adresse?"

„Schulstraße 15."

Richter notierte die Adresse.

„Können Sie sich erklären, warum er die Flucht ergriffen und Sie zurückgelassen hat?"

„Er ist wohl doch kein Kavalier, wie ich es gedacht hatte."

„Wo genau war denn der Maskenball, an dem Sie teilgenommen haben?", wollte der Kommissar wissen.

Fräulein Schubert schien stolz zu sein, sie richtete sich auf und sagte würdevoll: „Bei den Herrschaften von Eigendorf. Eine Gesellschaft zu der man nicht ohne weiteres Zugang erhält."

„So, wer war denn alles zugegen?", wollte Heinrich wissen. Einen affektierten Unterton konnte er dabei nicht unterdrücken. Richter grinste und notierte.

„Der Abend wurde von einem gewissen Geert Möhnring arrangiert. Ein feiner Herr."

Heinrich und Gerhard zuckten zusammen.

„Wie bitte war noch der Name des Herrn?", fragte er nach.

„Geert Möhnring. Ein Geschäftsmann. Aber nicht irgendein gewöhnlicher. Er hat Beziehungen in die höchsten Kreise. Da wird nicht jeder eingeladen."

„Das ist doch wohl nicht zu fassen", entfuhr es Heinrich. „Wo kommt der denn jetzt auf einmal wieder her und warum kann dieser Lump hier in der Oberklasse herumturnen und Feste schmeißen?"

„Zwar ein wenig unflätig ausgedrückt, mein lieber Heinrich, aber treffend formuliert", pflichtete Gerhard bei.

„Wieso wird er nicht verhaftet?", wollte Heinrich wissen.

„Keine Ahnung."

„Sprechen wir hier von einem gewissen Geert Möhnring aus der Kaiserstraße?", mischte sich Richter ein.

„Ich glaube, da hatte er zuletzt gewohnt", bestätigte Schuhmann. „Wissen Sie etwas über ihn?"

„Soweit ich weiß, hat man ihn vor ein paar Jahren in Wiesbaden geschnappt und vor Gericht gestellt, wegen der Sache mit Fräulein Wenger damals."

„Und?", riefen Heinrich und Gerhard im Chor.

„Freispruch, aus Mangel an Beweisen."

Heinrich und Gerhard schnappten nach Luft.

„Unfassbar", bekam der Türmer endlich heraus. „Der ist damit durchgekommen."

„Sieht so aus", gab Gerhard resigniert zu.

„Tja, es gibt Recht und Gerechtigkeit", sagte Richter emotionslos und senkte seinen Blick wieder auf seine Notizen. Dann blickte er kurz auf und fügte gelassen an: „Aber wenn es Sie beruhigt, meine Herren: Er hat in Kaiserslautern acht Jahre wegen verschiedener Verbrechen eingesessen. Möhnring hat die Haftstrafe verbüßt und ist jetzt ein freier Mann."

Die Einladung

Wie sich herausstellte, war Geert Möhnring nun eine Art Wohltäter in den besseren Kreisen der Stadt geworden. Wie Gerhard und Heinrich richtig vermuteten, hatte er sich einfach in die Gesellschaft eingekauft.

„Es ist eine Auszeichnung, wenn man eine Einladung zu einem dieser Bälle bekommt“, schwärmte Fräulein Schubert.

„Und Sie haben eine bekommen“, vergewisserte sich der Kommissar.

„Na ja, eigentlich mein Begleiter.“

„Der abgehauen ist“, murmelte der Türmer.

„Er hatte sicher seine Gründe“, nahm ihn Fräulein Schubert in Schutz.

Heinrich zog die Brauen hoch und sagte zynisch: „Deshalb war er auch schon mit einem Blumenstrauß auf Krankenbesuch hier.“

Gerhard tadelte den Türmer erneut mit einem Blick.

„Das geht Sie auch nichts an“, legte die Kranke nach.

„Vergessen Sie meinen …“, Schuhmann hielt inne. Wie sollte er den Türmer nennen? Kollegen, Freund, Berater? Eigentlich war er nur neugierig und übervorsichtig, was seine Schwester anging. Er dürfte überhaupt nicht hier sein. „… Herrn Niemann“, vollendete deshalb der Kommissar, mangels besserer Bezeichnungsmöglichkeiten. „Er ist eigentlich gar nicht hier.“

„Ich sehe ihn aber deutlich“, blieb die junge Frau unversöhnlich. Gerhard drehte sich zum Türmer, fasste ihn am Arm und zog ihn beiseite.

„Du hältst jetzt deine vorlaute Klappe, oder es knallt“, zischte der Kommissar. „Wenn irgendjemand spitz bekommt, was wir hier treiben, komme ich in Teufels Küche, verdammt noch mal.“

„Ja, ist ja schon gut“, zeigte sich der Türmer reumütig. „Ich bin ab sofort mucksmäuschenstill.“ Zur Bestätigung schloss er den Mund, machte mit der rechten Hand eine Schließbewegung an seinen Lippen und warf den imaginären Schlüssel weg.

Gerhard schaute ihm noch eine Weile eindringlich in die Augen und wandte sich dann wieder an die junge Frau im Krankenbett.

„Ich denke, wir haben Ihre Zeit über Gebühr in Anspruch genommen, Fräulein Schubert. Aber ich habe da noch ein paar Fragen.“

„Aber machen Sie schnell, ich merke Müdigkeit aufsteigen“, gab sie sich überkandidelt. Zur Untermalung der Dramatik, hob sie den Handrücken der linken Hand an die Stirn und ließ sich ins Kissen fallen, wo sie in der Position mit geschlossenen Augen verharrte. Heinrich rollte mit den Augen. Was für eine verwöhnte Göre, dachte er.

„Wo genau fand dieser Ball statt und zu welchem Anlass?“

„Es war bei Herrn Konsul von Eigendorf. Er war Generalkonsul in Indien bis zu seinem Ruhestand. Ein so eleganter, weitgereister Mann.“ Sie kam ins Schwärmen und zählte auf, wie toll der Gastgeber war.

„Ja, ja“, unterbrach der Kommissar irgendwann. „Und Möhnring hat den Ball organisiert?“

„Das ist korrekt. Er hat sich um das Arrangement gekümmert.“

„Um das *was*?“, platzte es aus Heinrich heraus. Sofort hob er die Hände zur Entschuldigung und trat einen Schritt zurück, als Schuhmann ihn tadeln wollte. Er machte schleunigst wieder eine Schließbewegung am Mund und zog demütig den Hals ein.

„Er hat alles arrangiert. Er war der Zeremonienmeister.“

„Aha“, machte Schuhmann, den das affektierte Getue des Fräuleins langsam nervte.

„Noch einmal zur Sicherheit …“, fasste Schuhmann zusammen, „… Sie waren zu Gast beim Generalkonsul von Eigendorf. Eingeladen wurden Sie von Herrn Möhnring und begleitet von Herrn Stürmer.“

„Fast richtig“, sagte sie mit schwacher Stimme. Sie lag immer noch kränklich, mit der Hand auf der Stirn in ihrem Bett. „Ich war nicht eingeladen. Herr Stürmer war eingeladen. Ich war seine Begleitung.“

„Wo ist der Unterschied?“

Darauf hatte sie keine Antwort. Sie fing an zu jammern, dass es jetzt alles zu anstrengend ist und sie keine weiteren Fragen beantworten könne, weil sie dermaßen schwach war. Sie benötigte dringend Schlaf.

„Ich denke, alles Weitere erfahren wir von den von Ihnen genannten Personen. Ich bedanke mich für Ihre Hilfe.“

„Werden Sie den Kerl schnappen?“, fragte sie plötzlich mit kräftiger Stimme.

„Welchen Kerl?“

„Na, der, der mich niedergeschlagen hat.“

„Können Sie sich denn jetzt plötzlich erinnern?“

„Nein, wie kommen Sie darauf?“

„Weil Sie sagten, dass es ein Kerl war.“

„Wer denn sonst? Eine Frau kann es ja wohl kaum gewesen sein.“

Gerhard schluckte kurz, suchte nach einer sinnvollen Antwort und entschied sich für den Standardsatz: „Wir werden alles in unserer Macht stehende dafür tun, den Fall zu lösen.“

Charlotte verließ in depressiver Stimmung den Dom. Sie sah aus, als wäre sie von jemand geschlagen worden. Ihr Gesicht war vom vielen Weinen aufgequollen und knallrot. Als Meinhardt sie sah, erschrak er.

„Himmel, was iss denn mit Ihne bassiert?“, stieß er aus. „Wer hat Sie denn so zugerischt?“

„Halt die Klappe, halt einfach die Klappe du einfältiger Trottel“, schrie Charlotte. Ihr Gesicht wurde zu einer Fratze, sie spuckte bei jedem Wort dünne Speichelfäden in Richtung des Dom-Pförtners. „Du musst nicht zu allem deinen Senf dazu geben. Das ist nicht auszuhalten. Jedes Mal, wenn ich hierher komme, muss irgendein dummer Kommentar aus deinem Mund kommen.“ Charlotte kam jetzt in Fahrt. Der Pförtner stand vor ihr, und konnte nichts als staunen. „Wenn du dir nur noch einen einzigen blöden Satz in meine Richtung erlaubst, schlag ich dich zusammen, bis du lachst. Ich habe so was von die Nase voll, von deinem blöden Gehabe. Du bist ein Dummkopf. Wahrscheinlich der dümmste Mensch, der jemals unter der Sonne gelebt hat. Irgendjemand muss es dir mal sagen: Du bist un-er-träg-lich.“

Charlotte stierte den Pförtner an. Ihr Kopf war knallrot, ihre Augen nur noch Schlitze, ihr Kinn weit nach vorne gereckt und ihr Zeigefinger war nur einen Hauch von seiner Nase entfernt. „Und wenn aus deinem Mund jetzt auch nur eine einzige Silbe kommt, Meinhardt, dann schlage ich dir deine Zähne ein. Hast du mich verstanden?“

Meinhardt nickte vorsichtig. Er wagte nicht, auch nur ein Sterbenswörtchen zu äußern.

„Na dann ist ja gut“, zeigte sich Charlotte zufrieden und ließ von ihm ab. Sie stapfte davon und hinterließ einen völlig verstörten Meinhardt am Fuße des Frankfurter Doms.

Charlotte lief über den Römerberg wie eine geladene Kanone. Sie war in ihrem Leben noch nie so wütend gewesen. Jeder, der ihren Weg kreuzte, machte freiwillig Platz. Man konnte schon auf weite Entfernung erkennen, dass mit ihr nicht zu spaßen war. Erst, als sie allein in ihrem Zimmer in der Hochstraße bei Klaras Mutter eintraf, verflog die Wut ein wenig. Sie schloss sich für den Rest des Tages ein und war alleine mit ihrem Hass auf Heiko und die Welt. Erst spät am Abend übermannte sie der Schlaf.

Sie schreckte erst am nächsten Morgen hoch, als es an ihrer Tür klopfte.

„Kindchen?“, rief es vorsichtig durch die Tür. Frieda, die Schwiegermutter ihres Bruders, bei der sie immer noch wohnte, stand davor und macht sich Sorgen. „Bist du wach?“

„Was für eine bescheuerte Frage“, dachte Charlotte. Sie nahm sich jedoch zusammen und antwortete: „Moment, ich komme gleich.“

Sie rappelte sich von ihrem Bett auf. Dabei stellte sie fest, dass sie immer noch das Kleid vom Vorabend trug. Sie hatte darin die Nacht verbracht. Sie schleppte sich zum Garderobentisch, wo sie notdürftig ihr Haar richtete. Sie musterte sich angewidert, fuhr schnell mit dem Zeigefinger der rechten Hand über die vorderen Zähne und ging zur Tür, die sie nur einen Spalt weit öffnete.

„Was ist denn, Frieda?“, murmelte sie, peinlich darauf bedacht, ihrer Vermieterin keinen Einblick in ihr Zimmer zu gewähren. Sie hatte nicht aufgeräumt. Sie ließ sich gehen. Ohne Heiko machte das alles keinen Sinn. Sie wollte es sich nicht eingestehen, aber er fehlte ihr fürchterlich. Aber sie war viel zu wütend auf ihn, dass sie irgendwelche anderen Gefühle für ihn entwickeln konnte – oder wollte – außer Wut.

„Musst du denn heute nicht zur Arbeit?“

„Wie spät ist es denn?“

„Kurz nach acht.“

„Verflixt“, zischte Charlotte und knallte die Tür zu. Sie hatte verschlafen. Schon wieder. Das war jetzt schon das dritte Mal diese Woche. Frau Müller, ihre Vorgesetzte, würde ihr die Verspätungen vom Gehalt abziehen. Hastig ordnete sie ihre

Kleidung und die Frisur. Sie reinigte ihre Zähne mit einem feuchten Tuch, parfümierte sich und hastete an Frieda vorbei aus der Wohnung.

Die Schwiegermutter des Türmers schaute ihr besorgt hinterher. „So geht das schon seit Tagen. Es muss etwas geschehen“, sagte sie zu sich, als ihr Mündel die Wohnung schon längst verlassen hatte.

Charlotte hastete zu ihrer Arbeitsstelle bei der Scheideanstalt in der Münzgasse. Auf dem Weg dorthin, wurde ihre Laune nicht besser. In letzter Zeit hatte sich wohl alles gegen sie verschworen. Irgendwie lief alles schief, was nur schief laufen konnte. Nach einem etwa fünfzehn minütigen Fußmarsch, der eher einem Dauerlauf glich, erreichte sie Ihren Arbeitsplatz. Sie duckte sich an der offenen Bürotür ihrer Vorgesetzten vorbei, in der Hoffnung, nicht gesehen zu werden. Doch diese Hoffnung wurde nicht erfüllt.

„Fräulein Niemann?“, rief es aus dem Zimmer.

Charlotte gefror in der Bewegung, schloss die Augen und fluchte leise. Dann sagte sie: „Ja, Frau Müller?“

„Kommen Sie doch mal in meine Stube.“

„Mist“, stieß Charlotte aus, folgte aber der Aufforderung ihrer Vorgesetzten.

Sekunden später stand sie, verschwitzt und abgehetzt, vor dem Schreibtisch von Frau Müller, der Leiterin der Schreibstube, in der Charlotte ihren Unterhalt erwarb.

„Wir legen hier sehr großen Wert auf Pünktlichkeit“, sagte die strenge Frau tadelnd.

„Das ist mir bewusst, Frau Müller.“

„Warum kommen Sie dann ständig zu spät?“

„Ich …“, Charlotte wägte ab. Sollte sie lügen, eine Ausrede erfinden oder einfach die Wahrheit sagen? Während sie noch überlegte, wie sie die unangenehme Situation meistern sollte, bemerkte sie nicht, wie ihre Unterlippe anfing zu zucken. In ihren Gedanken ging es drunter und drüber. Wenn sie jetzt auch noch ihre Anstellung verlor, war die Katastrophe perfekt. Dann brach es aus ihr heraus. Sie weinte bitterlich. Es ließ sich nicht aufhalten. Charlotte kämpfte dagegen an, war aber machtlos. Frau Müller stand auf, schloss die Tür, ging auf die Schwester des Türmers zu und legte eine Hand beruhigend auf deren Schulter.

„Na, na, na, Kindchen", sagte Frau Müller sanft. „Was ist denn los?"

Und Charlotte erzählte von ihrer aufgelösten Verlobung, und dass alles schief lief und überhaupt alle gegen sie seien, die ganze Welt und noch viel mehr.

Frau Müller hörte der jungen Frau geduldig zu. Ab und an fand sie ein zustimmendes Wort oder eine beruhigende Geste. Alles in allem war Frau Müller eine sehr gute Zuhörerin.

Charlotte hatte ein vollgeschnieftes Taschentuch in ihrer Hand zerknüllt, das in ihrem Schoß lag. Vom Schluchzen bebte ihr Körper.

„Wissen Sie was, Fräulein Niemann?", sagte Frau Müller nun fröhlich. „Was Sie brauchen, ist Ablenkung."

Charlotte schaute auf. Sie verstand nicht ganz recht, was ihre Vorgesetzte damit meinte.

„Was meinen Sie?", fragte sie deshalb.

„Sie sollten auf andere Gedanken kommen. Ich wüsste da auch schon was."

„Da bin ich aber gespannt", blieb Charlotte skeptisch.

„Mein Gatte und ich sind heute Abend bei einer Ausstellung eines neuen, unglaublich talentierten Künstlers eingeladen. Kommen Sie doch einfach mit."

Charlotte fühlte sich überrumpelt. Dem Anschein nach, stand das auch in ihren Gesichtszügen. Frau Müller lachte und sagte: „Ich weiß, das ist nicht das, was sie erwartet haben. Sie kommen zum dritten Mal diese Woche zu spät und ich lade Sie auf eine Vernissage ein."

„Eine Verni… was?"

„So nennt man die Ausstellungseröffnung eines Künstlers. Vernissage."

„Aha", war alles, was Charlotte dazu einfiel. „Ich bin nicht sicher …"

„Wissen Sie was?", sagte Frau Müller und klatschte in die Hände. „Sie überlegen sich in Ruhe, ob sie mitkommen möchten und sagen mir heute Abend Bescheid, bevor sie nach Hause gehen. In Ordnung?"

„Das werde ich."

„Prima. Und jetzt aber husch, husch an die Arbeit."

Charlotte gehorchte. Ihre Laune hatte sich schon gebessert. Als sie am Abend ihren Arbeitsplatz verließ, schaute sie bei ihrer

Vorgesetzten vorbei und sagte: „Ich glaube Sie haben Recht, Frau Müller. Ich komme mit.“

Gerhard und Heinrich saßen mal wieder in der Schirn und tranken Apfelwein. Dazu die obligatorische Fleischwurst vom Metzger gegenüber.

„Was denkst du über die Sache?“, fragte der Polizist den Feuerwehrmann.

Heinrich verzog das Gesicht.

„Schwer zu sagen. Auf alle Fälle solltest du mal mit den Leuten reden, die uns Fräulein Schubert genannt hat.“

„Ich fürchte, ich werde dafür zu wenig Zeit haben. Die Mordsache geht vor.“

„Dann schick doch Richter.“

„Gute Idee. Er freut sich bestimmt darüber.“

Am nächsten Morgen trug Schuhmann Matthias Richter auf, die Befragung der Herren Stürmer und Möhnring zu übernehmen.

„Aber ich dachte, ich soll Ihnen bei der Mordsache helfen“, zeigte sich der junge Kollege enttäuscht.

„Tun sie ja“, beruhigte ihn Schuhmann. „Im Anschluss daran.“

Frustriert nahm Richter Mantel und Hut und machte sich auf den Weg zu den Herren, die in Verbindung mit Fräulein Schuberts Fall standen. Wieder einmal wurde er nur für Zweitrangiges eingeteilt. Doch er war nicht derjenige, der sich mit solchen Dingen lange beschäftigte. Er würde seinen großen Fall bekommen. Da war er ganz sicher. Seit er das Militär verlassen und bei der Frankfurter Polizei angefangen hatte, war es sein oberstes Ziel gewesen, der beste Polizist der Stadt zu werden. Dass dieser Weg steinig sein würde, war ihm von Anfang an bewusst gewesen, doch als er diesem Türmer am Römerberg das Leben gerettet und damit auch die Mordsache Hildegard Rüdgers dabei, quasi im Alleingang beendet hatte, dachte er, dass er künftig keine Botengänge mehr würde machen müssen. Immer wieder überlegte er, was er falsch gemacht hatte im Laufe seiner Karriere. An seiner Kompetenz konnte es nicht liegen, die war nachweislich vorhanden. Lag es an seiner schmalen Statur, seinem vorlauten Mundwerk, seiner Herkunft? Er wusste es nicht. Er war jetzt schon seit beinahe fünf Jahren Polizist. Irgendwann musste doch der blindeste unter seinen

Vorgesetzten sehen, zu was er imstande war. Er konnte mit den besten Polizisten des gesamten Landes mithalten, davon war er überzeugt und nicht im Unrecht damit. Dennoch hielt man ihn klein im Präsidium. Hatte man gar Angst vor ihm? Das musste es sein! Man hatte die Furcht, dass er zu weit nach oben kommen könnte und die Arbeit derer übernahm, die derzeit seine Vorgesetzten waren.

Damit konnte er sich abfinden, denn eines Tages würden sie nicht mehr an ihm vorbeikommen. Geduld und Beharrlichkeit waren seine stärksten Waffen. Er wusste, was er konnte und das würde ihm keiner nehmen können.

Er setzte sich in die Straßenbahn und fuhr hinüber nach Sachsenhausen, wo er den ersten auf seiner Liste besuchen wollte. Der Name, der ganz oben stand, lautete Theobald Stürmer. Stürmer bewohnt mit seiner Familie ein feudales Gebäude in der Schulstraße. Richter stand davor und staunte darüber, wieso so ein riesiges Haus von nur einer Familie bewohnt wurde. Nur wenige hundert Meter Luftlinie entfernt in der Altstadt, würde man bestimmt fünf bis sechs Familien in so einem Haus unterbringen. Und wenn man die Geschichte der Stadt kannte, und dadurch wusste, wie viele arme Juden in einem Haus solcher Größe in der ehemaligen Judengasse gewohnt, oder besser gesagt, gehaust haben, wurde einem schwindelig. Richter schüttelte den Gedanken ab. Es war so, wie es war und er würde es nicht ändern können. Er ordnete seine Kleidung und schritt die Stufen empor zu der doppelflügeligen Eingangstür des Hauses. Er läutete und wartete auf Einlass.

Wenig später öffnete ein Mann in feinem Zwirn, akkurater Frisur und arrogantem Gesichtsausdruck.

„Wir kaufen nicht an der Haustür“, sagte der Mann, der einen schwarzen Anzug und weiße Handschuhe trug. Er wollte die Tür schon wieder schließen, als Richter trotz der Wut, die in ihm aufstieg, ruhig antwortete: „Ich kaufe auch nichts an der Tür, werter Herr. Es wäre schön, wenn Sie mal für einen Moment den Stock aus Ihrem Allerwertesten nähmen und sich die eine Sekunde Anstand gönnen würden, nach meinem Begehr zu fragen.“

Der Hausdiener riss die Augen auf. Er glaube nicht, was er da gerade gehört hatte.

„Was erlauben Sie sich?“, echauffierte er sich steif.

„Na los, fragen Sie“, provozierte Richter den Mann weiter. „Ich wette mit Ihnen, dass ich anschließend in das Haus Ihres Arbeitgebers eingelassen und obendrein von Ihnen bewirtet werde.“

Man konnte sehen, wie es in dem steifen Diener arbeitete. Er trug einen Kampf mit sich aus, ob er diesen vorlauten Zwerg davonjagen oder ihn einlassen sollte. Er war nicht angemeldet, so viel stand fest. Und jeder, der dieses Haus betrat war entweder angemeldet, oder gehörte mindestens zur Familie. Dieser kleine Mann dort auf den Stufen war weder angemeldet noch gehörte er zur Familie. Aber seine Worte zeigten Wirkung. Was, wenn er Recht hatte und er wirklich des Einlasses würdig war. Er würde sicherlich Ärger mit seinem Arbeitgeber bekommen. Zur Sicherheit musterte er den fremden Mann eingehend.

Die Kleidung war nicht zu billig, aber entsprach auch nicht dem Standard, der sich für dieses Haus geziemte. Er hatte keine Tasche dabei, in der er seine Waren herumtrug und verkaufte. An seiner Weste hing eine Uhrenkette, die einiges an Wert hatte. Und seine Ausdrucksweise zeugte von Bildung. Gleichzeitig war sie aber auch vulgär genug, um auf eine niedere Herkunft schließen zu lassen. Es half alles nichts. Der Mann war ein Rätsel, das nur durch weitere Informationen entschlüsselt werden konnte.

„Wer sind Sie und was wollen Sie?“, fragte der Diener deshalb mit größtmöglicher Arroganz, um keine Schwäche zu zeigen und den Stolz zu bewahren.

„Aha“, machte Richter und grinste. „Mein Name ist Matthias Richter, ich bin bei der hiesigen Polizei im Dienst und muss mit Herrn Theobald Stürmer sprechen.“

„In welcher Angelegenheit?“, blieb der Diener unbeeindruckt.

„Ich denke, dass sage ich ihm lieber selbst. Das geht das Personal nichts an.“

Das saß.

Der Diener zuckte kurz, verlor die Fassung für den Bruchteil einer Sekunde und fragte: „Können Sie sich ausweisen?“

„Selbstverständlich“, sagte Richter und holte seinen Dienstausweis hervor. Er hielt ihn dem Lakaien direkt vor die Nase und legte einen gewinnenden Gesichtsausdruck auf. Der Diener studierte die Plakette eingehend, so gut es auf die kurze Entfernung ging und gestand schließlich seine Niederlage ein.

„Für wen putzt du dich so heraus?“, fragte die Schwester.

„Ich putze mich nicht heraus“, sagte der Bruder, der vor dem Spiegel stand und seine Garderobe zurecht rückte.

„Das ist dein bester Anzug“, schnappte sie. „Den trägst du doch nicht um Milch holen zu gehen.“

Er seufzte.

„Schwesterlein, das gehört zu meiner Arbeit. Meine Anwesenheit ist erforderlich. Ich kann ja wohl kaum im Nachthemd dort hingehen.“

„Du willst nur die anwesenden Damen beeindrucken und wieder so eine Hure mit nach Hause bringen. Sie wollen sich alle nur in deinem Ruhm sonnen und dein Geld stehlen.“

„Schwester“, rief der Bruder. „Was soll denn das?“

Ihr Ton wurde weinerlich.

„Du weißt genau, dass ich an dieses Haus gefesselt bin und es nicht verlassen darf. Du hast geschworen, immer für mich da zu sein.“

„Ich bin für dich da. Außerdem kannst du das Haus verlassen, wann immer du willst. Nichts hält dich davon ab. Und so wie ich die Sache sehe, hast du das auch schon mehr als einmal getan in den letzten Wochen. Und mir gefällt nicht, was du bei deinen Ausflügen anstellst.“

„Was denn?“, fragte sie provokant. „Du weißt gar nichts.“

„Ich weiß genug“, schrie er plötzlich und drehte sich um. „Du hast all die Frauen auf dem Gewissen.“

„Du bist ja verrückt.“

„Nenn mich nicht verrückt. Niemals!“, schrie er und wollte auf sie losgehen. Ihr ängstlicher Blick und die zum Schutz erhobenen Hände vor ihrem Gesicht, hielten ihn davon ab, sie zu schlagen. Er stand mit erhobener Hand vor ihr und sagte leise aber unendlich bedrohlich: „Nie wieder, ist das klar?“

Sie nickte.

„Ich gehe jetzt. Und du wirst mich nicht aufhalten.“

Als er bereits vor der Tür im langen Flur seines Hauses war, hörte er sie im Inneren keifen. Er hielt sich die Ohren zu und verließ das Haus. Selbst auf der Straße glaubte er noch, ihre schrecklich kreischende Stimme hören zu können. Sie trieb ihn in den Wahnsinn. Die Schuld, die sie auf sich genommen hatte, wog wie eine tonnenschwere Last. Er musste aber damit leben. Nicht auszudenken, was geschah, wenn alles herauskam und sie verhaftet und hingerichtet wurde. Das konnte so nicht weitergehen, da war er sicher. Doch er war machtlos gegen seine Schwester.

„Alfred, bring' doch unserem Gast etwas zu trinken“, befahl Theobald Stürmer seinem Diener. „Möchten Sie einen Tee, Herr Richter?“

Nachdem der Diener dem Polizisten Einlass gewährt hatte, führte er ihn in das gotisch möblierte Empfangszimmer des Hauses. Dort saß er nun in einem sehr gemütlichen Sessel mit hoher Lehne und Ohren und wurde tatsächlich bewirtet. Richter grinste den Diener böse an und sagte: „Aber sehr gerne doch. Und wenn es nichts ausmacht vielleicht noch etwas Gebäck dazu. Dann schmeckt der Tee doch gleich viel besser.“

„Selbstverständlich“, antwortete Stürmer schon fast beleidigt, da er Zweifel seiner Gastfreundschaft vermutete. „Alfred ..., bitte Tee und Gebäck.“

„Sehr wohl, Herr Stürmer“, gehorchte der Diener mit einer leichten Verbeugung und verließ das Zimmer. Selbst wenn er sich gedemütigt fühlte, ließ er es sich nicht im Geringsten anmerken. Er ging in die Küche, befahl der Köchin Tee und Gebäck auf ein silbernes Servierbrett zu platzieren und setzte sich abwartend auf einen Schemel. Als die Köchin Tee und Gebäck abgestellt hatte, stand Alfred auf, öffnete die Teekanne und spuckte hinein. Anschließend nahm er jeden einzelnen Keks in die Hand und berührte ihn mit seiner Zunge, dann trug er das Tablett in das Esszimmer, wo Richter und Stürmer auf ihn warteten. Er servierte, ohne die kleinste Veränderung im Mienenspiel.

„Ausgezeichneter Tee“, schwärmte Richter nach dem ersten Schluck aus seiner Tasse. Er grinste Alfred an, der immer noch ohne erkennbares Mienenspiel im Raum stand. „Welche Sorte ist das?“, wollte Richter wissen.

„Ich habe keine Ahnung“, sagte Stürmer und richtete seinen Blick auf Alfred. „Welche Sorte ist das?“, fragte er ihn.

„Dies ist eine seltene Schwarzteemischung nach Art des Haues“, kam eine tonlose Antwort aus Alfreds Mund.

„Wirklich ausgezeichnet“, schwärmte Richter und nahm sich einen Keks. Er biss davon ab und schwärmte ebenfalls über den vorzüglichen Geschmack.

„Auch ein Rezept des Hauses, nehme ich an“, kommentierte er.

Alfred nickte und sagte: „Selbstverständlich.“

Richter verschlang den Keks genussvoll und griff zum nächsten, den er anbiss, bevor er sich an Herrn Stürmer wandte, um ihn zu befragen. Erst jetzt gönnte sich Alfred den kaum sichtbaren Anflug eines Grinsens.

„Herr Richter“, schlug Stürmer jetzt einen geschäftlichen Tonfall an, bevor der Polizist das Wort ergreifen konnte. „Sie sind doch sicherlich nicht wegen des guten Tees hier, oder? Meine Zeit ist kostbar.“

„Natürlich nicht“, wurde Richter förmlich. „Es geht um Fräulein Schubert. Ich …“

Stürmer hob die Hand und brachte damit Richter zum Schweigen. „Alfred, das wäre dann alles“, sagte er zu seinem Diener, der sich daraufhin dezent zurückzog.

„So“, sprach Stürmer weiter, als Alfred das Zimmer verlassen hatte. „Jetzt sind wir ungestört. Es geht um Fräulein Schubert sagen sie?“

„Kennen Sie die Dame?“

Stürmer rutschte unruhig auf seinem Sessel hin nun her.

„Was heißt kennen“, sagte er und lachte nervös. „Kennen, wäre zu viel gesagt. Wir sind uns durchaus … bekannt. So würde ich das nennen.“

„Nun“, fuhr Richter fort, der einen Verdacht hegte, den er aber erst noch bestätigt haben wollte. „Ich bin hier, weil Fräulein Schubert behauptet, mit Ihnen vor drei Tagen bei einem Maskenball gewesen zu sein.“

„Das ist wohl unbestreitbar“, gab Stürmer zu und lachte wieder verlegen.

„Das ist ja auch nicht das Thema“, fuhr Richter fort. „Es geht vielmehr darum, was im Anschluss an diesen Ball geschehen ist.“

„So, was denn?“

„Sie erinnern sich nicht daran?“

„Wovon reden Sie?“

Stürmer schien ehrlich verwirrt.

„Ist Fräulein Schubert etwas zugestoßen?“, fragte er besorgt.

Richter setzte seinen, wirklich vorzüglichen, Tee ab und ließ sich in die Lehne des Sessels fallen, in dem er saß.

„Sie wissen es nicht?“

„Nein“, rief Stürmer. Richter glaubte ihm.

„Nun, dann will ich es Ihnen erzählen. Aber zuerst möchte ich wissen, warum Sie Fräulein Schubert nicht nach Hause begleitet haben an diesem Abend?“

Stürmer schien diese Frage nicht zu behagen. Zögerlich antwortete er: „Wir sind zusammen dorthin gegangen. Ja, das stimmt. Aber sie hat auf dem Fest an einem anderen Mann Gefallen gefunden.“ Er machte eine enttäuschte Geste. „Tja, da war ich abgemeldet.“

„Interessant.“

„Wollen Sie mir nicht endlich erzählen, was passiert ist?“

Richter setzte Stürmer ins Bild. Woraufhin dieser schockiert reagierte.

„Du meine Güte“, sagte er ehrlich ergriffen. „Wenn ich das gewusst hätte …, das tut mir unendlich leid.“

„Machen Sie sich keine Vorwürfe, Herr Stürmer. Jeder von uns hätte so gehandelt.“

„Aber ich hatte die Verantwortung für sie an diesem Abend.“

„Sie waren, verständlicherweise, gekränkt. Also, wenn ich mit einer Dame auf einen Ball gehe und die dann mit einem anderen …“, er sprach den Satz nicht zu Ende. „Also, ich denke, ich hätte sie auch nicht nach Hause begleitet.“

„Trotzdem. Ich bin zumindest moralisch verantwortlich.“

„Nun, wie dem auch sei … da Sie nun nicht mehr im Kreis der Verdächtigen sind, verschwende ich hier meine Zeit“, sagte Richter und erhob sich aus dem bequemen Ohrensessel. Er nahm noch einen dieser wirklich leckeren Kekse und biss hinein.

Stürmer wollte sich auch erheben, um seinen Gast zu verabschieden.

„Lassen Sie nur“, hielt ihn Richter zurück. „Ich finde schon allein hinaus. Ist ja nicht so weit.“

Theobald Stürmer lehnte sich wieder im Sessel zurück und, so wie es den Anschein hatte, war er immer noch in Gedanken bei seiner moralischen Schuld, ein junges Fräulein, das in seiner Verantwortung war, allein gelassen zu haben.

Charlotte wusste nicht, was man zu so einer Vernissage anzog. War das eine festliche Veranstaltung? Oder doch eher ein Picknick? Sie öffnete ihren Kleiderschrank. Viel war nicht darin zu finden. Sie hatte gerade einmal drei Kleider. Davon waren zwei abgetragen und alltagstauglich, eines war für Sonntagsausflüge reserviert. Sie stand in ihrem Zimmer in Unterwäsche und haderte mit sich.

„Das ist doch gar nicht meine Welt", sagte sie leise vor sich hin. „Da komme ich bestimmt nicht zurecht. Ich werde mich blamieren."

Sie war hin- und hergerissen. Sie konnte immer noch eine Unpässlichkeit vortäuschen. Auf der anderen Seite wollte sie Frau Müller nicht vor den Kopf stoßen. Sie war immerhin ihre Vorgesetzte. Wenn sie auf diese Vernissage mitging, konnte das ihrem beruflichen Fortkommen nur von Nutzen sein.

Es war zum verrückt werden.

Da klopfte es leise an der Tür.

„Ja, bitte?", antwortete Charlotte.

„Kann ich hereinkommen?", fragte Frieda durch die Tür.

„Sicher doch."

Vorsichtig wurde die Tür geöffnet und Frieda steckte ihren Kopf zögernd hindurch.

„Ich will dir nicht zur Last fallen. Aber ich finde, du solltest wissen, dass ich immer für dich da bin, wenn du Sorgen hast, Kindchen."

„Das weiß ich doch, Frieda", schlug Charlotte einen versöhnlichen Tonfall an. „Aber im Moment bin ich ein wenig durcheinander. Das verstehst du sicherlich."

Frieda lächelte verständnisvoll und trat an Charlotte heran. Sie packte mit beiden Händen das Gesicht der Jüngeren.

„Das Leben ist ein ständiges Auf und Ab, Charlotte. Jetzt geht es halt mal ein bisschen bergab. Das ist doch normal."

Charlotte lachte freudlos und befreite sich aus dem Griff ihrer Vermieterin und Freundin.

„Du hast gut reden. Du bist ja nicht verlassen worden."

„Oh doch, Liebes. Das bin ich schon oft."

„Aber das ist lange her."

„Genau. Und deshalb weiß ich, dass es irgendwann aufhört weh zu tun."

Charlotte lächelte jetzt auch. Sie schaute Frieda liebevoll an und sagte: „Danke für deine Anteilnahme. Es tut mir gut, dass du dich um mich kümmerst."

„Aber das muss ich doch. Wir sind doch Freundinnen. Und da ich nun mal mehr Erfahrung in solchen Dingen habe, gebe ich diese an dich weiter. So funktioniert das nun mal."

„Du hast Recht", entschied Charlotte. „Vergessen wir die Männer. Konzentrieren wir uns auf das Wesentliche."

„So?", machte Frieda erfreut. „Und was wäre das?"

„Welches Kleid ziehe ich heute Abend auf diese verflixte Vernissage an?"

Schlechte Nachrichten

Kommissar Schuhmann war froh, dass er endlich in Ruhe an dem Mordfall arbeiten konnte. Richter hatte er auf die Reise geschickt, den Überfall auf Fräulein Schubert aufzuklären. Er würde den ganzen Tag weg sein. Heinrich war auf dem Domturm und führte Touristen durch das Gemäuer und würde sicherlich heute Abend erst zu ihm stoßen und neugierig nachfragen, was es denn Neues geben würde.

Bis dahin hatte er alle Zeit und Ruhe, um den Fall zu einer schnellen Aufklärung zu bringen.

Als erstes sortierte er seine Unterlagen. Dann setzte er sich auf einen Stuhl und dachte nach. In der Hand hatte er einen Notizblock und einen Stift. Er saß da und schrieb einfach seine Gedanken auf; ohne dies bewusst zu tun. Er führte sozusagen Protokoll über seine eigenen Gedanken. Als er fertig war, nahm er den Block und las, was er notiert hatte. Er nickte zufrieden, nahm seinen Gehrock und machte sich auf den Weg zum Kollegen Schlesinger. Wenig später betrat er dessen kleine Schreibstube.

„Ah", machte der Kollege, als er Schuhmann sah. „Gut, das Sie zu mir kommen, da spare ich mir schon einen Gang."

„Wieso?"

„Weil ich mich gerade auf den Weg zu Ihnen machen wollte. Ich habe so einiges herausgefunden über die Damen."

„Das ist ja mal erfreulich."

„Ich konnte alle vier Frauen identifizieren."

„Na, das ist ja schon mal was."

„Jemand muss es den Familien sagen."

Schuhmann schwieg.

„Ich mache es nicht", sagte Schlesinger.

Schuhmann schwieg immer noch. Er sträubte sich.

„Niemand hat gesagt, dass es einfach ist", sprach Schlesinger. „Aber jemand muss es tun. Und so, wie ich die Sache sehe, sind Sie im Boot, Herr Schuhmann."

Schuhmann seufzte.

„Verdammt“, sagte er dann, nahm die Akten, die ihm Schlesinger hingereicht hatte und verließ das Zimmer. Sein Tag war gelaufen.

Heinrich wollte sich auf den Weg zu Gerhard machen, um zu erfahren, was es Neues von den toten Frauen in der Kanalisation gab. Den ganzen Tag hatte er Besuchergruppen durch die Gemäuer des Doms geführt, Revisionsarbeiten erledigt und kleinere Reparaturen durchgeführt. Jetzt traf er zum ersten Mal nach den Geschehnissen im Kräutergarten auf Meinhardt.

„Hiärr Termer“, begrüßte ihn der Pförtner wenig galant. „Wenn de die Schwester ma wieder sehe tust, kannste er en scheene Gruß von mer ausrichte. Und wennse es nächste mal kimmt, kann se sisch uff was gefasst mache, die Rotzgöre.“

„Wie bitte?“, war alles was dem Türmer dazu einfiel.

„Die hat mich hier in de Senkel gestellt. Vor alle Leut’.“

Der Türmer schaute sich um. Der Platz war menschenleer.

„Welche Leute?“

„Is doch worscht. Die hat misch net so azublase.“

„Sie wird ihren Grund gehabt haben.“

„Hälste jetzt ach noch zu dere?“, schimpfte Meinhardt und erzählte dem Türmer, was vorgefallen war.

„Nun Meinhardt, mein ungebildeter Freund“, sagte Heinrich mit süffisantem Grinsen im Gesicht. „Ich kenne dich *und* ich kenne meine Schwester. Wenn meine Schwester also meint, sie müsse dich *anblasen*, wie du es nennst, dann wird sie sicherlich einen triftigen Grund dafür gehabt haben.“

„Aus dem Nichts, hat se mich zusammegestaucht, wie en Kesselflicker.“

Heinrich stellte sich vor Meinhardt, zog eine Braue nach oben und legte den Kopf schief. So musterte er den Pförtner stumm.

„Naja“, gab Meinhardt nach einer Weile kleinlaut zu. „Vielleischt war isch e klaa bissi unsensibel. Woher soll isch dann wisse, was die fier Probleme hat.“

„Lass es mich mal so formulieren“, setzte der Türmer an. „Wenn eine Frau mit aufgequollenen Augen und hochrotem Kopf an mir vorbeiläuft, lass’ ich sie um Himmels willen wortlos passieren. Bist du denn vom Wahnsinn besessen, eine Frau anzusprechen, wenn sie gerade eine Weinattacke hinter sich hat? Meinhardt, du bist selbst schuld und ich werde meiner Schwester nichts, aber auch gar nichts, sagen. Ich bin doch nicht ohne Hirn auf die Welt gekommen."

„Willst du dademit sache, ich hätte kei Hirn?"

„Ich kenne Leute, die würden das sofort glauben."

„Das is doch wohl …", fuhr der Pförtner auf. „Dir geb isch. Du bist ja genauso wie dei Schwester."

Heinrich kramte in seiner Tasche, warf Goliath, der geduldig auf seine Wurst gewartet hatte, ein Stückchen davon zu, ließ den Pförtner schimpfend zurück und machte sich fröhlich pfeifend davon.

Nach kurzem Fußmarsch erreichte Heinrich das Polizeipräsidium an der Neuen Zeil. Er ging ohne Umwege in Gerhards Amtsstube. Ohne anzuklopfen trat er ein.

„Und? Gibt's was Neues?"

Schuhmann zuckte zusammen.

„Heinrich", rief er tadelnd. „Manchmal könnte ich dich …"

„Was denn?"

„Du bist ein ungehobelter Klotz."

„Ich bin Feuerwehrmann", kam die Universalausrede. „Da ist man nun mal etwas gröber. So wie gute Wurst."

Schuhmann schüttelte nur den Kopf. Er hatte es schon lange aufgegeben, seinem Freund Manieren beizubringen. Da könnte man auch versuchen, dem Gras verbieten zu wachsen.

„Also, was ist jetzt?", drängelte Heinrich nach Informationen.

„Das geht dich nichts an", wehrte Schuhmann ab.

„Wie bitte?"

Der Polizist legte seinen Stift aus der Hand und schaute flehentlich zum Himmel.

„Wie oft soll ich dir noch sagen, dass es so etwas wie ein Dienstgeheimnis gibt. Ich darf dir von den Ermittlungen nichts erzählen."

„Komm schon, Gerd", unternahm Heinrich ungerührt einen weiteren Versuch, irgendetwas aus dem Polizisten herauszubekommen. „Wir sind doch Freunde."

„Und wenn du meine Mutter wärst. Du Feuerwehrmann – ich Polizist"; sprach er jetzt, wie mit einem Schwachsinnigen. „Du verstehen?"

„Ich wissen", stieg der Türmer mit ein in die Sprache für Doofe. „Aber ich will wissen, was los ist. Auch im Namen meiner Schwester, die derzeit zumindest in abstrakter Gefahr schwebt."

„Das weißt du doch gar nicht", blieb der Kommissar standhaft.

„Es ist aber doch sehr wahrscheinlich."

„Ich kann deine Sorgen verstehen, aber ..."

„Dann lass mich dir helfen", unterbrach Heinrich seinen Freund. „Wie oft habe ich jetzt schon die Kohlen für dich aus dem Feuer geholt."

„Jetzt fang nicht wieder damit an. Das ist moralische Erpressung."

Der Türmer zuckte nur mit den Schultern und beharrte auf seinem Standpunkt.

Schließlich gab der Polizist auf.

„Na schön", seufzte er. „Aber nicht hier. Lass uns in die Schirn gehen."

„Prima", rief Heinrich. „Ich habe sowieso Hunger."

„Und Durst, wie ich dich kenne", flachste Gerhard.

„Ein gutes Stöffche hat noch nie geschadet."

An der Ecke stand ein riesiger Hund. Allein, ohne Besitzer und Leine. Er fletschte die Zähne. So einen riesigen Hund hatte er noch nie gesehen. Der Hund knurrte. Das kehlige Grollen ließ die Luft vibrieren. Er ging einfach weiter. Doch da sah er einen zweiten, ebenso großen Hund hinter einem Baum hervorschauen. Auch er war nicht angeleint und fletschte knurrend die Zähne. Er musste an den Hunden vorbei, um seinen Weg fortzusetzen. Er blieb stehen, suchte die Gegend ab, ob da nicht jemand da war, dem die Hunde gehörten.

„He da?", rief er deshalb ängstlich. „Wem gehören die Viecher?", rief er. Weit und breit war niemand zu sehen. Panik ergriff ihn. „Was mache ich denn jetzt?"

Schweißperlen standen auf seiner Stirn. Er musste an den Hunden vorbei, um zu seinem Termin zu kommen. Wieso hielten diese blöden blutrünstigen Bestien ihn davon ab? Und wo zum Teufel war deren Besitzer?

Der erste Hund kam jetzt langsam näher. Er konnte sehen, wie sich die Schulterknochen des Tieres abwechselnd hoch und runter bewegten.

Er wich zurück.

Dann machte der zweite Hund einen Schritt nach vorne. Rasend schnell flogen jetzt die Gedanken durch seinen Kopf. Er suchte nach einem Fluchtweg. Er lief rückwärts. So lange, bis er an eine Hauswand stieß. Er sah sich um. Niemand da, der ihm helfen konnte.

Er presste sich an die Wand in seinem Rücken. Die Tiere bauten sich vor ihm auf, nahen ihm die Fluchtmöglichkeit.

„Hallo?“, rief er nochmal, in der Hoffnung, dass doch endlich der Besitzer der Hunde kommen und sie an die Leine nehmen würde. Doch so groß wie diese Hunde waren, wäre das noch lange keine Garantie für seine Unversehrtheit. Wer lässt denn auch solche Monster frei herumlaufen? Das war doch bestimmt verboten.

Sie kamen jetzt immer näher. Bedrohlich, mit den Zähnen fletschend, knurrend, mit gesträubten Nackenhaaren, RIESIG!

Er sah nur einen Ausweg. Die Flucht nach vorne.

Er fasste sich ein Herz, nahm die Beine in die Hand und rannte so schnell er konnte an den beiden Hunden vorbei. Sie schnappten nach ihm, verfehlten ihn aber. Er schaffte es tatsächlich an ihnen vorbeizukommen. Er rannte ohne sich umzusehen, immer weiter. Hinter sich konnte er die Hunde bellen hören. Sie kamen näher. Er rannte, rannte, rannte. Sein Atem ging keuchend, seine Lungen brannten wie Feuer, seine Beine wurden schwächer. Aber er rannte, stolperte, fiel, stand auf und rannte weiter. Da, endlich sah er das Haus, das er zu erreichen versuchte. Mit letzter Kraft sprang er die Stufen zum Eingang hinauf, riss die Haustür auf und knallte sie hinter sich zu.

„Oh mein Gott“, hörte er aus weiter Ferne eine besorgte Stimme. „Was ist mit Ihnen?“

Die Frau kam auf ihn zu. Er kauerte völlig ausgepumpt am Boden und schnappte nach Luft.

„Hunde“, japste er. „Die … wollen … mich … fressen.“

„Oh mein Gott“, stieß die Frau erneut aus. „Das ist ja schrecklich. Wo sind sie?“

„Ich weiß nicht, sie waren die ganze Zeit hinter mir, sie stehen bestimmt vor der Tür.“

Die Frau, die vor ihm gekauert hatte, stand jetzt auf und schaute durch die Glasscheiben der Eingangstür des Hauses. Nach einer Weile beugte sie sich wieder zu ihm herunter.

„Sie sind weg.“

„Sind Sie sicher?“

„Ich habe die ganze Straße einsehen können. Weit und breit kein Hund.“

„Gott sei Dank.“

Er stand erleichtert auf und wischte sich den Schweiß von der Stirn. Er schaute an sich herunter. Er hatte ein Loch in seinem Hosenbein auf Höhe des linken Knies. Das muss er sich bei seinem Sturz geholt haben. Überhaupt war er total schmutzig. So konnte er nicht hier bleiben. Nicht in diesen Kreisen.

„Ich gehe am besten noch mal nach Hause und ziehe mich um“, entschied er deshalb.

„Aber sicher doch. Kein Problem. Hauptsache, sie kommen wieder.“

„Natürlich, Frau Möhnring, natürlich.“

Als Richter am nächsten Morgen ins Präsidium kam, war Schuhmann schon in seiner Amtsstube.

„Ah, gut, dass Sie kommen, Richter“, begrüßte ihn der Kommissar. „Es gibt viel zu tun.“

„Was ist daran neu?“

„Nichts, da haben Sie Recht. Aber ich brauche Sie in der Mordsache. Vergessen Sie mal die überfallene Frau am Dom für eine Weile.“

Richter grinste. Endlich war er bei den großen Fällen dabei.

„Was soll ich tun?“

„Wie Sie wissen, haben wir vier weibliche Leichen gefunden.“

Richter nickte.

„Wie Sie sich auch denken können, waren alle vier als vermisst gemeldet.“

„Auch das ist mir bekannt.“

„Und wer als vermisst gemeldet wird, hat jemanden, der ihn vermisst.“

„Leuchtet ein.“ So langsam schwante Richter, worauf der Kommissar hinaus wollte. Er sollte mal wieder die Drecksarbeit machen. Er war enttäuscht und ließ die Schultern sinken.

„Ich soll den Angehörigen beibringen, dass Ihre Töchter im Kanal gefunden wurden“, stellte er deprimiert fest.

„Sie sind ein schlauer Kerl, Richter“, sagte Schuhmann erleichtert. „Sie werden es weit bringen.“

Richter schnaubte humorlos.

„Geben Sie mir die Adressen", sagte er tonlos und hielt die Hand auf. Der Tag würde so was von beschissen werden.

Also ging Richter zu den Adressen. Er setzte eine bittere Miene auf und legte sich auf dem Weg zu den Familien seine Worte zurecht. Wie sagte man einer Mutter, dass ihr Kind tot ist? Wie reagierte man auf Weinkrämpfe, Wutanfälle, tiefste Verzweiflung? Dafür war er nicht ausgebildet. Die wichtigen Sachen bringen sie einem nicht bei. Richter war wütend. Auf Schuhmann, weil er ihm ständig nur unwichtige oder unangenehme Arbeiten übertrug. Aber auch auf sich selbst, dass er es bisher nicht geschafft hat, die richtigen Leute bei der Frankfurter Polizei von seinen Qualitäten zu überzeugen. Der kleine Mann wanderte über die Alte Brücke, rüber nach Sachsenhausen, wo die erste Familie wohnte. Er lief an dem goldenen Hahn vorbei und schaute zu ihm auf. Richter fiel die Legende zum Bau der Brücke ein. Der Brückenbaumeister hat, der Legende nach, einen Pakt mit dem Teufel geschlossen, damit die Brücke in der vorgebenden Zeit errichtet werden konnte. Der Preis dafür war, dass die erste Seele, die über die fertige Brücke läuft, dem Teufel gehört. Da dies nach alter Tradition der Erbauer der Brücke war, hatte der Baumeister ein Problem. Doch er schlug dem Teufel ein Schnippchen. Er packte einen Hahn in einen Sack. Dann, bei der Eröffnung, trieb er den Gockel vor sich her über die Brücke. Somit war dieser die erste Seele, die die Brücke überquerte und der Baumeister war fein raus.

Der Teufel fand das natürlich nicht so lustig und zerriss den Hahn in der Luft. Zusätzlich, um seinen Unmut zu äußern, stampfte er zwei große Löcher in die Brücke, die niemals geflickt werden konnten. Zur Erinnerung thronte nun in Gold gegossen ein Abbild des Hahns am Rande der Brücke über den Köpfen der Passanten.

Die Familie des ersten Opfers, die Richter besuchen wollte, wohnte in der Willemer Straße, in der Nähe des Affentorplatzes. Er schritt die Brückenstraße ab, bog links in die Schifferstraße ein, überquerte den Affentorplatz und erreichte so wenig später die Willemstraße. Er suchte nach dem entsprechenden Haus und drückte mit einem flauen Gefühl in der Magengegend die Klingel der Familie Schmöger. Die Tochter der Familie, die den Namen

Elsbeth hatte, wurde seit sechs Monaten vermisst. Richter ging im Kopf seinen Text durch, den er sich auf dem Weg hierher zurecht gelegt hatte. In dem Moment, als die Tür geöffnet wurde, fiel ihm etwas ein.

„Ja bitte?“, sagte der Mann, der die Tür geöffnet hatte. Er sah müde aus.

„Einen Moment“, sagte Richter und hob den Zeigefinger. Er kramte in seiner Tasche nach seinem Notizbuch, notierte etwas und legte es zurück. Dann konzentrierte er sich auf den Mann, der teilnahmslos auf der Schwelle stand und geduldig wartete, bis Richter ihm Beachtung schenkte.

„Mein Name ist Richter“, sagte der Polizeiassistent seinen Text auf. Es klang auswendig gelernt, was es ja auch war. „Ich bin von der hiesigen Polizei. Sind Sie der Vater von Elsbeth Schmöger?“

Der Mann wurde blass. In seinem Gesicht spiegelte sich etwas Schreckliches. Statt auf die Frage zu antworten, sagte er nur: „Sie haben sie gefunden.“

„Äh, wie bitte?“

„Sie haben meine Elsbeth gefunden“, seine Miene deutete auf Hoffnung, Angst und Panik hin. Der Mann drehte sich halb ins Haus hinein und rief über die Schulter: „Gisela?“, dann lauter „GISELA!“

„Was ist denn, Heinz?“, kam es von irgendwoher.

Richter begriff. Sie hatten die Hoffnung, dass ihre Tochter noch lebte. Ihm wurde schlecht. Das würde er Schuhmann nie verzeihen. Das würde die schwerste Stunde seines Lebens werden. Kein Wunder, dass Schuhmann ihn schickte. Er hatte so etwas schon mal gemacht und wusste, was es bedeutete. Seine Wut verrauchte ein wenig, aber sie blieb immer noch enorm. Er fühlte sich hereingelegt und ausgenutzt.

„Was ist denn?“, fragte die Frau erneut, als sie sich neben ihren Mann auf die Türschwelle stellte. Sie trug eine Schürze und wischte sich daran die Hände ab. Im Hintergrund schrie ein kleines Kind. Niemand beachtete es.

„Das ist Herr Richter von der Polizei.“

„Oh mein Gott“, sagte die Frau und legte die Hand vor den Mund. Tränen glänzten in ihren Augen. „Du meinst …?“, sie sprach den Satz nicht aus.

„Ich weiß es nicht. Kommen Sie doch herein, Herr Richter.“

Der Polizist nickte betreten und gehorchte. In seinem Kopf kreisten die Gedanken. Der stärkste Gedanke war: „Das ist gerade einmal die erste Familie …“

Er wurde in die Küche des Hauses geführt, wo ein kleines Kind auf dem Boden saß und aus Leibeskräften heulte. Rotz lief ihm aus der Nase, der Kopf knallrot. Auf den schmutzigen Wangen des Kindes hatten sich die Tränen ein Bett gegraben. Die Frau nahm das Kleine auf und setzte es sich auf die rechte Hüfte, ohne es zu beruhigen, ihr Blick war an Richter geheftet, der Nachricht von ihrer vermissten Tochter hatte. Doch das Kind heulte immer noch.

„Entschuldigen Sie“, sagte schließlich die Frau. „Aber unser Enkel ist sehr anhänglich, seit seine Mutter verschwunden ist.“

„Das wird ja immer besser“, dachte Richter und biss sich auf die Zähne, dass man seine Wangenmuskeln arbeiten sehen konnte.

„Setzen Sie sich doch“, bat der Mann. „Möchten Sie etwas trinken?“

Richter überlegte kurz. Sein Mund war tatsächlich trocken.

„Ein Glas Wasser wäre nett.“ Richter setzte sich an den Küchentisch.

Die Frau schaffte es irgendwie, trotz des Kindes auf der Hüfte, ihm ein Glas Wasser zu füllen und zu bringen. Dann setzte sich das Ehepaar Schmöger zu ihm an den Tisch, wobei die Frau das Kind auf dem Schoß platzierte. Richter nahm einen Schluck, dann blickte er die beiden an. Als er sie sah, verließ ihn beinahe der Mut. Ihre Augen fixierten ihn gespannt. Doch der Polizist raffte sich auf und sagte: „Frau Schmöger, Herr Schmöger“, er seufzte. „Ich habe leider eine traurige Nachricht für Sie.“

Richter konnte sehen, wie die Farbe und die Hoffnung aus den Gesichtern des Ehepaares ihm gegenüber wich. Er hättc am liebsten mitgeheult.

Nachgehakt

Charlotte war sehr aufgeregt. Noch nie war sie zu einem gesellschaftlichen Ereignis eingeladen. Bisher kannte sie so etwas nur aus der Zeitung und von Erzählungen. Doch jetzt war sie hautnah dabei.

Sie hatte mit Frau Müller vereinbart, dass diese sie um kurz vor acht abholen würde. Ein Blick auf die Uhr verriet ihr, dass es bald soweit war. Zaghaft klopfte es an ihrer Tür.

„Ja bitte?“

„Ich bin’s“, hörte sie die gedämpfte Stimme ihrer Vermieterin.

Charlotte lächelte, wer sollte es denn sonst sein. Das Lächeln tat ihr gut. Sie konnte sich nicht erinnern, wann sie es das letzte Mal auf ihrem Gesicht gespürt hatte, seit Heiko sie verlassen hatte.

„Komm rein.“

Die Tür öffnete sich langsam und Frieda steckte nur ihren Kopf hindurch.

„Ich wollte dir nur sagen, dass es viertel vor acht ist, und dass …“, sie unterbrach sich. „Oh, du siehst zauberhaft aus, Liebes.“

Und damit hatte sie Recht. Charlotte hatte sich wirklich Mühe gegeben.

„Du wirst die schönste Frau des Abends sein“, behauptete Frieda.

„Ach, so ein Unsinn“, gab sich Charlotte bescheiden, war aber geschmeichelt. Sie betrachtete sich im Spiegel. „Meinst du wirklich?“, fischte sie nach Komplimenten.

„Mit absoluter Sicherheit“, bestätigte Frieda.

„Ich bin schön wie eine Prinzessin“, sagte Charlotte übertrieben eingebildet. Sie hob das Kinn und fügte überheblich hinzu: „Man möge mich zu meiner Kutsche bringen.“

Frieda lachte. Dann machte sie einen Knicks und sagte: „Sehr wohl, Eure Hoheit.“

Sie nahm Charlotte an der ausgestreckte Hand und führte sie aus der Wohnung. Sie begleitete ihr Mündel bis vor das Haus in der Hochstraße. Dort warteten sie gemeinsam, bis sie ein Knattern vernahmen. Es kam von einem Mercedes Doppelphaeton. Das wusste Charlotte natürlich nicht. Für sie war es einfach ein Automobil. Ein sehr schönes, wie sie zugeben musste. Es hatte zwei mit Leder bezogene Sitzbänke, wobei die vordere eher zwei Sessel waren, für Fahrer und Beifahrer. Die Karosserie hatte eine hellgelbe Farbe, das Leder war schwarz. Ebenso das Verdeck und die Reifen. Das Lenkrad auf der rechten Seite war aus lackiertem Holz und die Scheinwerfer, sowie einige Verzierungen waren goldfarben. Das Verdeck war nach hinten gefaltet, was die Fahrt doch sehr zugig werden ließ. Aber wer solch ein Automobil besaß, der wollte auch gesehen werden. Da verbot es sich von selbst mit verschlossenem Verdeck zu fahren, so lange es nicht junge Hunde regnete.

Herr Müller parkte das Fahrzeug direkt vor ihr und Frieda, die sehr beeindruckt von dem Gefährt war. Sie stupste Charlotte an und sagte: „Nur die Reichsten können sich so ein Ding leisten. Was du für Leute kennst."

Charlotte war es einerlei. Sie kannte sich mit derlei Dingen nicht aus. Und warum sollte sie sich damit beschäftigen? Sie würde sich so ein Monster niemals leisten können.

Das Ding knatterte bedrohlich und wackelte wie ein Pudding. Neben Herrn Müller, der am Steuer saß, thronte Frau Müller in teurer Garderobe und mit Sonnenschirm. Herr Müller trug eine lederne Mütze und eine Windbrille. Er schob die Brille auf die Stirn, sprang elegant vom Fahrstand und landete direkt vor Charlotte.

„Sie müssen Fräulein Niemann sein", sagte er und grinste breit. Er war groß, schlank und hatte grau melierte Schläfen. Sein Schnurrbart war gestutzt und sein Gesicht, männlich herb. Ein gutaussehender Bursche. Er schnappte sich Charlottes Hand und hauchte einen Kuss darauf.

„Ich muss sagen, Sie sind noch schöner, als meine Frau Sie beschrieben hat."

„Sie schmeicheln mir, Herr Müller", sagte Charlotte und errötete.

„Was wahr ist, muss wahr bleiben", war sein Kommentar. „Und das hier ist ihre Schwester, nehme ich an", sagte er und begrüßte Frieda ebenfalls mit einem Handkuss. Die Schwiegermutter des Türmers kicherte wie junges Gemüse. „Dann steigen Sie doch mal ein, junge Dame. Man erwartet uns", sagte er zu Charlotte und half ihr auf die Rückbank. Er sprang elegant auf den Fahrersitz und brauste davon.

Frieda stand auf der Straße wie ein ausgesetzter Hund und hielt sich verträumt die Hand, die soeben vom charmantesten Mann, seit ihrem verstorbenen Gatten, geküsst wurde.

Charlotte war beeindruckt. Sie hatte nicht geahnt, dass ihre Vorgesetzte derart wohlhabend war. Dieses Automobil muss ein Vermögen gekostet haben. Es war erstaunlich unbequem mit diesem Vehikel zu reisen. Es schaukelte und wackelte. Außerdem stank es und war laut. Kaum ein Unterschied zu einer Droschke, wie sie ernüchtert feststellte. Aber es war auf alle Fälle spektakulärer als ein Fuhrwerk.

Nach kurzer Fahrt kamen sie in der Kaiserstraße an. Herr Müller stoppte den Wagen, zog krachend die Handbremse und half den Damen beim Aussteigen.

Er stellte sich grinsend zwischen die beiden Frauen und bot jeder einen Arm an. Beide ließen sich von Herrn Müller in das große Haus führen, in dem die Vernissage stattfand. Es war das Haus von Geert Möhnring.

Er schwitzte stark. Immer noch hatte er die Angst in den Knochen stecken. Er war dem Tod nur knapp entkommen, da war er sicher. Diese Hunde hätten ihn mit Haut und Haaren zerfleischt. Zum Glück waren sie auf dem Rückweg verschwunden. Wohin auch immer. Es war ihm egal, Hauptsache weg. Er war in Eile. Hastig schloss er die Tür zu seiner kleinen Wohnung auf. Kaum hatte er den schmalen Flur betreten, hörte er auch schon die Stimme seiner Schwester.

„Was machst du denn hier?“, wollte sie wissen. Ihr Ton war der einer tadelnden Mutter. Er wusste, dass dieser Unterton Gefahr bedeutete.

„Ich bin auf dem Hinweg gestürzt und muss meine Kleider tauschen.“

„Du bist ein Trottel“, rief sie aus ihrem Zimmer. Er hatte keine Lust mit ihr zu reden. Außerdem hatte er es eilig, er würde zu spät kommen, so oder so. Es sei denn, er nahm sich eine teure Droschke.

„Beeil dich gefälligst, du wirst zu spät kommen“, keifte die Schwester durch die geschlossene Tür. „Und komm’ gefälligst sofort nach der Veranstaltung nach Hause. Hast du gehört?“

„Ja doch“, antwortete er genervt, während er nach frischer Kleidung in seinem Schrank kramte. „Ich komme doch immer gleich nach Hause.“

„Pah“, machte sie. „Du steigst doch sonst immer diesen Flittchen nach.“

Er rollte mit den Augen. „Ich bitte dich, Schwesterherz, fang nicht schon wieder damit an.“

„Ich will es nur erwähnt haben.“

„Hast du ja jetzt.“

„Spar’ dir die frechen Antworten“, schrie sie plötzlich. „Ich will dich nur gewarnt haben. Du weißt, wie es mit den anderen ausging. Ich durchschaue dich. Du kannst sie noch so gut vor mir verstecken, ich finde sie. Und du weißt das.“

„Ja, Schwesterherz“, versuchte er sie zu beschwichtigen. „Ich werde nichts mit einer Frau anfangen.“

Er verließ in frischer Kleidung das Zimmer. Um zur Ausgangstür zu gelangen, musste er an ihrem Zimmer vorbei. Direkt vor der Tür knarrte eine Diele.

„Willst du denn nicht hereinkommen und dich ordentlich verabschieden?“, fragte sie weinerlich.

Er blieb kurz stehen und wog ab. Dann entschied er, dass es besser war, ihrem Wunsch zu entsprechen. Er öffnete die Tür und verabschiedete sich. Zum Abschied gab er ihr einen Kuss auf die Stirn und sah zu, dass er sich auf den Weg in die Kaiserstraße zu Herrn Möhnrings Haus machte. Er wurde schließlich pünktlich erwartet.

Charlotte war ein wenig aufgeregt, sie war nämlich noch nie in der sogenannten besseren Gesellschaft zu Gast. Sie wusste gar nicht, wie sie sich verhalten sollte. Die hatten doch bestimmt ihre eigenen Regeln, was den Umgang anging. Sie würde sich bis auf die Knochen blamieren. Unsicher stand sie in dem riesigen Zimmer, das nur spärlich bestuhlt war. Herr Möhnring, der Gastgeber, der sich als Galerist vorgestellt hatte, war ein schmieriger Kerl. Charlotte fand ihn auf Anhieb unsympathisch. Warum, konnte sie nicht sagen. Es war einfach seine Art. Er hatte die Müllers überschwänglich begrüßt. Charlotte wurde als Kollegin Frau Müllers vorgestellt. Sie wurde weitestgehend missachtet von der Gesellschaft. In einer Ecke war ein Tisch aufgebaut, auf dem allerlei Speisen zu finden waren. Herrliche

Sachen, mundgerecht angerichtet. Im Raum liefen Männer in Frack auf und ab, sie trugen Tabletts mit Getränken darauf. Eine Hand auf dem stocksteifen Rücken, die andere am Tablett. Ihre Gesichter waren zu Bitterleichen-Mienen eingefroren. Charlotte fühlte sich verloren. Das Ehepaar Müller war vollauf damit beschäftigt alte Bekannte überschwänglich zu begrüßen. Überall verstreut standen kleine Grüppchen von Menschen in teuren Kleidern. Alle lachten viel zu laut über schrecklich flache Scherze. Sie stopften die Leckereien vom Essenstisch, den irgendjemand *Büfeed* oder so genannt hatte, in sich hinein und tranken Unmengen an Sekt. Charlotte stand nur da und staunte.

Als sie angewidert genug war von der edlen Gesellschaft, fing sie an, sich die im Zimmer verteilten Bilder anzusehen, die auf Staffeleien präsentiert waren oder an der Wand hingen. Bunte Bilder. Manche sogar schön anzusehen; aber sie konnte beim besten Willen nichts darauf erkennen. Sie stellte sich vor ein Bild, das hauptsächlich mit roter Farbe beschmiert war. Zwischendrin entdeckte sie Gelb und etwas, das entfernt nach einem Auge aussah. Sie legte den Kopf schief, um die Perspektive zu andern, kniff die Augen zusammen, um den Fokus zu verstellen und betrachtete das Bild aus unterschiedlichen Blickwinkeln und Entfernungen. Als sie in die Hocke ging, weil sie dachte, dass man vielleicht aus dieser Blickrichtung etwas Sinnvolles erkennen konnte, trat ein Mann neben sie.

„Haben Sie etwas verloren?“, fragte er freundlich.

Charlotte erschrak und lief puterrot an.

„Äh … ich … nein, nein“, stammelte sie. „Ich frage mich nur, ob man von hier unten das Bild versteht.“

„Soll ich Ihnen das Werk erklären?“

„Das können Sie?“, zeigte sich Charlotte ehrlich erstaunt.

„Sicher.“

„Da bin ich aber gespannt.“

„Das Bild heißt *Das Auge Gottes*“, erklärte der Fremde. „Es symbolisiert den Glauben an Gott. Das Auge, das sie sehen können, symbolisiert die Allmacht Gottes, und dass man seinem Blick nicht entkommen kann. Er sieht alles. Auch wenn man seinen Blick verschleiern will, was durch die dick aufgetragene rote Farbe symbolisiert wird. Die gelben Farbtupfer bedeuten, dass Gott, egal was wir tun, über uns wacht und uns Licht schickt, damit wir sehen können.“

Charlotte starrte auf das Kunstwerk. Sie kniff wieder die Augen zusammen. Sie nickte, schürzte die Lippen und sagte: „Ich sehe da eine Leinwand, die mit verschiedenen Farben verunreinigt wurde. Woher wissen Sie denn so viel über das Bild und dessen Bedeutung?“

„Weil ich es gemalt habe.“

Charlotte lief erneut rot an.

„Jetzt habe ich mich wohl in die Nesseln gesetzt“, sagte sie tonlos.

Der Fremde stand schweigend neben ihr. Beide schauten auf das Bild. Er hob sein Glas und deutete damit auf das Gemälde.

„Wissen Sie was?“, fragte er schließlich. „Sie haben Recht. Das Bild ist Mist.“

„Das habe ich nicht gesagt“, fuhr Charlotte auf.

„Nein, nein“, wehrte der Künstler ab. „Früher habe ich schöne Bilder gemalt. Wunderbare Landschaften, Portraits, Stillleben und besonders gerne: Akte. Aber dann ist mir mal ein Eimer Farbe über eines meiner Bilder gelaufen und hat es ruiniert. Da ich kein Geld hatte, habe ich es trotzdem zum Verkauf angeboten. Was meinen Sie, was passiert ist?“

„Sie haben es verkauft?“, riet Charlotte zögernd.

„Nicht nur verkauft. Es ist mein bisher teuerstes Stück. Sie werden nicht glauben, wie viel ich dafür bekommen habe.“

Charlotte schwieg. Sollte sie jetzt den Preis erraten, oder war das eine rhetorische Frage? Sie war unsicher. Aber der Fremde sprach zum Glück weiter.

„Fünfundzwanzigtausend Reichsmark.“

Charlotte, die gerade an ihrem Glas genippt hatte, verschluckte sich und hustete den Sekt auf den Boden. Der Fremde klopfte ihr besorgt auf den Rücken. Als sie wieder Luft bekam, starrte sie den Künstler an.

„Für ein Bild?“, fragte sie nach.

Der Fremde nickte.

„Das ist doch obszön“, stieß sie aus.

„Stimmt“, antwortete der Künstler. „Aber es machte mich finanziell unabhängig.“ Er grinste breit. „Soll ich Ihnen die anderen Bilder auch erklären?“

„Unbedingt“, sagte Charlotte und fügte frech hinzu: „Man erkennt ja sonst nichts.“

„Bevor ich Sie herumführe, müssen Sie mir aber Ihren Namen verraten“, sagte der Künstler galant.

„Ich bin Charlotte Niemann. Und wer sind Sie?“

Der Maler lachte schallend.

Charlotte nicht.

Irgendwann merkte der Mann, dass es kein Scherz war.

„Das war Ihr Ernst?“, fragte er deshalb erstaunt.

„Ich bin nicht wegen Ihnen hier“, gab Charlotte zu.

„Das gefällt mir“, sagte der Künstler und lachte erneut. Sein Lachen war ansteckend und ungekünstelt. Charlotte gefiel es.

„Das finde ich gut“, sagte er schließlich. Dann nahm er Haltung an und sagte förmlich: „Ich bin Adam Sorbers und die Bilder, die Sie hier im Raum finden, habe ich gemalt.“

„Angenehm“, sagte Charlotte kess und neigte den Kopf.

Wieder lachte der Mann. Er bot Charlotte seinen Arm, den diese bereitwillig ergriff und führte sie herum.

„Hast du wieder ein neues Flittchen gefunden?“, keifte die Schwester aus dem Zimmer. Er gefror in der Bewegung, schloss die Augen und versuchte, sie zu ignorieren.

„Du brauchst gar nicht so zu tun, als wäre ich Luft“, fuhr sie ungerührt fort. „Ich bin da. Und ich weiß, was in deinem Kopf vorgeht. Du brauchst es gar nicht zu verstecken.“

Er gab auf. Es hatte keinen Sinn. Wenn er ihr nicht antwortete, würde er es nur noch schlimmer machen. Er musste sie besänftigen. Langsam ging er auf die geschlossene Tür zu. Zögernd griff er nach der Klinke und drückte sie herunter.

„Komm ruhig rein“, sagte die Schwester lockend. „Ich bin nicht nackt.“

Er gehorchte.

Da saß sie; in ihrem Sessel. Breit und hässlich. Sie schien böse auf ihn zu sein. Zumindest sah sie böse aus. Eigentlich wie immer, dachte er.

„Ich war brav.“

„Warst du nicht. Willst du mich für dumm verkaufen.“

„Ich habe nichts gemacht.“

„Du hast aber ein Auge auf sie geworfen.“

„Habe ich nicht. Es war überhaupt nichts.“

„Oh doch, da war etwas.“

„Bitte, Schwesterlein, lass das. Du warst doch gar nicht dabei."

„Ich weiß, was du an diesen Abenden machst, Bruderherz. Ich weiß es ganz genau."

„Ich verdiene damit unseren Lebensunterhalt."

„Mit dem Nachstellen von Frauen?", keifte sie.

„Du weißt, dass das nicht stimmt", sagte er kraftlos.

„Vergessen wir es", sagte sie auf einmal. „Es gibt noch etwas anderes, was ich mit dir zu besprechen habe."

„So, was denn?", fragte er, obwohl er wusste, was kommen würde.

„Die Wohnung sieht aus, wie ein Schweinestall. Ich will, dass du aufräumst."

„Ich habe doch erst heute Morgen alles auf Hochglanz poliert."

„Eben."

„Was meinst du damit?"

„Seit heute Morgen ist so viel Staub und Schmutz durch dieses Haus geflogen, dass es hier aussieht, als hätte uns eine Horde Wilder heimgesucht. Bring' das gefälligst in Ordnung."

„Aber es ist spät."

„Dann hättest du früher nach Hause kommen müssen."

„Ich war arbeiten."

„Dein Problem. Und jetzt fang an, es wird nicht besser dadurch, dass du es mir ausreden willst."

„Jawohl, Schwesterherz. Wie du willst."

An diesem Abend kam Richter völlig fertig nach Hause. Er hatte doch tatsächlich vier Mal hintereinander eine Todesnachricht überbracht. Das würde Schuhmann nie wieder gut machen können.

Bei allen vier Familien hatte sich das gleiche Drama wiederholt. An die hoffnungsvollen Blicke der Angehörigen, die er transformieren musste, in Blicke des Entsetzens und der Trauer, würde er sich bis zu seinem jüngsten Tag erinnern. Nie wieder würde er diese Bilder aus seinem Gedächtnis verbannen können.

Er zog seinen Mantel aus, hängte ihn an die Garderobe seiner Wohnung in der Berliner Straße und legte seine Tasche auf ein daneben stehendes Schränkchen. Dabei sah er nicht genau hin, sodass er die Ablagefläche nicht richtig traf. Die Tasche rutschte ab und fiel zu Boden. Sie klappte auf und sein Notizbuch fiel heraus.

„Ach Mist“, fluchte er leise. Er hob die Tasche auf und griff nach dem Notizbuch. Er legte die Tasche auf den Schrank, das Notizbuch hielt er jedoch in der Hand und schaute es an.

„Ich habe jetzt Feierabend“, sagte er zu sich. Er stand immer noch im Flur der Wohnung. Er war müde. Aber ihn ließ das Schicksal der vier Familien nicht los. Er seufzte, nahm das Notizbuch und ging in die Küche seiner Wohnung, wo er sich an den Tisch setzte, eine Lampe anzündete und bis spät am Abend über seinen Notizen grübelte.

Schuhmann war heilfroh, dass Richter ihm die unangenehme Arbeit abgenommen hatte. Er hatte schon zu oft in die leeren Augen der Familienangehörigen geschaut, wenn er ihnen schlechte Nachrichten überbracht hatte. Er fühlte sich aber dennoch schmutzig dabei. Er hätte Richter besser darauf vorbereiten sollen. Aber nach einer Nacht Schlaf, würde sich das bestimmt legen.

Wie immer, war Kommissar Schuhmann der erste in seiner Schreibstube. Er liebte die Ruhe am Morgen. Am liebsten hatte er es, wenn es draußen noch dunkel war und der Tag langsam die Nacht eroberte und es nach und nach heller wurde in der Stube. Es hatte etwas Frisches, wenn der Tag langsam heranwuchs. Und Schuhmann hatte dabei das Gefühl, etwas zu schaffen.

Er stand am Fenster, nippte an einer heißen Tasse frisch gebrühten Kaffees und sinnierte über den aktuellen Fall.

Kurz darauf wurde seine meditative Ruhe jäh gestört, als Richter die Tür aufriss und fröhlich „Guten Morgen, Herr Kommissar“, trällerte. Gut gelaunt wie immer stand er jetzt in der Tür. Seine kleinen Augen strahlten vor Lebensfreude.

„Guten Morgen, Herr Richter“, antwortete Schuhmann, eher gelangweilt. Er hatte ein schlechtes Gewissen. „Hören Sie, ich habe da einen Fehler gemacht, Sie alleine in diese Familien zu schicken …“

„Schon in Ordnung“, unterbrach ihn Richter ohne Groll in der Stimme. „Ich komme damit klar.“

„Das freut mich zu hören.“

„Ich habe mir erlaubt eine Art Fahrplan für den Fortgang der Ermittlungen anhand meiner Notizen zu führen.“

Schuhmann zog beide Brauen hoch.

„So?“, war alles, was er dazu zu sagen hatte.

„Ich hoffe, es ist Ihnen recht und ich bin nicht im Vorgriff tätig.“

„Nein, nein“, stimmte der Kommissar zu. „Lassen Sie mal hören, was Sie sich ausgedacht haben.“

Richter grinste, legte ab und erklärte dem staunenden Schuhmann, wie er sich die weiteren Ermittlungen vorgestellt hatte.

Heinrich hatte sich die ganze Zeit über Sorgen um seine Schwester gemacht. Es war einfach alles ein wenig zu viel, was da auf ihn einstürmte. Der Liebeskummer, der Ausraster gegenüber Meinhardt, was so gar nicht in das Verhaltensmuster seiner Schwester passte und dann noch die Angst davor, dass sie das nächste Opfer dieses irren Mörders werden könnte.

Klara merkte, dass ihr Mann nicht bei sich war.

„Was ist, Heini? Willst du darüber reden?“, fragte sie deshalb am Frühstückstisch.

„Was?“, schreckte der Türmer hoch. Er hatte seiner Frau nicht zugehört

„Das meine ich. Du bist überhaupt nicht bei dir“, beschwerte sie sich.

„Tut mir leid, Klärchen“, entschuldigte sich der Türmer. „Es ist nur …“

„Ich weiß. Es geht um Charlotte, stimmt’s?“

Er nickte traurig.

„Sie hat sich für heute Mittag angekündigt. Vielleicht kannst du es einrichten, dass du ausnahmsweise zu Hause bist, um mit ihr zu reden.“

„Ich werde da sein“, versprach er.

Schuhmann war beeindruckt.

„Richter, sie haben sich ja richtig Gedanken gemacht.“

„Schön, dass Sie das erkennen, Herr Kommissar. Aber es wäre müßig, zu erklären, dass diese Vorgehensweise zum einen dem meines Naturells und zum anderen meiner beruflichen Einstellung entspricht. Ich bin eventuell von anstrengendem

Wesen, aber ich bin, wie ich bin. Wer es nicht akzeptiert, muss trotzdem damit leben. Ich muss es ja schließlich auch. Und wenn ich mich an etwas festgebissen habe, ordne ich dem Ziel alles andere unter. Das bin ich den vier Damen einfach schuldig.“

Schuhmann schaute Richter an. Er war erneut erstaunt. Wie hatte er die ganze Zeit Zweifel an dem jungen Kollegen haben können? Das schlechte Gewissen kam wieder zurück. Er schüttelte die schlechten Gedanken ab und sagte: „Prima, Herr Richter. Ab sofort gehören Sie zum engsten Mitarbeiterstab in diesem Fall. Zumal wir die Presse informiert haben, wir konnten es nicht länger geheim halten. Es wird in der Bevölkerung Aufruhr geben und wir werden Tag und Nacht daran arbeiten müssen, den Mörder zu finden. „Also“, er klatschte in die Hände, „wenn ich das richtig sehe …“ er griff nach Richters Plan und schaute darüber, „… haben wir eine paar Hausbesuche zu machen.“

Richter grinste breit und folgte stolz seinem Vorgesetzten, der seinen Gehrock geschnappt und aus der Amtsstube geeilt war.

Nach einem kurzen Fußmarsch erreichten die beiden Ermittler das Haus der Familie Schmöger in Sachsenhausen. Als Richter das Haus sah, erinnerte er sich an die erste Begegnung mit den Angehörigen der jungen Elsbeth. Ein Schauer durchlief ihn und er stockte.

„Alles in Ordnung?“, fragte Schuhmann, als er bemerkte, dass der Kollege stehen geblieben war.

„Ja, ja“, winkte dieser ab. „Es ist nur …“

„Ich kann das verstehen, Herr Richter. Am Anfang ging mir das genauso. Aber so platt es auch klingen mag: Sie gewöhnen sich daran.“

Richter tauschte einen kurzen Blick mit Schuhmann aus, holte tief Luft und schritt voran zum Haus der Familie Schmöger.

Wenige Minuten später befanden sie sich im Empfangszimmer der Schmögers. Am Tisch saßen, neben den beiden Polizisten, der Vater der Ermordeten und ein junger Mann, der sich als der Bruder Elsbeths vorgestellt hatte.

„Es tut mir leid, wenn wir sie nicht zur Ruhe kommen lassen“, begann Schuhmann. „Doch wir wollen nichts unversucht lassen, den Mörder ihrer Tochter zu finden und ihn der Justiz zu übergeben.“

Der Vater nickte. Sein Gesicht war gezeichnet vom unsäglichen Leid, dass er in den letzten Wochen erfahren hatte. Schuhmann musste sehr behutsam vorgehen.

„Sie haben meine volle Unterstützung", versicherte Herr Schmöger.

„Das erfreut uns", sagte Schuhmann. Neben ihm saß Richter und machte sich eifrig Notizen. Umso besser, dachte Schuhmann, dann muss ich mir nicht so viel notieren.

„Wir würden gerne zunächst das Zimmer ihrer Tochter sehen. Wäre das möglich?"

„Ich wüsste nicht warum", wehrte der Bruder ab.

Schuhmann hatte mit Gegenwehr gerechnet und war vorbereitet.

„Weil wir uns ein Bild vom Leben Ihrer Schwester machen müssen. So makaber es klingt: Wenn wir wissen, wie sie gelebt hat, können wir vielleicht herausfinden, warum sie gestorben ist."

„Das ist wirklich makaber", schnaubte der Bruder.

„Ich zeige Ihnen ihr Zimmer", sagte nun Herr Schmöger und stand auf. „Wenn Sie mir bitte folgen wollen."

Der Bruder wollte protestieren, doch ein Blick Schmögers ließ ihn verstummen.

Gemeinsam stiegen die Männer die Treppen des Hauses nach oben. Im zweiten Stock hatte Elsbeth ihr Zimmer.

Vor der Tür blieb Herr Schmöger stehen. Er drehte sich zu den Polizisten und sagte: „Wir haben nichts verändert seit ihrem Verschwinden. Sie werden verstehen, wenn ich Sie nicht begleite. Bitte schauen Sie sich gründlich um. Und wenn Sie irgendetwas mitnehmen müssen, haben sie schon jetzt meine Genehmigung dafür. Ich hätte nur gerne gewusst, um welche Stücke es sich handelt."

„Selbstverständlich", versicherte Schuhmann und schob sich an Herrn Schmöger vorbei. Er öffnete die Tür und betrat den Raum. Dicht gefolgt von Richter.

Der Hausherr blieb mit unendlich traurigem Gesicht vor der Tür stehen, drehte sich dann um und ging.

„Wonach suchen wir?", wollte Richter wissen.

„Keine Ahnung."

„Wie bitte?"

„Ich hoffe, wir finden irgendeinen Hinweis, warum die junge Frau ermordet wurde."

„In ihrem Zimmer?“

„Die Wege des Herrn sind unergründlich, Richter“, sagte Schuhmann feierlich. „Ich habe da so ein Gefühl.“

Richter war skeptisch, zeigte dies auch in seinem Mienenspiel, sagte aber nichts und fing an, sich umzusehen. Auch Schuhmann suchte mit seinem Blick den Raum ab. Dann fingen sie an und öffneten die Schränke und Schubladen, sahen sich die Bilder an der Wand genauer an und suchten nach Dingen, die ihnen ungewöhnlich vorkamen. Es dauerte etwa eine halbe Stunde, bis sie alles durchsucht hatten, ohne Ergebnis.

„Tja, das war wohl ein Schuss in den Ofen“, zog Schuhmann ein Fazit und ließ sich auf das Bett fallen. Es war ordentlich bezogen und mit einer bunt bestickten Tagesdecke geschützt. Schuhmann saß nun auf der Kante des Bettes und überlegte, was er als nächstes tun sollte.

Richter, der gerade zum dritten Mal den Schrank durchsucht hatte, drehte sich um und sah seinen Vorgesetzten auf dem Bett sitzen. Er legte den Kopf schief, ging hinüber zum Bett und sagte: „Wir sind aber auch selten dämlich.“

„Wie bitte?“, fuhr Schuhmann auf.

„Haben Sie schon unter dem Bett nachgeschaut?“

Schuhmann griff sich klatschend an die Stirn und sagte: „Wir sind aber auch selten dämlich.“

Richter warf dem Kommissar einen vorwurfsvollen Blick zu und schüttelte nur den Kopf. Dann sank er auf die Knie, hob die Tagesdecke nach oben und warf einen Blick unter das Bett.

„Aha“, machte er nach einer Weile. Er legte sich auf den Bauch, griff unter das Bett und fischte mit seinem Arm nach etwas. Dann erhellte sich seine Miene. Er schien das zu haben, wonach er geangelt hatte.

Er richtete sich auf. In den Händen hielt er einen kleinen Koffer. Ein Schloss war daran angebracht.

„Das sieht mir doch interessant aus“, murmelte er und legte den Koffer auf das Bett. Schuhmann trat neugierig näher. Nun standen beide Männer vor dem Bett und starrten auf den verschlossenen Koffer.

„Meinen Sie, wir sollten den öffnen?“, wollte Richter wissen.

„Er hat ein Schloss.“

„Das sehe ich.“

„Sollen wir es knacken?“

„Ich bin nicht der Verantwortliche in diesem Fall. Und ich bin mir nicht sicher, ob wir das dürfen."

„Die Frau ist tot."

„Na und? Trotzdem gehört uns weder der Koffer noch der Inhalt."

„Aber der Inhalt kann uns entscheidend weiterbringen in diesem Fall. Immerhin ein Mordfall, wenn ich das in Erinnerung rufen darf."

„Das ist nicht gesagt", widersprach Schuhmann. „Was, wenn da nur ein paar Liebesbriefe drin sind?"

„Dann erst recht!"

„Und wenn es nur Süßigkeiten sind?"

„Sind sie ohnehin verdorben."

„Ich weiß nicht …", Schuhmann rieb sich das Kinn.

„Die Entscheidung liegt bei Ihnen."

Beide standen so unentschieden vor dem Koffer, wie ein kleiner Junge vor einem Süßigkeitenschrank und schwiegen.

Während sie so dastanden, trat der Sohn der Familie an ihnen vorbei, schnappte den Koffer und brach das Schloss auf. Er hielt den beiden Polizisten den geöffneten Koffer wortlos hin. Sein Blick sagte mehr als tausend Worte.

Beschämt nahm Schuhmann den Koffer entgegen. Der junge Schmöger machte einen Gesichtsausdruck, der so viel sagte wie: „Ich habe das mal für Sie entschieden" und ging.

Schuhmann suchte den Blick seines Kollegen. Dieser zuckte nur mit den Schultern. Schuhmann nahm den Koffer, legte ihn auf das Bett und schaute hinein.

Zusammenhänge

Wenn er doch nur den Mut hätte, seine Schwester endlich zu verlassen, oder sie hinauszuwerfen. Aber so sehr er sich auch bemühte, es hatte keinen Sinn. Er kam einfach nicht dagegen an. Sie beherrschte ihn. Noch nicht einmal, als er in der Anstalt war hatte sie ihn in Ruhe gelassen. Dabei hatte er doch so sehr Hilfe gebrauchen können. Er war sogar freiwillig in die Anstalt gegangen, weil er gemerkt hatte, dass er es alleine nicht schaffte. Mehrfach hatte er versucht, sich das Leben zu nehmen. Doch nie hatte es funktioniert. Immer wieder wurde er von irgendjemand gefunden und gerettet. Dabei wollte er doch nur endlich seine Ruhe haben. In Momenten wie diesen, wenn sie wieder Unmenschliches von ihm verlangte, war es besonders schwer, das alles zu ertragen.

Der Spagat zwischen seiner Schwester, seiner Arbeit und dem ewigen Versteckspiel wurde immer schwieriger. Damals, in der Anstalt, war es nicht besser gewesen. Diese Leere hatte ihn beinahe in den Wahnsinn getrieben. Um sich zu spüren, hatte er die Tapete an der Wand abgerissen und aufgegessen. Er hatte sich so lange gekratzt, bis Blut kam. Erst dann war er zufrieden; als er sah, dass in seinen Venen auch nur rotes Blut floss. Niemand kümmerte sich um ihn. Und als man ihn fragte, warum er das alles tat, hatte er keine Antwort dafür. Er war alsbald nur noch der Irre aus Zimmer 10.

Hoffnungsloser Fall.

Zu allem Überfluss besuchte ihn täglich seine Schwester. Sie hatte ihn solange bearbeitet, bis er sich schließlich aus der Anstalt entließ. Sie hatte gefleht, geschrien und sogar gebettelt bis er endlich aufgegeben und seinen Klinikaufenthalt beendet hatte. Selbstverständlich ohne das Klinikpersonal darüber in Kenntnis zu setzen. Er hatte sich einfach in einem unbeobachteten Moment aus dem Staub gemacht.

Seither lebte er nur für seine Schwester. Sie quetschte ihn aus, wie eine überreife Frucht.

Aber sie hatte Recht. Das mit den Frauen, verstand er ja. Aber er konnte gegen seine Gefühle nicht ankämpfen. Wenn er eine Frau sah, die für ihn perfekt war, wollte er sie haben. Gleichzeitig war ihm bewusst, dass seine Schwester ohne ihn nicht klar kommen würde. Sie war ohne ihn nicht lebensfähig. Aber strengte er sich wirklich genug an? Wenn er sich jetzt hier umsah, in seiner Küche, sah er überall noch Stellen, die er besser säubern könnte. Er nahm das Putzzeug und ging noch einmal über die Flächen. Endlich war es sauber genug. Die halbe Nacht hatte er alles geschrubbt. Er war völlig erschöpft. Er war müde. Sehr müde.

„Hol' mir die Zeitung", keifte es aus ihrem Zimmer. Warum schlief sie nicht? Hatte sie die ganze Nacht wachgelegen, um ihn zu kontrollieren? Wahrscheinlich.

„Ja, Schwester", sagte er mechanisch und ging zur Haustür. Als er die Frankfurter Zeitung in der Hand hielt, stockte ihm der Atem. Sie hatten die Frauen gefunden.

Meinhardt sah Charlotte schon von Weitem auf den Dom zumarschieren. Er verkroch sich in seine Pförtnerbude, um nicht wieder von ihr zusammengestaucht zu werden. Sie kannte den Weg zu ihrem Bruder, dafür brauchte sie ihn nicht. Insgeheim hatte er sogar ein wenig Angst vor ihr. Umso erstaunter war er, als es an der Tür klopfte. Er zögerte. Sollte er wirklich aufmachen, nur um den nächsten Wutanfall über sich ergehen zu lassen? Andererseits war er ein Mann. Und Männer mussten sich auch schwierigen Aufgaben stellen. Er holte tief Luft, nahm Haltung an und öffnete die Tür, darauf gefasst von der Schwester des Türmers verbal attackiert zu werden.

„Guten Tag, Herr Wolf", trällerte stattdessen eine gutgelaunte strahlende junge Frau. „Ich glaube, ich muss mich bei Ihnen entschuldigen." Sie streckte ihm etwas entgegen, wobei sie niedlich mit den Augen klimperte und ihn entwaffnend anlächelte.

Mechanisch nahm Meinhardt das dargebotene Päckchen entgegen. Darauf war er nicht gefasst.

„Isch, äh …", war alles, was er sagen konnte. Dann schaute er auf das Päckchen und sperrte seine Augen groß auf.

„Des sinn ja mei Lieblingsbraliene", erkannte er und grinste wie ein Kind am Weihnachtsabend. „Woher hawwe Se des denn gewusst?"

„Habe ich nicht, aber schön, dass es Ihren Geschmack trifft."

„Des iss ja eh Ding. Da bin isch Ihne werklisch nemmer bes."

„Es tut mir leid, dass ich Sie so angefahren habe. Aber ich war ein wenig aufgewühlt, müssen Sie wissen und da haben Sie einfach alles abbekommen."

„Aber jetzt is alles wieder gut, oder?"

„Nicht ganz, aber wesentlich besser", gab Charlotte zu.

„Im Lebbe geht's nett immer berschuff, Fräulein Niemann. Des Lebbe geht erunner und aber aach wieder de Bersch enuff. Des is halt so."

Charlotte nickte. Als wenn sie das nicht wüsste. Aber sie wollte dem Pförtner die gute Laune nicht verderben. Sie standen sich ein paar Sekunden schweigend gegenüber. Gerade als es peinlich zu werden drohte, sagte Charlotte. „Tja, ich geh' dann mal meinen Bruder besuchen."

„Rischte Se ihm en scheene Gruß von mir aus."

„Mach ich", rief Charlotte über ihre Schulter, als sie schon beinahe im Turm war.

Meinhardt schaute auf die Pralinenpackung in seiner Hand, leckte sich über die Lippen und zog sich in seine Bude zurück, um über den Schatz in seiner Hand herzufallen.

Charlotte stieg gut gelaunt die dreihundertachtzehn Stufen zur Türmerwohnung empor. Sie war zwar außer Puste, als sie oben ankam, aber ihre Laune war immer noch prächtig.

Das fiel auch ihrer Schwägerin auf.

„So gefallst du mir viel besser", sagte sie bei der Begrüßung. „Komm rein und trink einen Schluck Kaffee mit uns."

„Gerne", strahlte Charlotte und betrat die enge Wohnung in der Spitze des Turms.

Am Esstisch saß Heinrich und las die Zeitung. Sein Gesicht zeigte eine gewisse Ernsthaftigkeit. Das lag wohl daran, dass er gerade den Artikel über die Frauen aus der Kanalisation studierte.

„Einen schönen Gruß von Meinhardt soll ich ausrichten", sagte Charlotte zu ihrem Bruder.

Heinrich blickte verwirrt auf.

„Wieso?"

„Nur so." Sie zuckte mit den Schultern, als wäre ihr das Ausrichten des Grußes selbst ein Rätsel. „Er hat es mir halt aufgetragen."

„Das hat er doch noch nie gemacht." Der Türmer witterte eine Verschwörung. „Da ist doch was faul."

„Ich habe mich bei ihm entschuldigt, ihm seine Lieblingspralinen als Friedensangebot geschenkt und daraufhin hat er mir aufgetragen, dir einen schönen Gruß auszurichten."

Der Türmer kniff die Augen zusammen und beugte sich vor. Dann sagte er gedehnt: „Woher weißt du, welche Pralinen der Pförtner mag? Was läuft denn da?"

Charlotte schaute ihren Bruder ungläubig an.

„Das ist doch wohl nicht dein Ernst, Heinrich?"

„Was denn?"

„Das du denkst, ich will mit Meinhardt anbändeln."

„Du hast schon verrücktere Sachen gemacht."

„Klara?", rief Charlotte alarmiert.

„Ja, mein Engelchen", trällerte Klara von nebenan.

„Dein Mann ist verrückt geworden."

„Wieso merkst du das erst jetzt?"

„Weil er mir eine Liebschaft mit Meinhardt andichten will."

Geschirr fiel zu Boden.

„Klara?"

„Verdammt."

„Was ist passiert?", wollte Heinrich wissen.

„Mir ist das Besteck aus der Hand gefallen, bei dem Gedanken an so eine Absurdität."

Klara kam in den Raum. Ihr Gesicht zeigte eine Miene, mit der man Eier hätte abschrecken können. Dann schaute sie ihren Mann böse an.

„Was denn?", sagte dieser nur.

„Wie kannst du so etwas nur sagen?", schimpfte sie.

„Ich habe ihm keine Pralinen geschenkt", kam der klägliche Versuch einer Verteidigung.

Klara zeigte ihm einen Vogel und ging zurück um Kaffee und Kuchen zu holen.

Heinrich zuckte mit den Schultern und widmete sich wieder der Zeitung.

„Aber wo wir gerade beim Thema sind …", sagte Charlotte leise.

Heinrich horchte auf.

„Du hast dich mit Heiko versöhnt?"

Charlotte zögerte.

„Hast du nicht", erkannte der Türmer enttäuscht.

„Das nicht, aber …"

„Jetzt lass dir doch nicht alles aus der Nase ziehen“, rief er entnervt und knallte die Hände auf die Zeitung. Charlotte zuckte zusammen.

„Wenn du so bist, sage ich dir gar nichts.“

Heinrich rollte mit den Augen.

„Weiber!“

„Was ist denn mit euch? Zankt ihr schon wieder?“, sagte Klara als sie ins Zimmer kam. In der Hand hielt sie ein Tablett auf dem sie Kuchen und Kaffeegeschirr trug. Scheppernd stellte sie das Tablett ab und verteilte Kaffee- und Kuchenbesteck.

„Sie will mir etwas sagen ... aber auch irgendwie nicht. Da habe ich halt meinen Unmut geäußert“, erklärte der Türmer die Situation.

„Und du interessierst dich nicht für mein Seelenheil“, beschwerte sich Charlotte.

Der Türmer rollte genervt mit den Augen.

„Das ist doch ...“, sagte er. Er schluckte den Rest der Bemerkung herunter, als er den Blick seiner Frau einfing. Ein weiterer Blick von Klara nötigte ihn zu folgender Aussage: „Willst du uns etwas mitteilen, Schwesterlein?“, fragte er zuckersüß.

Charlotte schien ihre Kränkung zu bekämpfen. Dann gewann die Euphorie überhand.

„Ich habe einen echten Künstler kennengelernt.“

„Aha“, war alles, was Heinrich dazu einfiel. Den bösen Blick Klaras sah er nicht.

„Das ist ja interessant“, sagte sie zu ihrer Schwägerin. „Wer ist es denn?“

„Adam Sorbers.“

Klara griff sich an die Brust.

„Doch nicht etwa den Maler?“

„Genau den“, bestätigte Charlotte nicht ohne Stolz.

„Wer?“, fragte der Türmer.

„Adam Sorbers“, sagte Klara.

„Ja und?“

„Das ist ein ganz bekannter Maler.“

„Kann der deshalb übers Wasser gehen?“, wollte der Türmer wissen.

„Du bist ein Banause“, schimpfte Klara und wandte sich ihrer Schwägerin zu. „Du musst mir alle Einzelheiten erzählen. Wie ist er denn so?“

Während die beiden Frauen ins Plappern verfielen, widmete Heinrich sich wieder der Lektüre seiner Zeitung. Der Türmer blieb skeptisch, was den Gemütszustand seiner Schwester anging. Zu oft hatte er erlebt, dass ihre Stimmung schneller umschlug, als das Wetter im April.

Er wollte lieber erst einmal abwarten und die Situation genau beobachten. Er schaltete seine Wahrnehmung ab und las seine Zeitung zu Ende.

Wenn er malte war es ruhig. In den Farben und Formen, die er auf die Leinwand auftrug, fand er Frieden. Es beruhigte ihn. Das Geräusch, das der Pinsel auf dem Leinen verursachte, hatte etwas Meditatives für ihn. Hier in seinem Atelier hatte seine Schwester keinen Zutritt. Und, war sie auch noch so dominant in allen anderen Dingen, diese Regel akzeptierte sie seltsamerweise. Ihm war es ganz Recht. Die wenigen Stunden, die er an der Staffelei verbringen konnte, waren die einzigen Momente in seinem kargen Leben, die ihn erfüllten.

Ein Problem waren allerdings die Farben. Sie waren teuer. Weshalb er sie sparsam auftrug. Und der Platz wurde zunehmend knapp für all seine fertigen Bilder. Sie standen nun aneinandergereiht in seinem Atelier an der Wand. Manchmal holte er ein paar davon hervor und betrachtete sie. In sein Atelier unter dem Dach des Hauses fiel in den Morgenstunden wunderbares Licht. Es war die einzige Zeit am Tag, an der er Frieden fand. Der Rest des Tages war geprägt von Hatz, Wut, Angst und der Suche nach einem Sinn für das alles.

Er hatte gerade das fast fertige Bild abgehängt, als seine Schwester aufwachte.

„Wo bist du, Bruder?“, keifte sie. „Hast du schon wieder deine Schmierereien gemacht? Du weißt, wie teuer die Farben sind.“

„Ich bin schon fertig“, antwortete er kleinlaut.

„Gibst du auch so viel Geld für deine Weiber aus?“

„Welche Weiber?“

„Na, das kleine Ding von gestern Abend zum Beispiel.“

„Wovon redest du?“

„Verkauf' mich nicht für dumm, Bruderherz“, sagte sie drohend. „Ich weiß genau, dass du ein Auge auf diese Charlotte geworfen hast.“

Er wurde blass.

„Woher …?“

„Ich weiß alles, Bruderherz. Merke dir das. Und du weißt, was mit all den anderen passiert ist.“

„Sie haben sie gefunden.“

„Ich weiß. Ich kann auch lesen, Dummkopf.“

„Und? Was machen wir jetzt?“

„Sie werden uns nicht finden.“

„Und wenn doch?“

„Dann ist das deine Schuld, ich wollte sie gleich töten, du musstest sie ja einsperren.“

„Hätten wir sie nicht getötet, hätte sie niemand gefunden.“

„Höre ich da etwa Kritik an meiner Entscheidung?“

Er zögerte. Er wusste, wie sie werden konnte, wenn er ihr widersprach.

„Nein, natürlich nicht, Schwester. Du hast alles richtig gemacht.“

Richter blätterte in seinem Notizbuch, während Schuhmann den kleinen Koffer, den ihm die Familie Schmöger überlassen hatte, auf seinen Schreibtisch legte. Er öffnete ihn und leerte den Koffer vorsichtig aus. Der Inhalt bestand unter anderem aus ein paar getrockneten Blüten, zwei Fotografien, die zwei junge Frauen zeigten, die in Sonntagskleidern am Main entlangspazierten. Eine davon mochte Elsbeth Schmöger sein. Es war schwer zu erkennen, die Fotografie war nicht besonders scharf. Auffallend war nur, dass sich die beiden sehr ähnlich sahen.

„Hatte Elsbeth Schmöger eine Schwester?“, fragte Schuhmann deshalb.

„Nicht, dass ich wüsste. Sie hat nur einen Bruder, den wir ja kennengelernt haben. Von weiteren Geschwistern ist mir nichts bekannt.“

„Mmh“, machte Schuhmann nachdenklich und legte das Bild zur Seite. Er kramte weiter in dem Koffer. Er holte den wichtigsten Bestandteil der kleinen Sammlung hervor: das Tagebuch der Ermordeten.

Er ließ sich auf seinen hölzernen Drehstuhl fallen, der dies mit einem Knarzen quittierte. Neugierig sah er das Buch an. Ihn scheute davor, in die Privatsphäre eines fremden Menschen einzudringen. Dann sagte er sich, dass es vielleicht helfen wird, den Mörder zu schnappen und schlug das Buch auf.

Richter beobachtete ihn dabei gespannt. Zu gerne hätte er seine Neugierde gestillt und selbst in dem Tagebuch gelesen. Aber er wartete geduldig auf seine Gelegenheit. Es würden sich noch genug Möglichkeiten bieten, in den Aufzeichnungen der Elsbeth Schmöger zu lesen.

Schuhmann versank in der Lektüre, als wäre es ein Roman von Jules Verne. In seinem Gesicht konnte man lesen, dass Elsbeths Aufzeichnungen scheinbar interessant waren. Der Kommissar schürzte die Lippen, zog die Augenbrauen nach oben und lachte sogar das ein oder andere Mal. Dann schien er ungeduldig zu werden und blätterte zum Ende des Buches. Ihn interessierten natürlich die letzten Einträge, bevor die junge Frau entführt und wenig später ermordet wurde.

Es dauerte eine Weile, bis er sich zufrieden gab. Dann legte er das Buch ein wenig enttäuscht weg.

„Und? Haben Sie einen Anhaltspunkt finden können?“, wollte Richter wissen.

„Nicht wirklich“, gab Schuhmann etwas verdrossen zu. „Nur, dass sie kurz vor ihrem Verschwinden anscheinend einen neuen Kavalier gefunden hatte.“

„Hat sie einen Namen genannt?“

„Nein, seltsamerweise nicht. Vielleicht war ihr das zu heikel. Oder die neue Liebe noch nicht stabil genug, dass sie es für notwendig hielt, den Namen in ihrem Tagebuch zu verewigen.“

„Das bringt uns nicht weiter. Vielleicht wissen ihre Eltern etwas über den neuen Verehrer.“

„Ich fürchte nicht“, widersprach Schuhmann. „Sie schreibt, dass es alles noch geheim ist und niemand etwas darüber wisse.“

„Schade“, zeigte sich Richter enttäuscht. Dann schaute er sich die anderen Sachen an, die in dem Koffer waren. Sein Blick fiel auf die Bilder. Er hob eines davon auf und führte es näher an seine Augen. Er kniff sie zusammen, um die Schärfe zu erhöhen.

„Das ist doch die Schubert“, sagte er dann zögernd. „Hier, sehen Sie, Herr Kommissar.“

Er hielt die Fotografie seinem Vorgesetzten entgegen, der sie an sich nahm und das Bild eingehend musterte.

„Ich weiß nicht“, sagte er dann zögernd. „Das könnte jede beliebige junge Frau in der Stadt sein.“

„Wie die drei anderen Ermordeten auch“, gab Richter zu bedenken.

„Na gut. Gehen wir.“

„Wohin?“

„Zu Fräulein Schubert. Wir fragen sie einfach.“

„Sollten wir nicht zuerst die Zimmer der anderen Opfer untersuchen?“

„Da haben Sie Recht, Herr Richter. Wir teilen uns auf. Sie gehen zu den drei Familien, ich rede mit Fräulein Schubert.“

Richter beschlich das Gefühl, erneut den Kürzeren gezogen zu haben, als sein Kollege die Amtsstube verließ.

Charlotte schwebte geradezu durch die Stadt. Sie fühlte sich wie neu geboren. Wer hätte gedacht, dass sie so kurz nach der Trennung von Heiko, einen neuen Freund finden würde. Noch vor wenigen Tagen war sie sicher, als alte Jungfer zu enden. Doch schon heute glaubte sie an die große Liebe. Die Sonne strahlte vom Frankfurter Himmel nur für sie. Davon war sie überzeugt. Sie spazierte am Mainufer entlang in den Tag hinein. An diesem Sonntag waren etliche Frankfurter aus ihren Häusern gekommen, um die herrliche Frühlingsluft am Main zu genießen. Charlotte machte es nichts aus, dass viele Paare Arm in Arm neben ihr herliefen. Sie hatte ja schließlich auch einen Verehrer. Nur war der halt jetzt nicht zugegen. Aber er würde noch heute mit ihr genau an dieser Stelle vorbeiflanieren.

Nach der Vernissage, als all die vielen affektierten Menschen die Galerie Möhnrings verlassen hatten, war sie allein mit Adam gewesen. Er hatte sie gebeten, auf ihn zu warten. Er wollte sie nach Hause bringen, er hatte ja schließlich auch ein Automobil, das er ihr zeigen wollte. Die Müllers waren nach langem hin und her damit einverstanden gewesen. Sie wollten ihrer Verantwortung Charlotte gegenüber gerecht werden und bestanden zunächst darauf, sie dort abzuliefern, wo sie sie abgeholt hatten.

Doch Adam war derart überzeugend, dass die Müllers schließlich widerstrebend einlenkten und Charlotte in die Obhut des Malers übergaben. Nicht jedoch, ohne eine Drohung auszusprechen, was mit ihm geschehen würde, sollte Charlotte auch nur ein Haar gekrümmt werden.

Natürlich war Adam der vollendete Kavalier. Er plauderte noch eine Weile mit Charlotte und machte ihr Komplimente. Sie fühlte sich geschmeichelt und er war erfreut, mal nicht über seine Bilder zu reden und den Künstler geben zu müssen.

„Sie sind so anders“, sagte er schließlich zu ihr, als er vor ihrem Haus das Automobil abstellte und das Knattern des Motors erstarb.

„Aber was machen Sie denn da?“, zeigte sich Charlotte erstaunt. „Jetzt müssen Sie den Motor wieder ankurbeln.“

Sorbers grinste.

„Ich habe versprochen Sie bis zur Haustür zu bringen. Und was ich verspreche, halte ich in der Regel.“

„Aber es sind nur ein paar Schritte“, gab Charlotte zu bedenken.

„Ich dachte, wir plaudern noch eine Weile, da stört es doch, wenn der Motor den Klang ihrer schönen Stimme übertönt. Außerdem wollen wir die Nachbarn nicht wecken. Das gäbe bestimmt Ärger.“

Charlotte senkte beschämt den Blick. Er war ja so charmant.

Sie redeten noch eine Weile über Unverfängliches, dann schließlich stieg Sorbers aus, ging um das Automobil herum und öffnete die Tür für Charlotte. Er führte sie bis zur Haustür, nur wenige Meter vom Fahrzeug entfernt, und wartete, bis sie die Tür aufgeschlossen hatte.

„Ich würde Sie gerne wiedersehen“, sagte der Maler, als Charlotte durch die Tür gehen wollte.

Sie drehte sich um und sagte: „Sie wissen ja jetzt, wo ich wohne.“

„Dann werde ich sie morgen Abend besuchen.“

„Ich weiß nicht, ob sich das schickt“, antwortete Charlotte verlegen.

„Das ist mir egal“, sagte Sorbers. „Ich hole sie gegen vier ab.“

Charlotte wollte protestieren. Eigentlich ging ihr das ein wenig zu schnell. Dann fing sie seinen Hundeblick ein und gab nach.

„Ich werde auf Sie warten.“

Mobilisierung

Richter war zunächst ein wenig ungehalten darüber, dass er von Schuhmann ausgetrickst wurde und nun erneut in die trauernden Familien gehen musste, um die Zimmer der Opfer zu durchsuchen. Er ging so behutsam wie möglich vor und richtete sich auf Gegenwehr ein. Aber bei keiner der Familien erwartete ihn Widerstand. Alle waren sich bewusst, dass die Durchsuchung zur Aufklärung des Falles und somit letztendlich zur Überführung des Mörders beitragen könnte. Richter hatte sich umsonst Gedanken gemacht, er könne ein ungebetener Gast sein im Hause der Trauernden.

Er war gezielt vorgegangen bei seinem Vorhaben. Zunächst stellte er sich in die Mitte des Raumes und ließ die Eindrücke auf sich wirken. Was ihm ins Auge fiel untersuchte er genauer. Es handelte sich meist um Bilder. Diese betrachtete er genau und suchte nach Besonderheiten. Fiel ihm etwas auf, bat er die Familienangehörigen, die Gegenstände mitnehmen zu dürfen. Dann suchte er gezielt nach Möglichkeiten, ein Tagebuch vor den neugierigen Blicken des Personals oder der Familienmitglieder zu verstecken.

Und siehe da: In jedem der Zimmer fand er ein Tagebuch. Er nahm alle an sich und versprach hoch und heilig sie nach den Ermittlungen zurückzubringen.

Seine *Beute* aus den Durchsuchungen waren drei Tagebücher und etliche Fotografien. Die nächsten Tage würde er sich daran machen, die Bücher systematisch nach Gemeinsamkeiten zu durchforsten.

Schuhmann hingegen sah sich der schwierigeren Aufgabe gegenüber. Fräulein Schubert war alles andere als gewillt, ihm Auskunft zu geben.

„Ich möchte nicht an meine tote Freundin erinnert werden", ließ sie ihn wissen, als er sie in ihrem Haus in der Corneliusstraße besuchte. Allein der Weg dorthin hatte ihn den halben Vormittag gekostet. Die Trambahn war nicht das schnellste Verkehrsmittel, aber was sollte er machen? Zu Fuß hätte es noch länger gedauert. Als die junge Frau das Zimmer verlassen wollte, in dem der Polizist auf sie gewartet hatte, wurde er ungehalten.

„Wissen Sie was, Fräulein Schubert?“, sagte er beherrscht. „Es ist mir egal, ob diese Befragung Ihnen Seelenpein verursacht. Ich habe einen vierfachen Mord aufzuklären. Und ich denke, Sie sind es Ihrer verstorbenen Freundin schuldig, dabei alles in ihrer Macht stehende zu tun, um zu helfen, dieses Monster zu fangen und seiner gerechten Strafe zuzuführen.“

Sie blieb in der Tür stehen, drehte sich aber nicht um als sie sagte: „Meine Trauer ist zu frisch, um …“

Jetzt platzte Schuhmann der Kragen.

„Hören Sie auf, in Selbstmitleid zu zerfließen. Niemand bezweifelt ihre Trauer. Wie es scheint, waren Sie und Fräulein Schmöger eng befreundet. Aber gerade Sie sollten nun ihrer Freundin einen letzten Dienst erweisen und meine Fragen beantworten. Meinen Sie nicht, dass Sie ein wenig selbstsüchtig handeln, wenn Sie sich auf Ihre Trauer berufen und die Ermittlungen damit verzögern?“

Noch immer stand sie in der Tür. Der Kommissar wartete auf eine Reaktion, die nicht kam.

„Was glauben Sie eigentlich, wer Sie sind?“, rief der Kommissar plötzlich. Er war selbst erschrocken über seinen Ausbruch. „Während Sie sich in Ihr Kissen heulen und bemitleiden, läuft da draußen ein Mörder frei herum, der es auf Frauen wie Sie abgesehen hat. Wissen Sie was?“, er nahm seinen Hut und machte sich auf den Weg zur Haustür. „Ich glaube sogar es ist besser, wenn ich jetzt gehe, damit Sie weiter mit der Angst leben und sich feiern lassen können als Opfer, das verhätschelt werden muss. Ich glaube nämlich, dass es das ist was Sie wollen. Guten Tag, wünsche ich.“

Schuhmann griff nach der Haustür, als Annemarie zur Vernunft kam.

„Warten Sie“, rief sie ihn mit tränenerstickter Stimme zurück.

Schuhmann drehte sich um, sagte aber nichts. Er hatte Angst, in seiner Wut unsachlich zu werden, weshalb er sich entschloss zu schweigen.

„Es tut mir leid“, sagte sie schließlich kleinlaut. „Ich denke, Sie haben Recht. Ich war selbstsüchtig und verwirrt. Aber Sie müssen verstehen, dass Elsbeth meine beste Freundin war. Sie war wie eine Schwester für mich. Ihr Tod hat mich hart getroffen.“

„Und genau aus diesem Grund sollten Sie mir helfen. Sie wissen bestimmt mehr als jeder andere über Fräulein Schmöger."

„Vermutlich", sinnierte sie. „Kommen Sie, ich lasse uns eine Tasse Tee bereiten und wir reden."

Schuhmann folgte ihr zurück in das Empfangszimmer des herrschaftlichen Gebäudes, wo sie nach einer Hausdame klingelte. Der dienstbare Geist kam wenige Sekunden später, nahm die Bestellung entgegen und verschwand genauso geräuschlos, wie sie gekommen war.

Als nach wenigen Minuten der Tee kam, war die Atmosphäre wieder entspannt genug, um vernünftig miteinander reden zu können.

„Seit wann kennen Sie Fräulein Schmöger?", wollte der Polizist wissen.

„Eigentlich schon immer", fing Annemarie Schubert an zu erzählen. „Unsere Väter sind Geschäftspartner und Freunde. Sie haben zusammen eine Gesellschaft gegründet, die Dinge macht, die ich nicht verstehe." Sie machte eine ausholende Geste. „Wie Sie hier sehen können, scheinen die Geschäfte sehr einträglich zu sein."

„Das freut mich für Sie, aber ich würde gerne wissen, wann Sie Fräulein Schmöger das letzte Mal lebend gesehen haben."

„An dem Abend, an dem sie verschwand", sagte sie traurig.

Schuhmann blätterte in seinen Notizen und sagte dann gedehnt: „Demnach also am 7. Mai."

„Ja", antwortete Schubert knapp. Man merkte ihr an, dass sie mit den Tränen kämpfte.

„Wir haben das Tagebuch von Elsbeth Schmöger gefunden. Wir erhoffen uns daraus neue Erkenntnisse. Fällt Ihnen spontan etwas ein, was uns weiterhelfen könnte?"

„Ich weiß nicht genau, was das sein könnte."

„Sie waren zusammen auf einem Empfang, ist das richtig?"

„Ja, wir waren bei diesem Möhnring. Er gibt andauernd irgendwelche Empfänge, Bälle, veranstaltet Vernissagen und so weiter. Beinahe jede Woche."

„Aha", machte der Polizist und notierte sich, dass er unbedingt mit Möhnring ein Gespräch führen sollte.

„Wir waren an diesem Abend die Ballköniginnen", schwärmte Annemarie. „Elsbeth und ich standen im Mittelpunkt.

Alle anderen Frauen waren neidisch. Wir hatten die schönsten Kleider und waren so schön, wie zwei Prinzessinnen."

Selbstvertrauen ist hier keine Mangelware, dachte Schuhmann.

„War an diesem Abend irgendetwas Außergewöhnliches, mal abgesehen von ihrem großen Auftritt?"

Fräulein Schubert blickte zur Decke und schien zu überlegen. Nach einer Weile schob sie die Unterlippe nach vorne und sagte zögernd: „Nein, eigentlich nicht. Es ist ja auch schon eine Weile her."

„Wie sind Sie nach Hause gekommen?"

„Wir haben einen eigenen Wagen mit Chauffeur, der mich abholte."

Schuhmann runzelte die Stirn und fuhr fort: „Denken Sie bitte nochmal genau nach. Die kleinste Kleinigkeit könnte den Ausschlag geben."

Wieder der Blick zur Decke, angestrengtes Nachdenken. Dann zeigte sich ein Einfall in der Miene des jungen Fräuleins. Sie kniff die Augen zusammen und sagte: „Ich weiß ja nicht, ob es wichtig ist. Aber Elsbeth hatte das Gefühl, dass wir beobachtet würden. Ich hatte dieses Gefühl nicht, aber Elsbeth war wirklich verunsichert deswegen. Ich sagte ihr, dass wir natürlich beobachtet werden, wir waren schließlich die Ballköniginnen. Ich sagte ihr, dass dies wohl eher ein Bestaunen, als ein Beobachten sei. Sie versuchte mir zu erklären, dass es das nicht war. Sie hatte das Gefühl, jemand beobachtete sie bewusst. Sie fühlte sich verfolgt, verstehen Sie?"

Der Kommissar nickte.

„Wie ist Fräulein Schmöger nach Hause gekommen?"

„Ich denke mal, dass auch sie von ihrem Fahrer abgeholt wurde."

Schuhmann lehnte sich zurück und legte den Stift an seine Lippen.

„Sie wissen es aber nicht genau?"

„Nein, ich bin etwas früher gegangen als sie. Ich war müde."

„Das könnte die Lücke sein, die wir füllen müssen", murmelte er.

„Wie bitte?"

„Vielen Dank Fräulein Schubert, dass Sie sich doch noch dazu entschlossen haben, meine Fragen zu beantworten."

„Ich hoffe, ich konnte helfen."

„Das konnten Sie."

Er ging zur Tür, fasste sich an die Stirn und drehte sich dann um. „Da fällt mir ein …"; sagte er gedehnt. „Wer könnte mir denn eine Liste der Besucher dieses Empfangs geben?"

„Ich würde es mal beim Gastgeber versuchen", schlug Fräulein Schubert vor. Nicht ohne einen Schuss Ironie, dass man da auch selbst drauf kommen könnte, in die Stimmlage zu verpacken.

Schuhmann bedankte und verabschiedete sich. Er hatte wertvolle Informationen erhalten, die es zu nutzen galt. Da er schon in der Nähe war, beschloss er, vor der Rückkehr ins Präsidium einen Besuch bei einem alten Bekannten zu machen.

Panisch lief er durch die Wohnung. Er spürte, wie die Angst ihm die Kehle zuschnürte. Seit er die Zeitung in den Händen gehalten hatte, wurde es immer schlimmer.

„Jetzt sieh, was du angerichtet hast", schrie er seine Schwester an. Die saß in ihrem Sessel und wirkte völlig entspannt.

„Wie kannst du so ruhig bleiben?", schrie er weiter. Seine Stimme überschlug sich dabei.

„Ich mache mir keine Sorgen", antwortete sie gelassen. „Wie sollen sie denn auf uns kommen?"

„Weil sie früher oder später herausbekommen, wo ich die Frauen kennengelernt habe."

„Die ich getötet habe."

Er stutzte. Irgendetwas in ihrer Stimme ließ ihn aufhorchen.

„Was meinst du damit?"

„Denk doch mal drüber nach …"

Kommissar Schuhmann stand vor dem Haus des stadtbekannten Ganoven Geert Möhnring. Sein Verstand sagte ihm, dass er eigentlich gar nicht hier sein durfte. Doch während der Ermittlungen ist einfach zu oft sein Name gefallen. Er konnte sich gut daran erinnern, wie er damals beim Mordfall Wenger davongekommen war. Warum dieser halbseidene *Geschäftsmann*, wie er sich selbst nannte, unbehelligt in seiner Stadt herumlaufen und auch noch Empfänge und Vernissagen veranstalten konnte, war dem Kommissar ein Rätsel. Aber er würde es erfahren.

Nach kurzem Warten öffnete doch tatsächlich derselbe steife, arrogante Diener wie noch vor knapp zehn Jahren. Schuhmann hielt ihm seine Polizeimarke unter die Nase und sagte: „Ich muss mit Geert Möhnring sprechen.“

Der Diener musterte die Marke, zog verächtlich eine Braue nach oben und sagte: „Sehr wohl, der Herr. Wenn Sie bitte eintreten mögen, ich werde Herrn Möhnring gerne informieren, dass Sie ihn sprechen möchten.“

Der Diener führte den Kommissar in ein Zimmer, das ihm bekannt vorkam. Er setzte sich nicht in einen der bequem aussehenden Stühle, sondern blieb stattdessen stehen. Kurz darauf betrat ein gut gelaunter Geert Möhnring das Zimmer. Er hatte sich kaum verändert. Sehr wohl sah man ihm an, dass er beinahe zehn Jahre älter geworden war, aber seine Statur und sein Erscheinungsbild hatten sich nicht großartig geändert. Er war immer noch ein schmieriger Geselle, der bei allem was er tat ein wenig zu dick auftrug. War es der zu teure Anzug, den er trug, der zu perfekte Scheitel oder der zu weit nach oben gezwirbelte Bart, was ihn so unsympathisch machte? Gerhard wusste es nicht, vermutlich war es alles zusammen in Kombination.

„Herr Kommissar Schuhmann“, bellte Möhnring eine Spur zu laut. Er zeigte seine viel zu großen Zähne, die, das musste man ihm lassen, tadellos waren. Die überschwängliche Freude des Gastgebers missfiel dem Polizisten. Man könnte ja meinen, er würde einen alten Freund begrüßen. Schuhmanns Laune sank.

„Was kann ich für Sie tun?“, fuhr der Geschäftsmann im selben Ton fort. „Hat man Ihnen denn schon etwas zu trinken angeboten?“ Er schaute sich im Zimmer um. Bevor Schuhmann etwas sagen konnte, sprach Möhnring wieder. „Wie ich sehe, nicht …“, dann brüllte er unvermittelt „Heinrich!“, woraufhin Sekunden später die Tür geöffnet wurde und der Diener den Kopf hindurchsteckte. „Bring’ unserem Gast etwas Kaffee und Gebäck.“

„Sehr wohl“, sagte Heinrich.

Dann lachte Möhnring plötzlich. „Wissen Sie, was mir gerade auffällt?“

„Nein“, antwortete Schuhmann argwöhnisch.

„Mein Diener heißt wie ihr Freund, der Türmer. Wenn das mal kein Zeichen ist.“ Möhnring lachte schallend. Schuhmann verzog keine Miene.

„Ach kommen Sie, Herr Kommissar, das ist doch lustig“, sagte Möhnring, als er bemerkte, dass dieser nicht darüber lachen konnte.

„Ich bin nicht zu Ihnen gekommen, um über die Zufälle des Lebens zu philosophieren.“

„Oha“, machte Möhnring und hob in gespielter Angst die Hände. Dabei grinste er. „Ich habe mir nichts zuschulden kommen lassen.“

„Nichts Nachweisbares“, ergänzte Schuhmann.

„Warum so feindselig, Herr Kommissar?“

„Weil ich Ihnen nicht traue“, gab der Polizist zu.

„Ich habe meine Strafe verbüßt“, sagte Möhnring, diesmal ernst.

„Wo?“

„In Kaiserslautern. Dort habe ich acht Jahre hinter Gittern verbracht. Ich bin jetzt ein unbescholtener Bürger dieser Stadt. Und ich habe nicht vor, noch einmal in ein Gefängnis zu gehen. Das können Sie mir getrost glauben.“

„Wovon leben Sie?“, fragte Schuhmann. „Wenn ich mich hier so umsehe, geht es Ihnen nicht schlechter als vorher. Sogar Ihr altes Haus, samt Diener, haben sie wieder.“

„Ich habe eben gute Freunde, die sich um meinen Besitz kümmerten, als ich hinter Gittern saß.“

„Man hat Ihr Vermögen nicht konfisziert?“

„Nein, da ich keines besaß.“

„Warum dachte ich mir das schon?“

„Es geht Sie zwar nichts an, Herr Schuhmann, aber ich will mal nicht so sein und erkläre Ihnen, womit ich mein Geld derzeit verdiene.“ Er machte eine Pause, als die Tür aufging und der Diener auf einem Tablett Kaffee und Gebäck brachte. Er füllte zwei Tassen mit dem schwarzen Aufgussgetränk, das in den letzten Jahren so in Mode gekommen war und reichte eine davon dem Polizisten. Schuhmann war dem Getränk längst verfallen und nahm einen Schluck. Es war ausgezeichnet, das musste er zugeben.

„Wo waren wir stehen geblieben?“, fuhr Möhnring fort. „Ach ja, mein derzeitiges Einkommen.“ Er nahm einen vorsichtigen

Schluck von dem heißen Kaffee und stellte die Tasse wieder ab. „Ich vermittle Kontakte."

Schuhmann sah ihn fragend an, woraufhin Möhnring lachte.

„Ich dachte mir, dass Sie das nicht verstehen, Herr Schuhmann", sagte er lachend. „Deshalb will ich es Ihnen erklären. Ich veranstalte Empfänge, Vernissagen, Bälle und andere Zusammenkünfte. Bei diesen Treffen nehmen ausschließlich die erfolgreichsten Geschäftsleute, Adlige oder bekannte Künstler dieser Stadt teil. Sie werden nicht glauben, wie sich die Leute danach verzehren, zu einem dieser Treffen eingeladen zu werden. Denn nur, wer eingeladen ist, gehört auch wirklich dazu, verstehen Sie?"

Schumann nickte abwesend.

„Bei meinen Zusammenkünften werden Kontakte geknüpft und gepflegt. Und ab und an, werden auch lukrative Geschäfte verhandelt."

„Und Sie?", fragte Schuhmann, jetzt ehrlich neugierig geworden. „Wie verdienen Sie dabei?"

Möhnring lachte wieder. Diesmal dergestalt, wie man lacht, wenn ein Kind etwas nicht richtig versteht.

„Ich verlange Eintritt."

„Man bezahlt Sie dafür, dass Sie diese Empfänge organisieren?", rief Schuhmann ungläubig. „Warum machen diese Leute nicht ihren eigenen Empfang?"

Möhnring zog in einer ratlosen Geste die Schultern nach oben.

„Warum fragen Sie mich das? Es scheint mir, dass meine Empfänge unterhaltsam genug sind. Ich lasse mir den Spaß ja auch einiges kosten. Ich versuche den Leuten etwas zu bieten, sei es ein Zauberer, hübsche Damen, die bedienen, außergewöhnliche Künstler, und so weiter. Sie werden es nicht glauben, aber ein Empfang dieser Qualität ist harte Arbeit."

„Kaum zu glauben", kommentierte Schuhmann.

Möhnring schnaubte verächtlich. Scheinbar sah er sich diesem Vorwurf ständig ausgesetzt. Deshalb legte er zu einer Erklärung an: „Das Personal muss bestellt, das passende Essen gefunden, die Getränke besorgt und das richtige Ambiente muss geschaffen werden. Für jeden Empfang muss dem Motto entsprechend geplant werden. Die Ansprüche meiner Gäste sind hoch und steigen mit jedem Empfang. Ich muss Ihnen etwas bieten, sonst kommen sie nicht mehr. Jeder Gast, muss den Empfang mit einem guten Gefühl verlassen. Dafür zu sorgen ist meine Aufgabe. Es muss perfekt sein, verstehen Sie?“

Schuhmann gab zu, sich darüber nie Gedanken gemacht zu haben. Sein größter Empfang war sein dreißigster Geburtstag, als er ein paar Freunde zu sich nach Hause einlud. Jetzt, wo er so darüber nachdachte, machte so etwas tatsächlich viel Arbeit.

Er schüttelte den Gedanken ab.

„Ich bin nicht gekommen, um mich über Ihre Geschäfte zu unterhalten“, sagte er schließlich. „Wobei mein Erscheinen, durchaus damit zu tun hat.“

„Wie kann ich helfen?“

„Ich brauche eine Gästeliste all Ihrer Empfänge seit Anfang des Jahres. Und, wenn möglich, bis zum August des letzten Jahres.“

Möhnrings Augen wurden groß.

„Wissen Sie, was Sie da von mir verlangen?“

„Nichts Unmögliches.“

„Ich habe mich zur Diskretion verpflichtet. Nicht alle meine Empfänge sind …“, er zögerte. „Nun, bei manchen sollten die Frauen nicht dabei sein, will ich mal sagen.“

„Die Empfänge mit Frauen genügen mir.“

„Dann will ich sehen, was ich tun kann.“

Schuhmann war erstaunt. Mit so wenig Widerstand hatte er nicht gerechnet. Man vereinbarte, dass Möhnring die Gästelisten heraussucht und sie auf Leihbasis an den Kommissar schicken würde.

Richter hatte in allen Zimmern der toten Frauen ein Tagebuch gefunden. Er hatte nicht geahnt, dass es scheinbar in Mode war, Tagebuch zu führen. Jetzt war er natürlich froh darüber. Er konnte sich nun daran machen, Zusammenhänge zu suchen und den Fall ein entscheidendes Stück voranzutreiben.

Zu seiner großen Erleichterung waren alle Familien vernünftig genug, ihn seine Arbeit machen zu lassen, auch wenn er bemerkte, dass die Stimmung bei den betroffenen Familien alles andere als ausgelassen war. Das war natürlich verständlich. Er versprach allen Beteiligten, sein Bestes zu geben, um den oder die Schuldigen zu finden und der gerechten Strafe zuzuführen.

Er legte die Tagebücher vor sich auf den Tisch. Gerade als er das erste aufgeschlagen hatte, öffnete sich die Tür und ein Bote betrat den Raum.

„Wo finischen den Schuhmann?“, nuschelte er ohne Gruß.

„Was wollen Sie von ihm? Er ist dienstlich unterwegs“, erklärte Richter.

„Isch hab hiern Berischt fürn Kommissar Schuhmann“, sagte der junge Mann gelangweilt. „Sollisch abgebn. Persönlisch. Iss wohl wischtisch.“

„Können Sie auch mir geben, ich bin Herrn Schuhmanns …“, ja was eigentlich, schoss es Richter durch den Kopf. Er entschied sich für „engster Mitarbeiter“.

Der Bote legte den Kopf schief. Er traute dem Braten nicht.

„Isch waas net …“, machte er schließlich.

„Meinen Sie etwa, ich habe Grund zum Lügen? Sie sind doch hierhergekommen, um den Bericht zu überbringen. Ich weiß ja noch nicht mal was für ein Bericht das ist.“

Wieder legte der Mann den Kopf schief. Er schien angestrengt nachzudenken.

„Na gut“, lenkte er schließlich ein. Er überreichte den Umschlag an Richter, schob aber mit erhobenem Zeigefinger hinterher: „Aber gebbe Se den blos an de Kommissar Schuhmann weider.“

„Seien Sie versichert“, gab Richter genervt zurück.

Der Bote ging und Richter war wieder allein. Er warf den Umschlag achtlos auf Schuhmanns Katheder und machte sich zurück an seine Arbeit mit den Tagebüchern.

Er blätterte eine Weile unkonzentriert im Tagebuch der Hertha Schnitzler, dem mutmaßlichen ersten Opfer des Massenmörders. Aber der Bericht, den der Bote gebracht hatte, nagte an seiner Aufmerksamkeit. Schließlich gab Richter seinem Drang nach und ging hinüber zu Schuhmanns Arbeitsplatz, um den Brief in Augenschein zu nehmen.

So wie er aussah, konnte er nur vom Gerichtsmediziner kommen, der die Leichen untersucht hatte. Richter brannte darauf, zu wissen, was in diesem Bericht stand. Er seufzte und legte den Briefumschlag wieder zurück. Er ließ ihn aus wenigen Zentimetern Höhe auf das Stehpult fallen. Der Umschlag fiel klatschend auf das abgewetzte Holz und sprang dabei auf.

Richter stand davor wie ein kleiner Junge, der sich die Nase am Schaufenster eines Kolonialwarenladens platt drückte.

Sein Verstand sagte ihm, dass er es besser lassen sollte. Sein Gewissen blies ins gleiche Horn, aber seine Neugierde war stärker.

„Was soll's?", sagte er und öffnete den Umschlag. Er schüttelte ihn vorsichtig. Heraus fielen ein Stapel dicht beschriebenen Papiers und einige Fotografien. Eindeutig der Bericht des Arztes.

Richter machte sich noch nicht einmal die Mühe, die Unterlagen an seinen Arbeitsplatz zu tragen. Direkt vor Ort begann er, die Papiere zu sichten.

Wie gebannt las er den Bericht der Leichenbeschau. Schreckliche Details waren zwar sachlich beschrieben. Dennoch jagte die eine oder andere Einzelheit dem jungen Polizisten eine Gänsehaut über den Rücken.

Immer wieder unterbrach er die Lektüre, um das Geschriebene mit den Bildern zu vergleichen.

Alle vier Frauen sahen sich nicht nur sehr ähnlich, sie waren auch auf dieselbe Art und Weise ermordet worden. Zunächst gewürgt bis zur Bewusstlosigkeit und dann, quasi zur Sicherheit, mit einem kräftigen Schlag auf den Hinterkopf endgültig ermordet. Richter wurde schlecht bei dem Gedanken.

„Das ist abstoßend", entfuhr es ihm.

„Was?"

Richter fuhr herum. Schuhmann stand direkt hinter ihm. Er hatte den Kommissar nicht kommen hören, so sehr war er vertieft in seine Lektüre. Richter wurde rot.

„Ich …, entschuldigen Sie … ich wollte nicht …", stammelte er und trat beiseite.

„Ja, ja", sagte Schuhmann nur und wedelte mit der Hand. „Schon gut. Sie ermitteln schließlich auch in dem Fall. Und wenn Ihnen etwas auffällt, müssen Sie es kundtun. Das erwarte ich von Ihnen. Verstanden?"

Richter zögerte. Hatte er doch erwartet, dass sein Vorgesetzter ihm nun eine Moralpredigt über Anstand, Respekt und Hierarchie halten würde. Doch Schuhmann schien nicht im Geringsten daran interessiert zu sein, den jüngeren Kollegen zurechtzuweisen. Richter schluckte verlegen und erklärte verunsichert, was in dem Bericht stand.

„Das hier ist der Bericht des Arztes, der die vier Mordopfer untersucht hat. Ein Bote brachte ihn vorhin, da dachte ich …“ er sprach den Satz nicht zu Ende.

„Ist schon gut, Richter. Ich bin Ihnen nicht böse. Fahren Sie mit Ihrer Erläuterung fort, dann muss ich den Bericht nicht auch noch lesen“, beruhigte ihn Schuhmann.

„Wie dem auch sei …“, sagte Richter, um den Faden wieder zu finden. „Der Gerichtsarzt hat festgestellt, dass die Frauen zunächst bis zur Bewusstlosigkeit gewürgt und anschließend von hinten erschlagen wurden. Vermutlich mit einem Hammer.“

„Scheint in Mode zu sein“, murmelte Schuhmann, der dabei an seinen letzten Mordfall dachte.

„Wie bitte?“

„Nichts, nichts“, wiegelte Schuhmann ab. „Weitermachen.“

„Es liest sich doch sehr sachlich, was der Arzt festgestellt hat. Sie wurden auf alle Fälle nicht am Fundort ermordet. So viel steht fest. Weiter bin ich nicht gekommen.“

Schuhmann warf den Bericht auf den Tisch zurück. „Machen Sie weiter. Auch mit den Tagebüchern, Richter.“

Der Kommissar verließ den Raum.

Richter rief ihm hinterher: „Und was machen Sie?“

„Ich muss zum Arzt.“

„Wegen Ihrem Rücken?“

Schuhmann zögerte. Dann sagte er: „Ich glaube kaum, dass *dieser* Arzt mir helfen kann – ich gehe zum Pathologen.“

Der Kommissar brauchte eine Weile, bis er das Kontor des zuständigen Gerichtsarztes Karl Roth gefunden hatte. Nach einer holprigen Fahrt mit einer Droschke über das Kopfsteinpflaster der Stadt, die ihn über die Zeil führte, an deren Ende er den Roßmarkt überquerte, um dann die Kaiserstraße entlangzuruckeln bis er schließlich am Hauptpersonenbahnhof, links im Süden die Wilhelmsbrücke überquerten durfte, um endlich am Mainufer das weitläufige Areal des städtischen Krankenhauses in Sachsenhausen zu erreichen, war sein Rücken vollends demoliert. Wie ein rostiger Drahtesel, der seit Jahren nicht mehr gefahren wurde, kletterte er aus der Kabine der Kutsche. Er bezahlte den Fahrer und kroch mehr, als dass er ging zu den Räumlichkeiten des Gerichtsarztes. Er stand nun am Empfang der Untersuchungsräume und bat darum, mit Doktor Roth zu sprechen.

„Tut mir leid", flötete die Dame am Empfang freundlich in geschäftigem Leierton, „aber der Herr Doktor weilt im Außendienst und wird heute nicht mehr zurückerwartet."

Schuhmann fühlte beinahe körperlich den Zeitverlust, den ihm der schmerzhafte Ausflug auf die andere Mainseite gebracht hatte als die Frau hinterherschob: „Sie können aber gerne mit seinem Assistenten, Herrn Doktor Heinz, sprechen. Er wird Ihnen sicherlich genauso gut Auskunft geben können."

So wie sie den Namen des Vertreters aussprach vermutete der Kommissar, dass sie für ihn schwärmte. Er gab an, gerne mit diesem Herrn Doktor Heinz sprechen zu wollen und wartete im Vorraum.

„Sie können ruhig Platz nehmen, wenn Sie möchten, während ich Herrn Doktor Heinz hole."

„Ich bleibe lieber stehen", lehnte Schuhmann im Hinblick darauf ab, dass er befürchtete, nie wieder aus einem Stuhl aufstehen zu können, sobald er sich einmal gesetzt hatte.

Zum Glück dauerte es nicht lange, bis besagter Doktor Heinz kam. Begleitet wurde er von der plappernden Empfangsdame, die viel zu laut über seine Scherze lachte.

„Guten Tag, Herr Kommissar", begrüßte der Arzt seinen Gast. Schuhmann musterte ihn schnell. Heinz war in etwa so groß wie er, also eher Durchschnitt. Sein Haar war schütter aber noch frisierbar. Er trug keinen Bart, womit er eine große Ausnahme war und Schuhmann erkennen ließ, dass der junge Arzt nicht unbedingt bereit war, dem Strom der Masse zu folgen.

Das gefiel dem Polizisten, denn es zeugte von einem eigenen Willen. Doktor Heinz sprach leise mit leichtem mittelhessischen Dialekt, der aber nicht ins Gewicht fiel.

„Was kann ich für Sie tun?", fragte der Arzt, dessen Mund ein stetes Lächeln zeigte und den Schuhmann auf Mitte dreißig schätzte.

„Ich bin eigentlich gekommen, um mit Herr Doktor Roth über die vier Frauen zu sprechen, die wir vor ein paar Tagen in der Kanalisation gefunden haben."

„Oh, da kann ich helfen", freute sich Heinz, der mit vollem Namen Simon Martin Heinz hieß, wie auf seinem Namensschild zu erkennen war. „Ich hatte den Auftrag, die Leichen zu untersuchen. Was möchten Sie wissen?"

Schuhmann schaute sich um.

„Es wäre mir recht, wenn wir irgendwohin gehen könnten, wo wir unter vier Augen sprechen können. Ich denke, die Angelegenheit ist zu delikat, als sie hier zwischen Tür und Angel zu besprechen."

„Selbstverständlich", stimmte der Arzt zu und führte Schuhmann in ein kleines Büro etwas den Gang hinunter.

Als Dr. Heinz hinter seinem prall gefüllten Schreibtisch Platz nahm, bot er dem Polizist an, sich doch zu setzen.

„Nein danke. Ich habe Probleme mit dem Rücken, die Fahrt hierher hat das nicht verbessert. Ich hoffe nur, dass irgendwann mal jemand einen besseren Straßenbelag erfindet als dieses rückenzerstörende Kopfsteinpflaster. Wenn Sie nichts dagegen haben, bleibe ich lieber stehen."

„Kein Problem", sagte Heinz, verzog aber das Gesicht. Als Arzt war er gewohnt zu helfen. Er war nicht immer Gerichtsarzt gewesen. „Wie kann ich Ihnen helfen?", fragte er dann. „Hat Sie mein Bericht nicht erreicht?"

„Doch, doch", beruhigte ihn der Kommissar. „Es ist nur so, dass ich gerne Informationen aus erster Hand habe, gerade bei einem Fall derartigen Ausmaßes."

„Was wollen Sie wissen?", zeigte sich Heinz motiviert. Er schien erleichtert zu sein, dass seine Kompetenz nicht angezweifelt wurde. Wieder umspielte das für ihn typische Lächeln seinen Mund, dass es einem unmöglich machte, ihn nicht sympathisch zu finden.

„Um das alles hier abzukürzen ...", fuhr Schuhmann fort und wedelte mit der rechten Hand ungeduldig durch die Luft, als würde er Fliegen verscheuchen. Sein Rücken machte ihn wahnsinnig. „Gibt es irgendetwas, was ihnen ungewöhnlich vorkam?"

„In der Tat", antwortete Heinz und zog die Brauen hoch. „Das habe ich Herrn Doktor Roth bereits gesagt, ich war mir allerdings nicht sicher, ob es zu ihm durchgedrungen ist. Wissen Sie, er ist derzeit sehr beschäftigt damit einen Vortrag vor einem kompetenten Fachpublikum vorzubereiten. Da sind wir alle ein wenig angespannt."

Schuhmann blickte verwirrt, was Heinz nicht entging, weshalb er sich erklärte.

„Ich weiß ja nicht, wie das bei Ihrem Polizeipräsidenten so ist, aber unser Herr Doktor Roth ist eine Koryphäe in seinem

Fachbereich und wird ständig gefragt, ob er nicht sein erworbenes Wissen weitergeben kann an wissbegierige Kollegen. Er tut dies regelmäßig durch Publikationen. Aber ab und an muss er bei einem Kongress auftreten, da muss alles perfekt sein. Hinzu kommt, dass er diesmal selbst eingeladen hat. Das Problem dabei ist, dass die gesamte Belegschaft für den Erfolg des Doktor Roth arbeiten und seine zum Teil aberwitzigen Forderungen erfüllen muss. Da kann es mal passieren, dass sich die eine oder andere Unkonzentriertheit offenbart. Aber das ist ganz menschlich, nicht wahr?"

Schuhmann hätte da die passende Antwort, wollte aber nicht unhöflich sein. Er wechselte wieder zum geschäftlichen Ton.

„Also was ist Ihnen aufgefallen?"

„Alle Leichen waren im gleichen Verwesungszustand."

Schuhmann blickte wohl fragend, da Heinz sich erklärte.

„Der Mensch verwest nach seinem Tode."

„Ganz so blöd bin ich dann auch nicht", fuhr Schuhmann dazwischen. „Was meinen Sie genau damit?"

„Alle Frauen wurden zur gleichen Zeit oder zumindest sehr zeitnah nacheinander getötet."

Schuhmann riss die Augen auf.

„Dann hat er sie irgendwo gefangen gehalten", murmelte er geistesabwesend.

„Wer?"

„Der Mörder."

„Ach so."

„War bei allen die Todesursache gleich?"

„Das kann ich bestätigen. Alle Frauen wurden erst gewürgt und dann erschlagen. Mit einem Hammer vermute ich."

„Schon wieder", seufzte Schuhmann genervt, der dabei an den Fall Hildegard Rüdgers vor ein paar Monaten dachte, die ebenfalls mit einem Hammer erschlagen wurde.

„Wie bitte?", fragte Heinz nach, dem der Kommissar langsam unheimlich wurde. Er schien nicht recht bei der Sache zu sein.

„Ach nichts", winkte Schuhmann ab. „Ist Ihnen noch etwas aufgefallen?"

„Ich glaube schon", sagte der Arzt zögerlich. „Ich hatte es aber nicht im Bericht erwähnt, weil es eigentlich nicht zu meinen Aufgaben gehört. Ich untersuche nur den Körper, aber jetzt, wo ich darüber nachdenke ..." Doktor Heinz wurde nachdenklich und senkte den Blick. Dabei biss er sich auf die Unterlippe. Ein Zeichen der Unsicherheit.

„Zweifeln Sie nicht“, ermutigte ihn der Polizist. „Die kleinste Kleinigkeit kann ausschlaggebend sein.“

„Alle Frauen hatten Farbe an der Kleidung.“

Schuhmann notierte das in seinem Notizbuch.

„Das ist doch mal ein Hinweis“, freute er sich. „Jetzt wissen wir, dass die Frauen allesamt an einem Ort gefangen gehalten wurden, an dem es Farbe gibt.“

„Ein Atelier oder so etwas“, spekulierte Heinz.

„Wer weiß? Aber es ist ein Anhaltspunkt, der wichtig sein könnte.“

Schuhmanns Rücken meldete sich wieder. Er konnte nicht mehr richtig denken, weshalb er fragte: „Sonst noch etwas?“

Doktor Heinz dachte eine Weile nach und sagte dann: „Nichts, was nicht auch in meinem Bericht steht.“

„Dann bedanke ich mich recht herzlich. Sie haben mit sehr geholfen.“

„Ich kann Ihnen vielleicht noch mehr helfen.“

Schuhmann schaute den Arzt ungläubig an.

„So, wie denn?“

„Kommen Sie mal mit.“

Der Arzt führte Schuhmann den Gang herunter. Am Ende des Flures waren zwei große Schwingtüren zu erkennen, durch die Heinz den Kommissar nun führte. Ein heller, rundum gefliester Raum öffnete sich vor ihnen. Der Raum war leer, bis auf zahllose Tische aus Metall. Nur einer davon war belegt. Auf ihm lag eine abgedeckte Leiche, wie Schuhmann zu erkennen glaubte.

„Zum Glück ist nicht viel los“, sagte Heinz. „Legen Sie sich mal hier drauf.“ Er zeigte auf einen der Tische.

„Hier drauf?“, fragte Schuhmann beinahe hysterisch.

„Na, jetzt haben Sie sich mal nicht so“, wiegelte Heinz ab. „Sie wollen doch bestimmt ihre Rückenschmerzen loswerden, oder?“

Zweifelnd und widerwillig legte Schuhmann seinen Mantel ab und stieg auf den Tisch. Heinz dirigierte ihn in eine absurde Körperhaltung, setzte seine Hände am Rücken und am linken Bein an und ruckte plötzlich heftig daran. Im Rücken des Polizisten knackte es, als würde jemand mit Schlittschuhen über brüchiges Eis fahren. Der Kommissar stöhnte laut auf. Dann manövrierte der Arzt den Kommissar in eine andere Position. Schuhmann lag nun bäuchlings auf dem Seziertisch.

„Nicht erschrecken“, sagte Heinz und griff mit einer Hand an Schuhmanns Gesäß, genau in der Mitte. Mit der anderen Hand zog er das rechte Bein mit einem Ruck nach hinten. Wieder knackte es. Das Gleiche wiederholte Heinz mit dem linken Bein. Dann sagte er: „Stehen Sie mal auf.“

Schuhmann gehorchte. Er kletterte von dem Metalltisch. Dabei machte er sich auf Schmerzen gefasst, doch die kamen nicht. Er stand jetzt vor dem Arzt und langsam wuchs ein breites Grinsen in seinem Gesicht.

„Das ist doch nicht zu fassen“, sagte er schließlich. „Die Schmerzen sind so gut wie weg. Wie haben Sie das gemacht?“

„Ärztliche Kunst“, antwortete Heinz und grinste ebenfalls.

„Sie haben mich wieder eingerenkt“, strahlte Schuhmann ihn an.

Heinz’ Miene verdunkelte sich. Er hob den Zeigefinger und sagte in tadelndem Ton: „Ich habe Sie nicht eingerenkt, ich habe Sie mobilisiert.“

„Du hast mich schon widder verarscht“, rief Meinhardt, als er den Türmer aus der Tür zum Domturm heraustreten sah. Heinrich wusste nicht sogleich, worum es ging, vermutete aber mal wieder eines der zahlreichen Missverständnisse seines Freundes hinter diesem Ausbruch. Dennoch fragte er: „Was meinst du?“

„Erst die Nummer mit dene vollgekotzte Klamodde und jetzt das.“

„Ich weiß nicht, was du von mir willst, Meinhardt. Erkläre dich oder lass mich in Ruhe, ich habe zu tun. Und falls du mich auf die Säuberung deiner Kleidung ansprichst, kann ich dir mitteilen, dass diese sich in der Reinigung befindet.“ Das war zwar gelogen, aber der Türmer hatte sich fest vorgenommen, die Kleider des Pförtners, die er bei einer kleinen Unpässlichkeit vor einigen Wochen (oder waren es jetzt schon Monate?) unabsichtlich beschmutzt hatte, in die Reinigung zu bringen. Verständlicherweise lehnte es Klara nämlich ab, diese zu waschen. Sie lagen in einem Beutel, direkt neben dem Abort in der Türmerwohnung. Heinrich hatte sich noch nicht getraut, hineinzusehen, in welchem Zustand die Kleidung war. Es brauchte aber nicht viel Fantasie, sich dies auszumalen.

„Isch mein die Gewichte für die Wasserwaach, die isch hole sollt. Der Küster hat sich bald nemmer eingekriegt vor lache. Von dir bin isch ja so Sache gewöhnt, aber dass de Küster da sei Finger mit im Spiel hat …“, er ließ den Satz unvollendet. Die Enttäuschung war ihm anzusehen.

„Ach, das meinst du“, war Heinrich erleichtert und lachte in sich hinein. „Weißt du Meinhardt, wenn du ehrlich bist, darfst du eigentlich nur einen dafür verantwortlich machen.“

„Und wen bitteschön?“

„Dich selbst.“

Der Pförtner wich zurück. In seinem Gesicht konnte man sehen, wie es hinter der Stirn arbeitete. Schließlich gab er auf.

„Wie kimmsten dadruff?“

„Sieh es mal so, Meinhardt“, erklärte der Türmer. „Wenn du zu doof bist, den kleinen Scherz unter Freunden zu verstehen, kann ich nichts dafür und auch nicht der Küster. Das ist dann ein Problem mit deiner Intelligenz.“

„Heißt des jetzt, isch wär bleed?“ Dem Pförtner stieg die Zornesröte ins Gesicht. Er stützte die Hände in die Hüfte und wartete auf die Antwort.

„Ich will es mal so formulieren“, setzte der Türmer vorsichtig an, der sich sehr wohl bewusst war, dass er hier gerade mit dem Feuer spielte. „Was eins und eins ist, weißt du, mein Freund. Wenn aber die Zahlen zweistellig werden, wird's schwierig für dich.“

Heinrich starrte in ein leeres Gesicht. Er nutzte die Gelegenheit und entschwand. Als er sich kurz noch einmal umdrehte, sah er den Pförtner des Domturms vor seiner Bude stehen. Neben ihm hockte Goliath und beobachtete sein Herrchen neugierig. Ihm war anzusehen, dass er angestrengt über etwas nachdachte. Vermutlich, ob er gerade beleidigt wurde oder nicht.

Heinrich Niemann lief gut gelaunt zum Polizeipräsidium. Er hatte schon seit einiger Zeit nichts mehr von seinem Freund Schuhmann gehört, weshalb er neugierig war, wie die Ermittlungen in den aktuellen Mordfällen gediehen waren.

Als er in der Amtsstube seines Freundes eintraf, fand er rauchende Köpfe vor, die ihn nicht mehr als beiläufig grüßten. Sowohl Gerhard als auch Richter saßen mit zerknirschten Gesichtern an ihren Pulten und grübelten.

„Was ist denn mit Euch los?“, fragte deshalb der Türmer.

„Frag' nicht so blöd", motzte Schuhmann. „Wir arbeiten."

„Ihr seht eher so aus, als würdet ihr brühten."

„So ähnlich ist es ja auch", gab Richter zu.

„Kann ich vielleicht helfen?", bot Heinrich an.

Schuhmann schloss die Augen und sammelte sich. Man sah ihm an, dass er entnervt versuchte, sich im Zaum zu halten. Dann sagte er: „Wie oft habe ich dir schon gesagt, dass wir das alleine hinbekommen. Und zwar ohne deine Hilfe. Wir sind Polizisten und machen das jeden verdammten Tag."

„Ich biete mich doch nur an. Was kann es schaden?"

Schuhmann wollte erneut dazu ausholen, seinem Freund den Unterschied zwischen Polizei, Feuerwehr und Normalsterblichen zu erklären als Richter sagte: „Auch auf die Gefahr hin, dass Sie mich jetzt hassen Herr Schuhmann, schlage ich vor, wir nehmen die Hilfe des Herrn Niemann an."

Schuhmanns Blick bekam einen stählernen Glanz, als er Richter ansah. Er sah aus, als wolle er den kleinen Mann fressen, doch dieser beschwichtigte ihn.

„Ich meine doch nur, dass es sein kann, dass wir vor lauter Bäumen den Wald nicht sehen."

„Wie meinen Sie das?"

„Wir denken vielleicht zu ...", er suchte nach dem richtigen Wort. „Eindimensional, würde ich es umschreiben."

„Erklären Sie sich, Richter", blaffte Schuhmann.

„Wir denken in den Abläufen, die wir in unserer Ausbildung gelehrt bekommen haben. Ein unbefleckter Gedanke kann uns vielleicht entscheidend weiterhelfen. Ich bin der Meinung, wir sollten Herrn Niemann zumindest die Fakten mitteilen, vielleicht kommt ihm eine Idee. Wenn nicht, dann nicht. Wenn ja, können wir vor dem Polizeipräsidenten glänzen und sind fein raus."

Er grinste schelmisch.

Schuhmann dachte ein wenig auf dem Gedanken herum. Schließlich sagte er zu Niemann mit einem Fingerzeig auf einen klapprigen Holzstuhl, der aus der Gründerzeit zu stammen schien: „Na gut, setz' dich dahin und hör zu."

Heinrich gehorchte. Richter und Schuhmann fingen an, über den Fall zu diskutieren. Sie trugen die Fakten zusammen, rätselten über Zusammenhänge und tauschten Informationen aus, während der Türmer neugierig lauschte.

„Also, fangen wir an", sagte Schuhmann und klatschte in die Hände. „Was haben wir denn bis jetzt?"

„Vier tote Frauen", antwortete Richter.

Schuhmann strafte ihn mit einem tadelnden Blick. Richter hob die Schultern.

„Ich meinte, außer den Leichen. Ich spreche von Hinweisen, Mann!"

„Verzeihung, ich dachte …", Richter vollendete den Satz nicht. Er lief rot an und senkte den Blick. Aus Verlegenheit kramte er sein Notizbuch hervor und begann darin zu blättern. Schuhmann tat es ihm mit seinem eigenen Notizbuch gleich.

„Wir wissen, dass Fräulein Schmöger und Fräulein Schubert befreundet waren und gemeinsam auf einem Empfang von diesem Möhnring waren. Unmittelbar nach dieser Veranstaltung war Elsbeth Schmöger verschwunden."

„Das war am 7. Mai", stellte Schuhmann fest,

„Korrekt", bestätigte Richter.

„Wann wurden die anderen Frauen vermisst?"

Richter blätterte in seinem Notizbuch.

„Fräulein Schmitt am 5. März, Fräulein Blumenfreund am 12. Februar und Hertha Schnitzler am 8. Januar diesen Jahres."

Schuhmann holte einen Kalender und verglich die Daten.

„Allesamt Sonnabende", stellte er nachdenklich fest und griff sich ans Kinn. „Das muss einen Grund haben."

Richter riss die Augen auf und hob den Finger, als wollte er dem Lehrer sein Wissen präsentieren. Dann ging er hastig zu seinem Katheder und suchte nach etwas. Dann fand er, was er suchte und kam damit zurück. Er knallte die Tagebücher der Opfer auf den großen Tisch und fing an, darin zu blättern. Im ersten Buch wurde er schnell fündig, griff sich das nächste, fand die gesuchte Stelle. Das wiederholte er bei den beiden anderen. Alle Bücher lagen nun aufgeschlagen nebeneinander auf dem Tisch.

„Dies hier sind die jeweils letzten Einträge der Opfer", begann er die aufgeschlagenen Seiten zu erklären. „Alle sind zwischen einem und drei Tagen vor ihrem Verschwinden gemacht worden."

„Interessant", murmelte Schuhmann und griff sich eines der Bücher. Er las darin. Man konnte in seinem Gesicht sehen, wie er staunte. Er legte das Buch weg und nahm sich das nächste vor.

Schnell hatte er alle Einträge gelesen. Er schlug das letzte Tagebuch knallend zu und warf es auf den Tisch.

„Warum sagen Sie mir das erst jetzt?“

Der Türmer, der die ganze Zeit über stumm auf seinem Stuhl gesessen hatte, wurde neugierig, weshalb er sein Schweigen brach.

„Was ist denn?“, wollte er wissen.

„Alle vier Einträge beschreiben die Vorfreude auf den nächsten exklusiven Empfang am Sonnabend bei Herrn Möhnring. Sie berichten, dass sie schon mehrfach auf einem dieser ominösen Abende waren und sich der Elite zugehörig fühlten, durch ihre Anwesenheit. Ich werde das Gefühl nicht los, dass alle Morde mit diesen Empfängen zusammenhängen.“

Die Liste

Charlotte war das erste Mal seit Wochen wieder bei bester Laune. Das fiel auch ihrer Vermieterin auf.

„Schön, dass du wieder fröhlich bist, mein Herz“, sagte Frieda. „Das war ja nicht mitanzusehen, wie du dich wegen dieses Herrn Lorenz gegrämt hast.“

„Der ist mir einerlei“, sagte Charlotte trotzig und biss herzhaft in ihr Brötchen. „Er weiß ja gar nicht, was er an mir verliert.“

„Recht so“, stimmte ihr Frieda zu und grinste verschwörerisch. „Wir Frauen müssen nicht immer zurückstecken. Es gibt so viele gute Partien da draußen.“

„Und Adam ist so eine *gute Partie*“, sagte Charlotte stolz. Sie nippte an ihrer Tasse. Nach einem Blick auf die Uhr, schreckte sie hoch. „Oh, ich bin spät dran. Adam wollte um vier Uhr hier sein.“ Sie sprang auf und verschwand in ihrem Zimmer.

„Am besten wir sammeln jetzt erst einmal, was wir alles wissen“, schlug Schuhmann vor. Er spitzte seinen Bleistift und griff nach einem Bogen Papier. „Womit fangen wir an?“

„Alle Frauen waren auf mehreren von Möhnrings Empfängen“, sagte Richter. Schuhmann notierte das, dann forderte er sowohl Richter als auch Niemann mit einer Geste auf, weiterzumachen. „Lasst es raus“, motivierte er die beiden. „Die Reihenfolge ist egal.“

„Sie wurden alle zur selben Zeit ermordet“, sagte Heinrich. „Was uns vermuten lässt, dass sie irgendwo festgehalten wurden.“

„Also muss es einen Unterschlupf geben“, ergänzte Schuhmann und notierte das.

„Was ist mit der Farbe an den Kleidern der Damen?“

„Notiert“, meldete Schuhmann.

„Alle Opfer berichteten in ihren Tagebüchern, dass sie sich beobachtet gefühlt hatten“, gab Richter zu bedenken.

„Und alle sind alleine nach Hause gegangen“, ergänzte der Türmer.

„Einige berichteten sogar von Merkwürdigkeiten kurz nach einem der Empfänge.“

„Wurde das in einem der Tagebücher näher beschrieben?", hakte Schuhmann nach.

Richter senkte den Kopf und blätterte in einem der Tagebücher.

„Nur sehr vage. Hier steht, dass Gisela Schmitt das Gefühl hatte, verfolgt zu werden. Sie geht allerdings nicht weiter drauf ein. Im Gegenteil: Sie tut sogar es als Hirngespinst ab."

„Das hilft uns nicht wirklich weiter", zeigte sich Schuhmann enttäuscht.

„Waren denn alle Frauen untereinander bekannt?", wollte der Türmer wissen.

Richter antwortete: „Wir wissen, dass Fräulein Schubert und Fräulein Schmöger eng befreundet waren. Allerdings lässt sich vermuten, dass die Damen sich zumindest von den Empfängen her kannten."

„Vergessen wir nicht, dass sie alle ähnliches Aussehen hatten", sagte der Türmer. „Sie entsprechen damit einem Schema. Der Mörder hat es auf etwas Bestimmtes abgesehen."

„Aber was ist das?"

„Das gilt es herauszufinden."

Die Tür flog auf und ein junger Mann betrat das Zimmer. Die drei Männer, die tief in ihren Gedanken versunken waren, schreckten hoch.

„Wie oft soll ich Ihnen noch sagen, dass man anklopft, bevor man einen Raum betritt", blaffte Schuhmann den Mann an.

„Er betritt nicht den Raum, er stürmt ihn geradezu", ergänzte Richter und warf dem jungen Mann einen bösen Blick zu.

Der Angesprochene schaute gleichgültig in die Runde. Ungerührt sagte er: „Wenn ich wart', biss hier jeder misch eneibitte tut, werd' isch mit meiner Arbeit nie fertisch. Isch bin hier de Bote un nett de Hofdiener. Hier iss was für sie abgegewwe worde, Herr Kommissar."

Der Bote knallte einen Umschlag auf den Tisch, tippte sich an die Mütze, sagte: „En scheene Tach noch, die Herrn", und verließ den Raum, so schnell wie er ihn betreten hatte.

„So ein ungehobelter Kerl", murrte Schuhmann und griff nach dem Umschlag. Der Türmer grinste breit. Endlich mal einer, der nicht vor diesen Kerlen buckelt, dachte er sich.

Schuhmann öffnete den Umschlag und zog einige Bögen Papier hervor. Auf den ersten Blick sah man, dass es sich um eine Liste handelte.

„Sieh an“, sagte Schuhmann anerkennend. „Möhnring hat tatsächlich Wort gehalten.“

„Was ist das?“, wollte Heinrich wissen.

„Die Gästelisten der Empfänge.“

„Na dann mal los“, sagte Richter und klatschte vorfreudig in die Hände. Jeder der Männer griff nach einer Liste und ging die Namen durch.

Er schlug den Kopf immer und immer wieder an die Wand. Er konnte nicht damit aufhören, obwohl er es wollte. Aber er fühlte sich besser mit den Schmerzen.

Klock, klock, klock.

Er hatte keine Angst davor, sich den Kopf aufzuschlagen. Umso besser, dachte er sich. Dann weiß ich wenigstens, dass etwas in mir drin ist außer Leere.

Klock, klock, klock.

Irgendwann hatte er genug davon, ein feines Rinnsal seines Blutes rann ihm über das Gesicht. Er schmeckte den metallenen Geschmack und war erleichtert.

Er lebte.

Wie lange er dagesessen hatte und ins Nichts gestarrt hatte, wusste er nicht mehr. Als er durch das Fenster sah, war es bereits dunkel. Er schreckte hoch, schaute auf die Uhr und stellte fest, dass er es noch rechtzeitig schaffen würde.

Dann kam die Wut in ihm hoch. Unaufhaltsam, mit aller Macht, wie ein Zug, der unaufhaltsam in den Bahnhof rast. Am Ende würde er gegen den Prellbock fahren, das wusste er, aber er würde den größtmöglichen Schaden dabei anrichten. Ob er es wollte oder nicht, er musste es tun. Er hatte keine andere Möglichkeit. Seine Geister waren zu stark.

„Los geh’ und hole sie“, keifte plötzlich seine Schwester. Sie stand direkt neben ihm. „Du willst sie doch haben, oder nicht. Aber glaube nur nicht, dass sie davonkommt, wenn du sie herbringst.“

„Warum tust du mir das an?“, jammerte er.

„Warum ich?“, tat sie unschuldig. „Es ist doch alles deine Schuld. So oder so.“

„Ich will das nicht."

„Du hast keine Wahl", zischte sie. „Du bist so geboren und wirst so enden. Du hast keine Wahl."

Er hielt sich die Ohren zu und schrie. Doch es nutzte nichts. Sie sprach zu ihm als würde sie in seinem Kopf sitzen.

„Du hast keine andere Wahl", sagte sie immer und immer wieder. So lange bis er wieder anfing, den Kopf an die Wand zu schlagen. Erst als er kurz vor einer Ohnmacht stand, hörte sie auf.

„Wo geht ihr denn heute hin?", wollte Frieda wissen.

„Wir gehen auf einen Empfang", gab Charlotte Auskunft. „Lauter wichtige Leute", fügte sie nicht ohne Stolz an. „Man muss Eintritt bezahlen, um auf den Empfang zu kommen."

„Ich nehme an, dein Kavalier bezahlt für dich", warnte Frieda.

Charlotte lachte.

„Aber sicher doch", beruhigte sie ihre Vermieterin. „Ich könnte mir das nicht leisten. Ich bin eine kleine Schreibkraft und wohne bei der Schwiegermutter meines Bruders, falls du es vergessen hast."

„Also, ich bitte dich", antwortete Frieda leicht beleidigt. „Ich möchte nicht, dass du woanders wohnst. Ich bin gern in deiner Gesellschaft."

„Weiß ich doch, Frieda", gestand Charlotte und küsste die alte Frau auf die Stirn. „Und dafür liebe ich dich. Aber jetzt muss ich los."

„Viel Spaß, meine Liebe."

„Werde ich haben", flötete die Jüngere und huschte davon.

Pünktlich zur verabredeten Zeit stand Sorbers vor der Tür. Doch Charlotte war noch nicht soweit, weshalb sie Frieda bat, ihn so lange hinzuhalten, bis sie soweit wäre. Wenig später stand Sorbers mit einem Blumenstrauß in der Hand vor der Schwiegermutter des Türmers, lächelte entwaffnend und grüßte die alte Dame formvollendet.

„Wenn ich gewusst hätte, welch charmante Dame Fräulein Niemann beherbergt, hätte ich zwei Blumensträuße gekauft."

Frieda errötete bei so viel Charme.

„Ich bitte Sie", gab sie geschmeichelt zurück. „Ich bin doch keine junge Frau mehr."

„Sie sehen aber so aus."

Frieda war durchaus empfänglich für derlei Komplimente, auch wenn der junge Mann ein wenig dick auftrug. Zum Glück kam Charlotte wenig später endlich aus ihrem Zimmer. Sorbers hatte sie noch nicht entdeckt, da sie hinter ihm stand. Doch Frieda sah sie. Dennoch bot sie dem jungen Mann Bewirtung an. Und das, obwohl sie wusste, dass die beiden außer Haus geplant hatten.

„Möchten Sie vielleicht einen Kaffee und etwas Gebäck, Herr Sorbers?", lud sie ihn ein.

Doch der er lehnte ab.

„Ich bin sicher, Sie haben den besten Kaffee und allerfeinstes Backwerk, Frau Schmitt-Johann. Ich würde gerne beides genießen, doch sind wir leider etwas in Eile."

Charlotte atmete innerlich auf. Dann drehte sich Sorbers zu ihr um.

„Sie sehen hinreißend aus, Fräulein Niemann", flötete er. Frieda musste zugeben, dass ihr Mündel wirklich eine Schönheit war. Sorbers überreichte Charlotte die Blumen und bot seinen Arm an.

„Ich schätze mich glücklich, die schönste Dame des Abends ausführen zu dürfen."

„Du bist ein Lügner", sagte sie und lief rot an. Dann musterte sie ihn. „Was hast du mit deinem Kopf gemacht?", fragte sie als sie den Wundverband auf seiner Schläfe entdeckte.

„Ach das?", sagte Sorbers beiläufig und fasste sich an die Stelle. „Ich bin an meinen Schrank gelaufen heute Morgen. Ich war noch ein wenig verschlafen; halb so schlimm." Er lachte verlegen. „Wollen wir uns nun lieber in das Getümmel stürzen?"

Charlotte nickte und ließ sich von ihm aus der Wohnung führen. Sie sah glücklich aus.

Frieda seufzte und trauerte ihrer Jugend nach, als die beiden die Wohnung verließen.

-

Die drei Männer hatten mehrere Stunden damit zugebracht die Listen Möhnrings zu vergleichen. Manche der Gäste waren über jeden Zweifel erhaben. Da die Listen nicht alphabetisch sortiert waren, erwies es sich als schwer, Ordnung hineinzubringen. Am Ende hatten sie eine Handvoll Männer ausgemacht, die an allen fraglichen Abenden zugegen waren.

„Das beweist aber noch gar nichts", stellte Schuhmann fest.

„Aber es ist ein Anfang“, sagte Richter.

„Und hoffentlich keine Zeitverschwendung“, fügte der Türmer hinzu.

„Was meinst du damit?“, wollte Schuhmann wissen, der sich ein wenig angegriffen fühlte durch die Zweifel Heinrichs.

„Er muss nicht zwingend auf den Empfängen Möhnrings gewesen sein.“

„Aber alle Frauen waren am Tag ihres Verschwindens auf einem dieser Empfänge und wurden dort zuletzt gesehen.“

„Was aber immer noch nicht beweist, ob der Mörder auch auf dem Empfang zugegen war.“

„Da hat er Recht, Herr Kommissar“, sprang Richter Niemann bei. „Unser Mann könnte auch die Empfänge als eine Art Falle benutzt haben.“

„Als Falle?“

„Naja, er legt sich auf die Lauer und schnappt dann bei einer passenden Gelegenheit zu.“

„Sie meinen, er sucht sich bewusst Frauen aus, die allein nach Hause gehen?“

„… und in sein Schema passen“, ergänzte der Türmer.

„Auch eine Möglichkeit“, gab Schuhmann zu. „Aber er muss doch irgendwoher wissen, wann und wo die Empfänge stattfinden. In Gedenk, dass diese sehr elitär gehalten sind, ist das doch recht schwierig für einen Außenstehenden. Er *muss* eingeweiht sein.“

Richter und Niemann dachten eine Weile darüber nach.

„Das leuchtet ein“, sagte schließlich der Türmer mit einem zustimmenden Nicken.

„Also, was haben wir auf den Listen gefunden?“

„Mir ist aufgefallen, dass der ehemalige Stadtbauinspektor Eberhardt bei allen fraglichen Empfängen anwesend war.“

„Machen wir eine Liste“, schlug Schuhmann vor und holte einen frischen Bogen Papier unter der Schreibplatte seines Katheders hervor.

Er tauchte seine Feder in Tinte und fing an zu schreiben. Alle drei Männer nannten ihre Verdächtigen. Am Schluss hatten sie fünf Namen auf ihrer Liste.

„Das sollte doch wohl machbar sein“, zeigte sich Richter optimistisch.

„Einer dieser Männer ist unser Mörder“, war der Kommissar schon sicherer.

„Das wäre zu einfach“, zweifelte der Türmer.

„Warum bist du schon wieder so skeptisch?“ Schuhmann musste seinen Zorn unterdrücken. Es störte ihn, bei aller Freundschaft, dass ihm Heinrich immer wieder in die Parade fuhr.

„Jetzt schau’ dir mal diese Liste an“, sagte der Türmer ruhig. Ihm war bewusst, dass er Schuhmanns Stolz angriff mit seinen Zweifeln. Aber er war sich auch bewusst, dass er auf die Mängel der Theorie hinweisen musste.

„Hier haben wir Hugo Eberhardt, Stadtbauinspektor, Paul Hirsch, Spross einer schwerreichen Familie und im Familienbetrieb erfolgreich. Dann haben wir noch Georg Benkard, einen Jurist aus einer angesehenen Juristendynastie und Richard Merton, der Mitglied des Aufsichtsrats des weltweit tätigen Familienunternehmens ist, sowie den stadtbekannten Maler und Bildhauer Adam Sorbers.“

„Ja und?“, zischte Schuhmann beleidigt. „Weshalb sind sie in deinen Augen über jeden Verdacht erhaben?“

„Weil sie alle zu beschäftigt sind.“

Richter und Schuhmann starrten den Türmer an, als hätte er gerade behauptet, dass Offenbach demnächst Hauptstadt wird.

Schuhmann lachte freudlos.

„Das ist doch lächerlich“, stieß er aus. „Was soll denn daran viel Zeit kosten, eine Frau zu erschlagen?“

Heinrich lächelte milde.

„Jetzt denk’ doch mal nach, Gerd“, sagte er ruhig. „Der Mörder hat die Frauen ja nicht *nur* erschlagen. Er hat sie entführt und eine geraume Zeit festgehalten. Seltsam ist nur, dass er sie dann alle auf einen Schlag ermordet hat. Also muss etwas passiert sein. Aber es ist ohne Zweifel, dass es sehr zeitaufwendig ist, vier Frauen gefangen zu halten und am Leben zu erhalten. Die von uns genannten Männer, mal abgesehen von Sorbers, stehen ständig in der Öffentlichkeit unter Beobachtung. Wobei Sorbers doch auch zum gesellschaftlichen Leben der Stadt gehört. Ich halte es für undenkbar, dass einer der genannten Männer die Frauen ermordet hat.“

Man konnte sehen, dass Schuhmann über die Argumentation nachdachte. Dennoch kam er zu einem Entschluss, den der Türmer nicht guthieß.

„Wir müssen alle Männer auf der Liste zumindest befragen. Ich will nichts unversucht lassen.“

Ängste und eine tote Katze

Sorbers führte Charlotte am Arm in das große Gebäude. Sie fühlte sich wie eine Prinzessin. Das große Haus gehörte einem Industriellen, dessen Namen Charlotte schon wieder vergessen hatte. Es stand in Eschersheim. Sie waren dank des Automobils schnell dort gewesen. Sorbers war sehr galant und schien nur Augen für sie zu haben. Er führte sie herum und stellte ihr alle Anwesenden vor. Als sie hörte, wer dort alles versammelt war, fühlte sie sich klein wie eine Kirchenmaus. Aber Sorbers behielt sie die ganze Zeit über in seiner Nähe und gab ihr das Gefühl dazuzugehören. Er fragte sie nach ihrer Meinung und band sie geschickt in die Gespräche ein.

Das Essen war erlesen und die Weine teuer. Am besten schmeckte ihr dieses Zeug, das sie Champagner nannten. Noch nie hatte Charlotte derartiges getrunken. Es prickelte angenehm im Mund und schmeckte bittersüß. Fantastisch. Daran würde sie sich schnell gewöhnen. Nachdem alle begrüßt waren und das Essen vertilgt war, spielte ein Quintett zum Tanz. Sorbers ergriff Charlottes Hand und führte sie zur Tanzfläche.

„Ich kann nicht tanzen", zischte sie ihm zu.

„Aber ich", ging er lächelnd darüber hinweg.

Wenig später flog er mit ihr geradezu über die Tanzfläche. Alle Augen schienen auf ihnen zu ruhen. Am Rand der Tanzfläche steckten die vornehmen Damen die Köpfe zusammen und tuschelten über das Paar. Die meisten fragten sich, wer dieses einfache Mädchen war und wie sie in ihre Kreise gelangen konnte.

Sorbers und Charlotte ignorierten sie. Zumal das dritte Glas Champagner einen leichten Nebel in ihrem Kopf gelegt hatte.

Sie tanzten bis zur Erschöpfung und verließen den Empfang obwohl es noch früh am Abend war.

„Die Leute hier langweilen mich", hatte Sorbers gesagt.

„Ich auch?", fragte Charlotte kichernd.

„Nein, du doch nicht. Du bist der einzige Lichtblick des Abends." Er küsste ihre Hand mit einer beiläufigen Bewegung. Es durchfuhr Charlotte wie einen Blitz. Es war eine derart vertraute Geste, die nur besonderen Menschen vorbehalten war. Es war kein aufgesetzter Handkuss sondern ein Zeichen der Zusammengehörigkeit. Charlotte schaute ihren Kavalier an, der sich im Raum umsah. Er gefiel ihr. Er war groß, schlank aber nicht dünn. Sein kantiges Gesicht war männlich herb und im Gegensatz zu den meisten Männern glatt rasiert. Seine Augen aber waren das Schönste an ihm. Ein Blau, dass es zu suchen galt auf dieser Welt. Strahlend und klar. Zum Verlieben.

Charlotte schüttelte sich. Das ging ihr zu schnell. Sie schob dem Champagner die Schuld zu und versuchte sich zu konzentrieren. Sie hatte eben erst eine Verlobung gelöst, da wollte sie sich nicht gleich in ein Abenteuer stürzen. Wie sah das denn aus? Eine angemessene Zeit der Trauer schien angebracht.

„Hauen wir hier ab", riss Sorbers sie aus ihren Gedanken.

„Wohin?"

„Ich will dir was zeigen."

Er schnappte sie und zog sie aus dem Haus heraus.

„Willst du etwas sehen, was niemand zuvor gesehen hat?", fragte er, als sie an seinem Automobil ankamen.

Charlotte zögerte. War es statthaft mit ihm mitzugehen?

Er lachte, als er ihre Gedanken las.

„Keine Angst, es ist alles ganz harmlos. Komm, steig' ein!"

Er hielt ihr die Tür auf und verbeugte sich wie ein Diener. Charlotte pfiff auf die Konventionen und stieg ein.

Die Straßen waren hier weit außerhalb der Stadt natürlich nicht für Automobile gemacht. Entsprechend holprig war die Fahrt. Charlotte war in dieser Gegend noch nie gewesen, weshalb sie Sorbers fragte, wohin er sie entführte.

„Nach Berkersheim", antwortete er. „In mein Atelier."

Charlotte wusste nicht so recht, was sie davon halten sollte. Sie war allein auf weiter Flur mit einem Mann, den sie zwar mochte, aber so gut wie nicht kannte.

„Ich weiß nicht, ob ich das möchte", hörte sie sich mit zittriger Stimme sagen. Sie hatte das nicht bewusst getan, sondern aus einer Eingebung heraus den Gedanken laut ausgesprochen.

Sorbers schien enttäuscht zu sein. Seine gute Laune war wie weggeblasen. Sein stetes Lächeln war verschwunden. Er sagte nichts. Musste er auch nicht. Es war ihm anzusehen, was er dachte. Charlotte bekam ein schlechtes Gewissen.

„Versteh' mich nicht falsch, Adam", versuchte sie sich zu rechtfertigen. „Es ist spät, ich bin müde und ich muss morgen früh zur Arbeit. Wenn wir in diesem Tempo weiterfahren, sind wir erst nach Mitternacht zu Hause."

Dies schien ihm einzuleuchten. Sein Lächeln kehrte zurück.

„Wie eigensinnig von mir", gab er zu. Dann lachte er auf. „Ich bin das Leben eines Künstlers gewohnt. Spät ins Bett und spät wieder raus. Ich muss mich entschuldigen, ich habe nicht daran gedacht, dass du natürlich andere Verpflichtungen hast."

„Ein anderes Mal gern", bot Charlotte an. „Ich bin neugierig, was du so in deinem Atelier alles vor mir versteckst."

„Da bin ich aber erleichtert. Ich dachte schon, du hättest Angst vor mir."

„Aber nein", log Charlotte und schaute aus dem Fenster, um nicht entlarvt zu werden. In Wahrheit hatte sie tatsächlich ein wenig Angst davor mit ihm allein zu sein. Sie musste an die vier Frauen denken, die vor kurzem gefunden wurden. Sicherlich würde ihr Bruder einen Wutanfall bekommen, wenn er wüsste, dass sie allein mit einem fremden Mann unterwegs ist. Naja, wischte Charlotte ihre Bedenken fort, Heinrich musste ja nicht alles wissen. Und Adam war bestimmt nicht der Mörder. Sie verabredeten sich für Sonntagmorgen.

„Sie hat was?", schrie Heinrich Klara an eben diesem schönen Sonntagmorgen an.

„Ein Rendezvous", wiederholte die Frau des Türmers. „Was regst du dich so auf?"

„Warum ich mich aufrege?", fragte Heinrich. Er tigerte in dem engen Zimmer in der Spitze des Frankfurter Doms auf und ab. Er war außer sich. Hauptsächlich wegen der Sorge um seine kleine Schwester.

„Da draußen springt ein irrer Mörder herum, der Frauen tötet, die aussehen wie meine Schwester. Die Empfänge Möhnrings spielen eine zentrale Rolle in dem Fall und was macht meine Schwester …?" Beim letzten Halbsatz überschlug sich seine Stimme, „… sie marschiert fröhlich in die Höhle des Löwen, noch dazu mit einem Mann, der unter Tatverdacht steht!"

„Woher sollte sie das wissen?"

Der Türmer schaute seine Frau an. Sie hatte Recht. Wie immer. Charlotte konnte das alles nicht wissen.

„Aber sie wusste, dass da draußen ein Mörder herumläuft, der sich hübsche blonde Frauen schnappt und ihnen den Garaus macht."

„Soll sie sich deshalb einigeln?", fragte Klara. „Sie ist jung, hübsch und frisch verlassen. Sie braucht Abwechslung. Und wie Frieda mir berichtete, ist der junge Mann sehr galant und tut deiner Schwester gut."

„Das muss nichts heißen. Sie ist in Gefahr. So viel steht fest."

„Heinrich, ich glaube du übertreibst mal wieder."

Der Türmer schnappte sich seinen Gehrock und zog ihn an.

„Wo willst du jetzt noch hin?", fragte Klara.

„Nach Charlotte schauen."

„Warum hast du sie gehen lassen?", keifte die Schwester.

„Was hätte ich denn tun sollen?" jammerte er.

„Du bist ein Waschlappen." Die Schwester lachte hämisch. Sie wurde immer lauter und schriller. Er hielt sich die Ohren zu, doch sie schien immer lauter zu werden. Er fing wieder an, den Kopf an die Wand zu schlagen. Doch sie wurde immer lauter.

Adam Sorbers hatte Charlotte bereist früh am Vormittag abgeholt. Wieder hatte er einen Blumenstrauß dabei, den er diesmal allerdings Frieda schenkte.

„Aber das wäre doch nicht notwendig gewesen, junger Mann", war ihr Kommentar.

„Oh doch, werte Frau Schmitt-Johann", widersprach er galant. „Sie sind schließlich für das Wohl und Wehe meiner Angebeteten verantwortlich. Und ich muss sagen, bis hierher haben sie ausgezeichnete Arbeit geleistet, die honoriert werden muss."

Frieda sah ihn zweifelnd an. „Sie sind ein Charmeur, Herr Sorbers."

„Ich bekenne mich schuldig", grinste er und hielt seine Hände über Kreuz. „Verhaften Sie mich."

Frieda lachte und winkte ab. Sie ging, um die Blumen in eine Vase zu stellen. Sie roch daran. Sie dufteten wunderbar.

Auf dem Rückweg von seiner Schwiegermutter, lief Heinrich über den Römerberg, bog links ab und marschierte gedankenverloren und vor Sorge um seine Schwester betäubt, auf die große Kirche zu, die sein zu Hause war. Charlotte war nicht zu Hause gewesen, was die Sorgenfalten des Türmers weiter vertieften. Mechanisch ging er auf den Eingang des Turms zu. Erst wenige Meter davor bemerkte er, dass etwas neben der Pförtnerbude rumorte. Er ging an der Bude vorbei und warf einen Blick in den kleinen Garten hinein. Er sah den Pförtner, der in der Erde wühlte. Er schimpfte dabei vor sich hin. Goliath, der kleine Hund, sprang aufgeregt um sein Herrchen herum und bellte unaufhörlich. Meinhardt schubste den kleinen Hund immer wieder weg und befahl ihm, er soll wegbleiben.

„Was zum Teufel machst du da?", fragte der Türmer schließlich nach einer Weile, in der er das Treiben beobachtet hatte.

Der Pförtner drehte sich um. Dabei achtete er aber darauf, dass er Goliath nicht an die Stelle ließ, an der er in der Erde gewühlt hatte.

„Gut daste kimmst, Türmer. Du kannst mer hier emal helfe."

Der Türmer kam näher. Dann schielte er an Meinhardt vorbei. Was er da sah, ließ ihm das Blut in den Adern gefrieren. An der Stelle an der Meinhardt gegraben hatte, sah Heinrich einen Katzenkopf. Das Tier muss bis zum Hals eingegraben worden und dann elendig gestorben sein.

„Himmel", stieß Heinrich aus und bekreuzigte sich.

„Des hab isch ach gesacht", war des Pförtners Kommentar. „Irschenwelsche Dreckbelsch müsse des arme Vieh bis zum Hals eingebudelt hawwe und dann hier verrecke lasse."

„Wie bitte?"

„Ey des mache die üwwerall. Hab' isch schon öfters geheert. Die Dreckbelsch quäle Viescher – nur zum Spass."

„Ernsthaft?"

„Iss so."

Die beiden Männer gruben mit den Händen die tote Katze so weit aus, biss sie sie aus ihrem Grab ziehen konnten.

„Was machen mer jetzt mit dem Vieh?", fragte Meinhardt.

Heinrich schaute den Pförtner an, dann kam ihm ein absurder Gedanke.

„Wir vergraben sie."

„Mer hawwe se doch ewwe erst ausgebuddelt."

Der Türmer zuckte nur mit den Schultern und machte sich daran, ein kleines Grab auszuheben. Dann legten sie die Katze in die Erde und schütteten das Loch zu.

Nach getaner Arbeit standen die beiden Männer andächtig vor dem frischen Grab und hielten einen Moment inne.

„Isch mescht wisse, wer so was mescht", murmelte der Pförtner.

„Was?", fuhr der Türmer herum. Ihm versetzte der Satz einen Stich.

„Misch würd halt intressiere, wer so gestrickt iss, so was em Tier azudue."

„Meinhardt, du bist nicht der hellste Stern am Himmel, aber eine unerschöpfliche Quelle der Inspiration", sagte der Türmer und stürmte davon. Der Pförtner verstand nur Bahnhof und schaute dem Türmer nach.

„Was in dere Birne vor sich geht, verschließt sisch mir", sagte er kopfschüttelnd.

Wer macht so was?

So lange er denken konnte, war er einsam gewesen. Allein. Verlassen von allen. Er hatte niemanden. Keine Freunde, keine Eltern, keine Geschwister. Er war der Fußabtreter. Im Heim, war er das Opfer. Die Erzieher, die anderen Kinder, der Hausmeister und die Ordensschwestern – die besonders. Allen voran Schwester Gertrud. Sie war groß, fett und hässlich. Ihr Gesicht war beinahe männlich gewesen. Sie war die rangniedrigste Schwester im Heim gewesen und die grausamste. Sie war sogar bei den Schwestern unbeliebt. Sie war sadistisch. Sogar die Hauskatze wurde von ihr gequält. Bei jeder Gelegenheit gab es Schläge von ihr, ein falscher Blick genügte. Und er war ihr Lieblingsopfer. Wann immer es möglich war, schlug sie zu – auch bei den anderen Kindern. Doch bei ihm blieb es nicht bei einfachen Schlägen auf den Hinterkopf oder mit dem Rohrstock auf die Finger.

Nein.

Er war etwas Besonderes.

Regelrechte Gewaltorgien feierte sie mit ihm. Sie schloss ihn im Keller in einem fensterlosen Raum ein. An der Wand waren Ösen, an die sie ihn band. Dann schlug sie gerade so lange auf seinen nackten Hintern, dass er nicht aufplatzte. Nur rote Striemen waren zu sehen. Und wenn sie damit fertig war, nahm sie seinen Rücken vor. Das alles tat weh, doch das Schlimmste kam hinterher. Er versuchte vergeblich es zu verdrängen. Die schrecklichen Sachen, die sie mit ihm machte, trieben ihn in den Wahnsinn. In seinen Träumen kommen die Bisse in die Brustwarzen, die Tritte in sein Gemächt und der Gestank ihres Schoßes immer wieder in ihm hoch. Er sah sie vor sich stehen, nackt, fett und abstoßend bis ins Mark. Ihr Keuchen, wenn er Dinge tat, die er nicht tun wollte. Es war so schlimm, dass er sich darauf freute, endlich in die Hölle zu dürfen. Denn da würde er sowieso hinkommen; denn das, was er da tat, konnte Gott nicht billigen. Und schlimmer als das, was sie mit ihm anstellte, konnte es im Fegefeuer nicht sein.

So kamen zu all dem Schmerz, der Scham und der Angst noch die Schuldgefühle hinzu.

Irgendwann wurde er zum Einsiedler. Dies hatte zur Folge, dass er alsbald völlig isoliert war. Kein Kind im Heim wollte etwas mit ihm zu tun haben. Außer, wenn sie ihn quälen konnten. Sie bewarfen ihn mit Pferdeäpfeln, stellten ihm ein Bein, wenn er mit einem voll beladenen Tablett im Speisesaal zu nah an ihnen vorbeilief, traten ihn bei Fußballspielen in die Beine, auch wenn kein Ball in der Nähe war, warfen ihn in den Fluss und knoteten seinen Kleider zusammen. Er war das Opfer unter den verlassenen Kindern, die in ihm ein willkommenes Ventil für ihren eigenen Frust fanden. Das schwächste Glied in einer schwachen Kette einsamer, verletzter Herzen.

Dann kam sie.

Heinrich rannte zu Gerhard nach Hause. Er wohnte immer noch im *dollen Dorf* Bornheim, inmitten all der halbseidenen Geschäftemacher, leichter Mädchen und schwerer Jungs. Heinrich hatte nie begriffen, wie ein Polizist gerade hier wohnen konnte. Aber sei's drum. Es ist, wie es ist und es kommt, wie es kommt. Eines Tages wird Bornheim ein Stadtteil wie all die anderen sein. Da war sich der Türmer sicher.

„Was willst du denn hier?“, war die wenig charmante Begrüßung des Kommissars, als er seinem Freund die Tür öffnete.

„Meinhardt hat mich auf eine Idee gebracht“, antwortete Heinrich und betrat ungebeten die kleine Wohnung des eingefleischten Junggesellen.

„Komm doch rein“, sagte Schuhmann bittersüß als Heinrich schon am einzigen Tisch der Wohnung saß und sich am darauf liegenden Gebäck bediente. Der Polizist schloss die Tür und setzte sich zu seinem Freund.

„Hafft du waff gefagt?“, fragte der Türmer mit vollem Mund. Kleine Kekskrümel flogen durch die Luft. Schuhmann verzog das Gesicht und sagte: „Nee, ich habe nur mit mir selbst gesprochen.“ Er holte tief Luft, um seinen Ärger zu verbergen und fragte dann: „Was kann ich für dich tun? Aber mach schnell, ich brauche meinen Schlaf.“

„Wie gesagt“, fing der Türmer mit seinen Erklärungen an. „Meinhardt hat mich auf eine Idee gebracht.“

„Was kann das schon sein?“

„Keine Sorge. Es war nicht direkt seine Idee, viel mehr eine Inspiration, die von ihm ausging.“

„Jetzt lass’ schon die Katze aus dem Sack, Heini. Ich bin müde.“

Der Türmer hob die Hände zu einer theatralischen Geste und sprach feierlich: „Wer macht so etwas?“

Er blickte in die leeren Augen des Polizisten, der nur Bahnhof verstand.

„Hä?“, war alles, was dem Kommissar dazu einfiel.

„Wer macht so etwas?“, wiederholte der Türmer und sprang auf. Er begann im Raum auf und ab zu laufen und schwadronierte dabei mit Begeisterung.

„Denk’ doch mal darüber nach, Gerd. Wenn wir wissen, wer so etwas macht, haben wir im Handumdrehen den Mörder. Wir wissen, dass gerade einmal vier Männer auf allen Empfängen zugegen waren. Vier Männer mit einem Leben und einer Vergangenheit. Einem Charakter. Wer ist in der Lage vier Frauen zu entführen, sie festzuhalten und dann letztendlich alle gleichzeitig zu ermorden? Wie muss dieser Mensch gestrickt sein? Welchen Geist beherbergt er und …“, er blieb stehen und verlieh seinen folgenden Worten Nachdruck, indem er den Finger mahnend erhob, „*warum* beherbergt er diesen? Wenn wir das analysieren, haben wir unseren Mörder.“

Heinrich stand vor dem Kommissar, hatte die Hände wie ein Opernsänger zum Applausempfang ausgebreitet und grinste quer durch sein Gesicht.

Schuhmann starrte ihn an und schwieg.

„Du bist ein Fantast“, war alles, was ihm dazu einfiel.

„Was?“

„So arbeitet die Polizei nicht“, gab Schuhmann zurück.

Heinrich war entsetzt von der Reaktion seines Freundes.

„Ist das dein Ernst?“, fragte er deshalb.

„Ja. Das sind doch nur Vermutungen. Ziemlich vage noch dazu. Was ich brauche sind, Fakten und Beweise.“

„Dann bist du nicht besser, als all die anderen Verbohrten in deiner Fakultät.“

„Was soll das denn heißen?“

„Noch vor ein paar Jahren, glaubte niemand an die Bedeutung der Fingerabdrücke. Jetzt schwört jeder darauf. Dasselbe mit den Hunden und der Fotografie. Wenn sich solche Leute wie du dem

Fortschritt weiterhin verschließen, laufen die Verbrecher bald lachend durch die Stadt und rauben alles und jeden aus. Das soll das heißen." Niemann fuhr zu Hochform auf. „Meine Schwester ist in Gefahr, ich würde es mir nie verzeihen, wenn ich nicht alles dafür getan hätte, sie zu beschützen. Und schon gar nicht, weil ein halsstarriger Polizist nicht bereit ist, neue Wege zu gehen."

Schuhmann starrte seinen Freund erstaunt an.

„Ich wusste nicht, dass dir das so zu Herzen geht", war alles was er dazu vorbringen konnte. „Ich weiß nur beim besten Willen nicht, wie uns das helfen soll, wenn wir uns in die kranken Gedanken eines Verbrechers hineinversetzen."

„Wenn du das nicht erkennst, tust du mir leid", sagte der Türmer und schnappte seinen Mantel.

„Denkst du nicht, dass es gefährlich sein kann, wenn man die Gedanken eines Verbrechers denkt?", versuchte Schuhmann sich zu erklären. „Die Gefahr, dass man selbst zu einem Schurken wird, liegt doch auf der Hand."

Heinrich stand auf, schaute seinem Freund tief in die Augen und sagte: „Manchmal fühle ich mich bei euren Methoden an dunkelste Zeiten der kirchlichen Dominanz erinnert. Was seid ihr doch für ein armes Häuflein Ewiggestriger."

Damit drehte er sich auf seinem Absatz und marschierte Richtung Tür.

„Jetzt warte doch mal, Heinrich", rief der Polizist hinterher und sprang seinerseits vom Stuhl auf. „Jetzt sei doch nicht gleich beleidigt."

Der Türmer blieb stehen, drehte sich aber nicht um. Schuhmann seufzte resigniert und sagte: „Ich mache dir einen Vorschlag. Es ist sehr spät und ich bin müde. Komm morgen zu mir ins Präsidium und wir denken darüber nach, ob es jemanden gibt, der in dein …" er suchte nach einem Wort und sagte dann: „… *Profil* passt."

Sie war der erste und einzige Lichtblick in seinem bisherigen fünfzehnjährigen Leben. Schon als er sie das erste Mal sah, kam sie ihm vor wie ein Engel. Gesandt von Gott, um ihm zu zeigen, dass es einen Sinn hatte weiterzuleben.

Sie war jung, zumindest jünger als die anderen Schwestern. Sie war schön. Ihren Augen blau. Ihr Gesicht von reinster Schönheit, ihr Wesen von klarer Natürlichkeit. Nie verließ ein böses Wort ihren Mund, nie wurde sie laut und schon gar nicht schlug sie jemals ein Kind. Sie war die Gesandte, die ihm den Weg zeigte. Sein Anker, sein Licht.

Sie war für die kurze Zeit, in der er sie in ihrem Leben begleiten durfte, die einzige, die mit ihm redete, die ihn verstand, die mit ihm fühlte und ihm ein Lächeln auf die Lippen zauberte. Einmal schlich er sich abends aus dem Schlafsaal. Er hatte es unbemerkt zu ihrem Zimmer geschafft. Er spähte durch das Schlüsselloch. Nie wieder hatte er so etwas Schönes gesehen. Nicht davor und nicht danach.

Sie hatte gerade die Haube, die ihr Haar verbarg abgenommen. Was er jetzt durch dieses kleine Loch der Glückseligkeit sah, würde er seiner Lebtage nicht vergessen und immer davon zehren. Ihre blonden Locken fielen wie Wasser über ihre Schultern, ihre Haut war makellos und glänzte golden im schwachen Licht der kleinen Lampe. Ihre Rundungen glichen der einer römischen Statue, ihre kleinen festen Brüste waren von einer Perfektion, die unerreichbar schien. Sie war nicht von dieser Welt.

Dieser kurze Moment, in dem sein Engel nackt, wie Gott ihn schuf, vor ihm stand, wie er ihn sah, durch dieses kleine Loch, das für den Schlüssel reserviert war, dieser Anblick der absoluten Vollkommenheit würde ihn den Rest seines Lebens begleiten. Er vergaß in dieser einen Sekunde alles um sich herum. Er sah nur sie. Die Göttin, die ihm der Herr gesandt hatte, um ihn für seine Leiden zu entschädigen.

Sie, deren Namen er nie vergessen hat. Charlotte, der Engel, der für kurze Zeit sein armseliges Leben zu einem lebenswerten gemacht hatte. Sie war es, die ihm die Farben zeigte. Sie, die Einzige, die ihm ein wenig Licht ins Dunkel brachte. Die kurze Zeit, die sie ihm sein Leben zu einem machte, das es sich lohnte zu leben, versüßte sie ihm. Sie gab ihm etwas, das in seinem Leben eine Konstante wurde. Die Malerei.

Kurz nach dem Vorfall mit dem Schlüsselloch, hatte sie ihm zum ersten Mal gezeigt, wie man ein weißes Papier zum Leben erwecken konnte. Doch da war es schon beschlossen, dass sie ihn bald wieder verlassen musste. Doch das wusste er damals noch nicht. Er hatte Talent, sehr großes sogar. Seine ersten Bilder waren noch von kindlicher Naivität, aber dennoch besser, als seinem Alter entsprechend. Er hatte von Anfang an gemalt, als hätte er nie etwas anderes getan. Er schaffte es, die Farben so zu mischen, dass sie ineinander liefen zu einer Komposition, die ihresgleichen suchte. Er hatte keine Ahnung, wie er das machte. Wenn er den Pinsel in der Hand hielt, war alles gut. Das Chaos um ihn herum verschwand in dem Moment, wenn er den kleinen Raum im Keller des Heimes betrat, den ihm Charlotte gezeigt hatte. Wo er sich verstecken konnte; vor all dem Elend in seiner persönlichen Hölle. Wo er mit den Bildern allein war, in Frieden.

An dem Tag, an dem Charlotte ihm eröffnete, dass sie das Heim verlassen musste, war er am Boden zerstört. Sie kam zu ihm und streichelte sanft sein Haar.

„Ich muss leider gehen“, hatte sie ihm eröffnet.

„Wohin?“, hatte er gefragt.

„In ein Kloster, in einer anderen Stadt.“

„Wann kommst du wieder?“

Sie sagte nichts. Wie sollte sie erklären, dass die Heimleitung festgestellt hatte, dass sie zu schön war für die jungen Männer des Heims. Dass sie ihnen den Kopf verdrehte, wie es die Oberin gesagt hatte, mit ihrem sündigen Körper und ihrem Gesicht, in das man so gerne schaute. Sie sei zu weich und nicht geeignet für die Erziehung der gestrandeten Seelen des Heims. Sie würde die Knaben nur dazu verleiten, den falschen Weg im Leben einzuschlagen. Ihnen die Disziplin nehmen, sie zum Laster anstiften und zur Unzucht. Es sei hier schließlich kein Miteinander gefragt, sondern die Kinder müssten geführt werden. Mit harter Hand. Liebe, Mitgefühl und Toleranz waren die falschen Mittel.

„Ich hasse dich“, schrie er und rannte davon.

Sie hatte Tränen in den Augen und schluckte schwer, ließ ihn aber gehen.

Ein paar Tage später hatte er sich wieder beruhigt. Er entschuldigte sich bei ihr und alles schien wieder im Lot. Seine Glückseligkeit war vollkommen, als sie ihn zärtlich auf die Stirn geküsst hatte. Da dachte er, sie würde bleiben.

„Jetzt wird alles wieder gut“, sagte er deshalb und drückte sich an ihre Brust, sie streichelte ihm über das Haar. Dort war es schön, warm, geborgen. Sie roch so gut.

Ihr Blick veränderte sich, sie hörte auf, ihn zu streicheln und er verstand: Sie würde trotzdem gehen. Wieder küsste sie ihn, diesmal auf die Wange, weil ihr nichts anderes einfiel.

Da ging es mit ihm durch.

Er war fünfzehn, groß gewachsen und robust. Sie war zierlich und beinahe eine Kopflänge kleiner als er. Er packte sie und presste seine Lippen grob auf ihren Mund.

Sie stieß ihn entsetzt weg.

„Was machst du da?“, rief sie und wischte sich über den Mund. „Ich bin eine Nonne. Das darfst du nicht tun.“

„Hat es dir denn nicht gefallen?“, fragte er dümmlich.

„Darum geht es doch gar nicht. Mal abgesehen davon, dass du noch ein Kind bist.“

„Ich bin kein kleiner Junge mehr“, sagte er trotzig.

Sie strich ihren Habit zurecht.

„Wie dem auch sei. Körperliche Nähe zu Männern ist uns verboten. Damit ist das Thema erledigt.“

Er verstand nicht. Was hatte er falsch gemacht? Sie hatte doch ihn geküsst, nicht umgekehrt.

Sie war nicht besser als die anderen, begriff er jetzt. Da kam zum ersten Mal die Wut. Sie kam wie eine Welle über ihn. Überschüttete ihn voll und ganz, er war blind, stumm und taub mit einem mal. Als er seine Sinne wieder beisammen hatte, lag Charlotte tot vor ihm. Ihr Blick ging ins Leere. Unter ihrem Kopf war eine rote Pfütze, die stetig wuchs.

Hatte er sie erschlagen?

Er konnte sich nicht daran erinnern. Er rannte in sein kleines Versteck im Keller. Tränen verschleierten seinen Blick. Er schrie. War völlig außer sich. Das Chaos in seinem Kopf wurde unkontrollierbar. Es war gerade so, als würde er seinen Körper verlassen und jemand anderes die Kontrolle übernehmen. Da stand sie plötzlich neben ihm.

„Ich habe sie getötet“, sagte das Mädchen gelassen.

Er starrte sie an. Er hatte sie nie zuvor gesehen.

„Wer bist du?“

„Kennst du mich etwa nicht?“

Er schüttelte den Kopf.

„Ich bin deine Schwester.“

„Ich habe keine Schwester“, sagte er leise.

„Jetzt schon. Und ich werde dich niemals verlassen, wie all die anderen. Deine Mutter, dein Vater, Gott und Charlotte. Ich werde immer für dich da sein.“

Er starrte sie an. Dann wusste er, was zu tun war.

Er nahm die Petroleumlampe, die immer im dunklen Gang des Kellers stand und entzündete den Docht mit den Streichhölzern, die der Hausmeister aus Unachtsamkeit oder Bequemlichkeit neben die Lampe gelegt hatte.

„Tu es“, sagte die Schwester.

„Woher weißt du, was ich vorhabe?“

„Ich weiß alles“, sagte sie nur.

Er nickte und ging zurück in sein kleines Atelier. Er stapelte alle seine Bilder übereinander und warf die Petroleumlampe mit voller Wucht auf den Stapel. Das Glas der Lampe zerbrach und das Petroleum verteilte sich über die Leinwände. Im nächsten Augenblick schlugen Flammen bis zur Decke. Er stand gelähmt davor.

Alles, was ihm bis dahin in seinem erbärmlichen Leben etwas bedeutet hatte ging in Flammen auf.

Das Feuer vernichtete beinahe das gesamte Heim. Es wurde spät entdeckt. Der Schuldige wurde schnell ausgemacht. Er wurde später in die Irrenanstalt gebracht, die er für lange Zeit nicht mehr verlassen sollte. Der Tod von Schwester Charlotte wurde dem Feuer zugesprochen. Niemand kam auf die Idee, dass sie ermordet wurde.

„Das ich nicht selbst darauf gekommen bin“, haderte der Kommissar nach einer Weile. „Ich muss mich bei dir entschuldigen. Es ist doch sehr hilfreich, sich in den Mörder zu versetzen.“

Der Türmer und er hatten Stunden damit zugebracht darüber nachzudenken, was in einen Menschen fahren musste, damit er eine derartige Tat beging.

„Ist doch egal“, beruhigte ihn sein Freund. „Hauptsache wir sind darauf gekommen. Lass uns zusammenfassen, was wir haben und es aufschreiben.“

Schuhmann holte ein Blatt und einen Füllfederhalter.

„Zunächst halten wir fest, dass unser Täter männlich sein muss. Frauen neigen nicht zu Gewalt. Er ist alleinstehend und lebt zurückgezogen, sonst hätte jemand etwas von den Entführungen mitbekommen.“

„Oder er hat Zugang zu einem Ort, an den sonst niemand kommt.“

„Richtig“, stimmte der Kommissar zu und notierte die Fakten.

„Er hat mit Farben zu tun. Aber er ist kein Anstreicher, denn die arbeiten in der Regel nicht mit Ölfarbe. Also ist er Künstler oder zumindest malt er künstlerisch. Wir kennen die Qualität seiner Kunst nicht. Er kann sowohl ein Meister als auch ein Dilettant sein. Ob er die Bilder verkauft oder gar davon lebt, können wir also nicht mit Sicherheit sagen."

„Aber auch nicht ausschließen", fügte Schuhmann an.

„Er tötet die Frauen nicht sofort, sondern hält sie gefangen", nannte der Türmer den nächsten Fakt.

„Aber warum? Zu welchem Zweck?"

„Die Frauen wurden laut dem Bericht des Arztes nicht misshandelt, mal abgesehen von dem Mord."

„Vielleicht will er sie sich halten, wie ein Sammler, der seine Stücke gerne betrachtet."

„Oder er will sie beschützen", sinnierte Heinrich weiter.

„Aber vor was?"

„Vielleicht ist das die falsche Frage", sagte der Türmer.

„Erkläre dich."

„Nicht vor *was*, sondern vor *wem*?"

Schuhmann runzelte nachdenklich die Stirn und nickte langsam. Dabei machte er weiter Notizen.

„Vielleicht vor sich selbst. Er ist nicht bereit, die Frauen zu töten. Er kämpft gegen sich und seinen Trieb an. Letztendlich verliert er den Kampf und ermordet die Frauen."

„Aber alle gleichzeitig?", zweifelte der Türmer.

„Warum nicht?", unterstrich der Kommissar seine These. „Versetze dich in seine Lage. Er entführt die Frauen, allen gleichen Typs. Er sieht sie immer und immer wieder. Egal warum er sie entführt hat, es hat einen Sinn, dass sie sich ähnlich sehen. Er will irgendetwas von Ihnen, er erwartet eine Handlung, eine Tat, eine Reaktion … irgendetwas und dann erfüllen sie diese nicht. Die Wut steigt stetig, weil er nicht bekommt, was er will und dann …" Er vollendete den Satz nicht. Stattdessen machte er eine Geste, als wolle er zeigen, wie etwas explodierte.

Der Türmer nickte zustimmend.

„Wir suchen also einen Wahnsinnigen, der es versteht, sich und seinen Wahnsinn zu verstecken", stellte er fest.

„Richtig. Er tarnt sich. Und er weiß, wo er die Frauen finden kann. Er muss am gesellschaftlichen Leben demnach in irgendeiner Form teilnehmen."

„Wir haben eine weitere wichtige Frage noch nicht beantwortet“, gab der Türmer zu bedenken.

„So? Welche?“

„Warum mordet er erst jetzt? Was hat er die ganze Zeit davor getan? Wo kommt er her? Warum hat er vorher nicht getötet?“

Der Kellner

Charlotte hatte bisher einen wunderbaren Sonntag mit ihrem neuen Kavalier verbracht.

Zuerst hatte Adam sie zu einem stadtbekannten Ausflugsziel, dem Lohrberg, gebracht. Von dieser Anhöhe in Seckbach kurz vor Vilbel hatte man einen herrlichen Ausblick über das Tal, in dem der Main sich seinen Weg zum Rhein suchte. Rechter Hand lag Frankfurt, auf der gegenüberliegenden Mainseite Offenbach, weiter links konnte man Hanau erahnen und am Horizont musste irgendwo Darmstadt sein. Das Wetter war perfekt, die Weitsicht atemberaubend. Adam hatte einen Picknickkorb vorbereitet, den er aus dem Automobil holte. Eine Decke diente als Unterlage. Sie ließen sich nieder und Adam deckte den Tisch. An Getränke hatte er auch gedacht.

Das kalte Huhn schmeckte wunderbar, das Brot war frisch und der Champagner teuer.

„Du weißt, wie man eine Frau umschwärmt", sagte Charlotte als sie sich satt und zufrieden auf die Decke niederlegte. Sie schloss die Augen und ließ sich das Gesicht von der Sonne wärmen.

„Ich gebe mir die allergrößte Mühe", gab Adam zu.

„Merkt man." Charlotte streckte sich und ließ einen zufriedenen Seufzer hören. Adam legte sich neben sie.

„Du bist wunderschön", sagte er leise.

„Ach, das sagst du nur so", wehrte Charlotte ab. Aber es gefiel ihr, wie er sie umschwärmte.

„Nein, wirklich. Ich kenne keine Frau, die schöner ist als du."

„Hör' schon auf", erwiderte sie, ohne es zu meinen. Wenn es ihr nachging, hätte er mit den Komplimenten den ganzen Tag weitermachen können. Ihr Selbstwertgefühl feierte Wiederauferstehung, seit sie sich von Heiko getrennt hatte.

„Ich kann ja jemand anderen fragen, wenn du mir nicht glaubst. Hier sind ja genug Leute." Er sprang auf und schaute sich um.

„He, Sie da? Ich muss Sie was fragen", rief er einem Mann zu, der etliche Meter von ihnen entfernte einen Spaziergang mit seiner Frau zu machen schien. Der Mann reagierte verwirrt, schüttelte missbilligend den Kopf und ging weiter. Charlotte setzte sich auf und zog Adam wieder runter.

„Hör auf, wir bekommen sonst noch Ärger“, sagte sie lachend.

„Es ist deine Schuld. Du willst mir ja nicht glauben“, spielte er den Beleidigten.

„Doch, doch“, sagte sie, „ich glaube dir.“

„Du bist vielleicht eingebildet“, gab er zurück.

Charlotte schaute ihn irritiert an. Dann sah sie sein freches Grinsen.

„Du bist vielleicht …“, sagte sie und schlug verspielt nach ihm.

Er wehrte die Schläge mit Leichtigkeit ab, schnappte ihre Handgelenke und hielt sie fest. Sie führten einen kleinen Kampf aus. Schnell hatte er sie spielerisch bezwungen und lag über ihr, die Gesichter nah beieinander. Sie lachten und er fragte, ob sie nun endlich aufgeben würde.

„Ja doch. Ich ergebe mich“, kapitulierte sie lachend.

Er ließ locker, blieb aber immer noch über ihr liegen.

„Ich würde dich jetzt gerne küssen“, sagte er ernst.

„Aber ich dich nicht“, gab sie zurück. „Du bist mir zu ekelhaft.“

Sein Gesichtsausdruck sprang um. Zeigte er noch eben Vorfreude, las man jetzt Verwirrung und Enttäuschung darin. Damit hatte er nicht gerechnet. Er gab sie frei und wollte aufstehen, als sie lauthals anfing zu lachen.

Jetzt begriff er. Sie hatte ihn genarrt.

„Komm her“, sagte sie sanft und zog ihn zu sich. Er schaute sich flüchtig um, ob auch niemand in der Nähe war, der Anstoß an ihrem Verhalten nehmen konnte und dann küsste er sie, lang und ausgiebig.

Charlotte genoss den Moment. Noch vor wenigen Tagen hatte sie geglaubt, nie wieder dieses Gefühl spüren zu dürfen und jetzt flog sie auf Wolken umher. Das Leben war schon seltsam.

Wenige Augenblicke später ließ er von ihr ab. Es war nicht statthaft, sich in der Öffentlichkeit so gehen zu lassen. Doch es war einfach zu leicht gewesen, den Moment auszunutzen.

Er stand auf, ordnete seine Kleider und bot Charlotte seinen Arm.

„Und jetzt zeige ich dir endlich mein Atelier.“

„Lass uns vorher noch einen kleinen Verdauungsspaziergang machen."

„Dein Wunsch ist mir Befehl."

Er hatte alles gesehen. Wie er ihr den Hof machte, um sie herumschwänzelte wie ein Gockel. Mit seinem teuren Automobil angab, den teuren Champagner in die Gläser goss, als sei es Wasser. Als er sie dann auch noch in aller Öffentlichkeit geküsst hatte, war etwas in ihm zersprungen.

„Er nimmt sie dir weg", hatte seine Schwester, die neben ihm hinter dem Baum versteckt stand, gezischt. „Siehst du, sie sind alle gleich. Erst schleichen sie sich in dein Herz und dann verletzen sie dich."

„Sei still", hatte er geantwortet.

„Du willst nur die Wahrheit nicht hören."

„Sie gehört mir und ich werde sie mir holen, dann wirst du schon sehen. Dann brauche ich dich nicht mehr."

Sie lachte nur.

Da war sie wieder, die Wut. Seine alte Freundin. Er fasste einen Entschluss.

Während er die beiden weiter beobachtete, dachte er an den Moment, in dem er sie zum ersten Mal erblickte.

Es war bei einem dieser Empfänge. Er war für die Getränke zuständig. Er hatte den Auftrag dafür zu sorgen, dass immer jeder ein volles Glas in der Hand hatte. Er bewegte sich in der Menge, dennoch war er unsichtbar. Niemand beachtet den Kellner.

Auf diesen Empfängen hatte er auch die vier anderen Frauen gefunden. Bei allen war sicher, dass sie es war. Die Richtige. Seine Charlotte. Die ihn verlassen hatte, als er sie am meisten gebraucht hatte.

Es war ein unbeschreibliches Glück gewesen, dass er diese Anstellung bekommen hatte. Niemand hatte Fragen gestellt. Es war beinahe zu einfach gewesen. Den Hinweis hatte er in der kleinen Pension erhalten, in der er nach seiner Flucht Unterschlupf gefunden hatte. Es war eher eine erbärmliche Absteige als eine Pension. Die Spelunke lag verlassen am Rand des Stadtwalds an einer Straße Richtung Vilbel und wurde von einer kinderlosen gebrechlichen Witwe mit fortgeschrittener Schwindsucht geführt. Sie war bei schlechter Gesundheit und froh über jeden, der ihr half. Auch wenn nur wenig Stammgäste zu ihr kamen. Da er kein Geld hatte und auf der Flucht war, schien es für ihn ideal für Kost und Logis dort zu arbeiten.

Er half, wo er konnte. Dafür hatte er eine stickige Kammer unter dem Dach als Unterkunft und zwei Mahlzeiten am Tag bekommen. Es war ihm recht. Er verhielt sich unauffällig und schaffte es sogar, seinen Dämonen Einhalt zu gebieten.

Eines Tages hatte er bei einem Gespräch zwischen zwei Gästen gehört, wie sie sich über Empfänge Möhnrings unterhielten. Wie die Pfeffersäcke dort ihren Reichtum feiern würden und dass dort sicher viel Personal gebraucht würde. Nicht so wie hier, wo ein debiler Trottel für die alte Schachtel das schale Bier ausschenkte. Dann hatten sie dreckig gelacht und ihm zugeprostet.

Es dauerte nicht lange, da fand er die Wirtin tot in ihrer Kammer. Er überlegte, sie einfach liegen zu lassen und abzuhauen. Doch dann war wieder die Schwester da.

„Sei doch nicht blöd, Bruderherz", flüsterte sie ihm ein. „Niemand wird merken, dass sie nicht mehr da ist. Vergrab sie heute Nacht hinter dem Haus, häng ein Schild an die Tür, dass geschlossen ist und wir haben unsere Ruhe. Hier findet dich niemand."

Und er gehorchte.

Tagelang traute er sich nicht aus seinem Zimmer heraus. Allenfalls um sich an den reichlich vorhandenen Vorräten zu bedienen. Er wartete darauf, dass sie an die Tür bollern würden und ihn mit Gewalt zurück in die Irrenanstalt zerren würden, wo sie ihn nach dem Brand hingebracht hatten, weil er offensichtlich unheilbar geisteskrank war. Ein hoffnungsloser Fall.

Doch niemand kam.

Nach ein paar Tagen traute er sich in den Wald, nur um mal wieder ein wenig Tageslicht zu sehen. Die Tage darauf, ging er ein Stück weiter in die Stadt hinein.

Niemand nahm Notiz von ihm.

Dann fand er das Geld.

Die Witwe war alles andere als verarmt gestorben. Unter einer knarrenden Diele fand er ihr Versteck und war mit einem Schlag alle Sorgen los.

Zuerst kaufte er sich eine Malerausstattung. Leinwände, Farben, Pinsel und was alles sonst noch dazu gehörte. In den ersten Tagen ging es ihm ausgezeichnet.

Bis ihn seine Schwester wieder besuchen kam.

Das war an dem Tag, an dem er die Erste gesehen hatte. Aus Angst, das gefundene Geld könne ausgehen oder der rechtmäßige Besitzer würde es beanspruchen, hatte er sich Arbeit gesucht. Diese fand er bei Geert Möhnring. Er suchte Leute, die ihm bei den Empfängen für die betuchten Bürger zur Hand gingen. Möhnring stellte keine Fragen, was ihm gefiel, noch nicht einmal seinen Namen wollte er wissen.

„Der Junge gefällt mir", hatte er gesagt. „Stellen wir ihn ein. Er eignet sich für die Bewirtung."

Eine Frau hatte daneben gestanden und genickt. Sie hatte ihn angelächelt und gesagt, er solle einen Moment vor der Tür warten. Nur Augenblicke später hatte er einen Arbeitsvertrag in den Händen, den er sich sorgfältig durchlesen sollte. Er hatte hastig die notwendigen Informationen zu seiner Person der Sekretärin diktiert, die von der Frau in das vorgefertigte Dokument eingetragen wurden und das Papier einfach unterschrieben. Ihm war es egal, was in diesem Vertrag stand. Hauptsache er hatte ein Einkommen, das ihn unabhängig machte, sollte das gefundene Geld einmal ausgehen.

Schon am selben Abend hatte er seinen ersten Arbeitstag. Er hatte dafür zu sorgen, dass die Gäste immer ein volles Glas hatten. Eine denkbar leichte Aufgabe. Damit war er inmitten der Menschen, ohne dass diese ihn wahrnahmen. Das war perfekt, scheute er doch jegliche Menschenansammlungen. Sie verunsicherten ihn, machten ihm Angst und schürten weitere. Aber hier, bei diesen Empfängen, war er ein Geist, ein Gespenst aber vor allem, war er ein Beobachter.

Dann entdeckte er die Erste.

Sie sah ihr nur ein wenig ähnlich, aber sie *sah* ihr ähnlich. Das allein zählte.

In einer kurzen Pause kam seine Schwester zu ihm.

„Du wirst sie dir nicht holen", zischte sie.

Er zuckte zusammen.

„Was machst du hier?"

„Ich bin immer bei dir, das weißt du, du Dummkopf."

„Verschwinde, ich arbeite."

„Ich will dich nur davor warnen, mich ersetzen zu wollen."

„Wie kommst du darauf?"

Sie kam näher, stellte sich vor ihn und tippte ihm an die Stirn.

„Ich bin in deinem Kopf, Bruderherz. Vergiss das niemals."
„Hör auf damit."
„Wenn du sie dir holst, töte ich sie", drohte sie.
„Dazu bist du nicht fähig", lachte er humorlos.
„Du wirst es sehen."
„Ich mache, was ich will. Du hast mir nichts zu sagen."
Sie grinste böse und verließ ihn wortlos.

Damals hatte er geglaubt, dass alles gut werden würde, bekäme er nur seine Charlotte wieder. Sie war der Schlüssel zu seinem persönlichen Frieden. Stattdessen, trat er damit das Tor zur Hölle auf.

Als er die vierte Frau in sein Versteck gebracht hatte, wusste er, dass es so nicht weitergehen konnte.

„Was soll denn das?", hatte seine Schwester nachgefragt. „Willst du sie sammeln wie Briefmarken, oder was?"

„Ich weiß, dass sie irgendwo ist", hatte er gesagt.

„Aber bestimmt nicht in unserem Keller, du Blödmann", sagte sie schroff. „Ich sage es ja nur ungern, aber Charlotte starb in jener Nacht. Du weißt schon, was tot bedeutet?"

Sie tippte ihm auf die Stirn, so wie sie es immer tat, um ihn zur Weißglut zu treiben. „In unserem Keller liegen vier Frauen, angekettet und unter Drogen gesetzt. So weit, so krank. Aber keine von ihnen ist deine Charlotte."

„Woher willst du das wissen?", schrie er. Seine Stimme brach dabei.

Sie lachte und reckte sich zu voller Größe.

„Weil ich immer noch da bin. Dachtest du nicht, ich verschwinde, wenn du endlich deine Charlotte gefunden hast?" Sie tastete sich ab. „Also ich fühle mich ziemlich lebendig."

„Hör auf", schrie er und hielt sich die Ohren zu.

Doch er hörte ihr böses Lachen lauter als zuvor.

„Charlotte ist tot. Finde dich damit ab, du verrückter Irrer."

„Nenn mich nicht so", brüllte er.

„Ich nenne dich, wie ich will. Was willst du schon dagegen tun?"

„Warum tust du das?"

„Ich mache gar nichts", sagte sie mit gespieltem Entsetzen. „Das bist doch du. Ich habe damit nichts zu tun."

Er weinte wie ein Kind, das sich das Knie aufgeschlagen hat. Er sackte zusammen und fing wieder an, mit dem Kopf gegen die Wand zu schlagen.

„Lass das", zischte die Schwester. „Das bringt uns nicht weiter."

„Was soll ich denn machen? Hilf mir doch, bitte", flehte er.

„Zuerst müssen wir die Weiber im Keller loswerden, bevor sie zum Problem werden."

„Was meinst du?"

„Wir bringen sie einfach zurück zu ihren Eltern und entschuldigen uns für die Unannehmlichkeiten, die wir verursacht haben und gehen nach Hause."

Er starrte sie ungläubig an.

„Und du meinst, das funktioniert?"

„Du bist noch blöder, als ich es jemals befürchtet habe, Bruderherz." In ihrer Stimme lag alle Verachtung der Welt. „Wie doof bist du eigentlich? Natürlich funktioniert das so nicht."

„Was sollen wir stattdessen tun?"

„Ich höre immer nur: *wir*", sagte sie genervt. „*Wir* tun gar nichts. Du ganz allein hast uns die Suppe eingebrockt, jetzt löffelst du sie wieder aus."

„Was soll ich denn machen?"

„Es bleibt nur eine Lösung."

„Du meinst, ich soll sie töten?"

„Du bist doch nicht ganz so doof."

„Nein, das kann ich nicht", antwortete er schockiert. Er schüttelte heftig den Kopf. „Das ist nicht in Ordnung."

„Du hast keine Wahl. Sie werden dich sonst verraten und dann geht's zurück in die Gefangenschaft. Willst du das?"

„Ich bin kein Mörder", schrie er sie an.

Sie blieb ruhig, fast gespenstisch sagte sie: „Ich gehe auf jeden Fall nicht wieder zurück in die Zelle, wo ich die ganze Zeit neben dir stehe und dir beim Schlafen zuschaue. Die vier Damen müssen verschwinden und zwar so, dass sie nie darauf kommen, wer sie entführt hat."

„Ich kann das nicht", war das Letzte, an das er sich erinnerte, als er aufwachte und neben sich vier erschlagene Frauen liegen sah.

Entführt

Heinrich und Gerhard wollten an diesem Montagmorgen eigentlich die Spur verfolgen, die der Kommissar am Vortag gefunden hatte. Doch als der Türmer den Dom verließ, um sich auf den Weg zu seinem Freund zu machen, kam ihm seine Schwiegermutter entgegen. Er war in Eile, denn das, was er hier tat, war eigentlich nicht mit seinem Dienst vereinbar. Streng genommen war es Arbeitsverweigerung. Doch niemand kontrollierte ihn – und wo kein Kläger, da kein Richter. Also war es ihm egal.

Aber seine Schwiegermutter war das Letzte, was er jetzt gebrauchen konnte.

„Hallo Frieda", heuchelte er Freude, sie zu sehen. „Was machst du denn hier?"

„Sie ist nicht nach Hause gekommen", japste sie.

Erst jetzt erkannte der Türmer, wie sie aussah. Ganz gegen ihr normales Naturell war sie nicht im Geringsten zurecht gemacht. Sie sah aus, als wäre sie geradewegs aus dem Bett gefallen. Der Türmer war beunruhigt als sie weitersprach.

„Charlotte ist weg."

Dem Türmer gefror das Blut in den Adern.

Der Tag war seit langem der schönste gewesen, den Charlotte verbringen durfte. Erst das Picknick am Lohrberg, dann der Kuss, der anschließende kurze Spaziergang durch die wärmende Sonne und nun die Fahrt im Automobil nach Berkersheim in die Galerie Adams.

Sie war schon sehr gespannt, wie die unvollendeten Bilder ihres Kavaliers aussehen würden.

„Du bist der erste Mensch, der sie sehen darf", hatte Adam gesagt.

„Ehrlich?", gab Charlotte geschmeichelt zurück. Gleichzeitig aber blieb sie skeptisch. „Das sagst du bestimmt all deinen Eroberungen."

„Jetzt bin ich aber beleidigt", schnappte er. Man sah ihm an, dass er wirklich getroffen schien. „Du bist doch keine *Eroberung*. Was denkst du von mir?"

Charlotte schwieg. Sie wollte auf keinen Fall die Stimmung zerstören. Sie verfluchte sich für ihre unbedachte Äußerung und sagte dann in versöhnlichem Ton: „Das war doch nur im Scherz gemeint. So lange kennen wir uns doch noch gar nicht und du willst mir schon deine Bilder zeigen, die noch nie zuvor ein anderer Mensch gesehen hat. Du musst zugeben, dass ich mit Recht Zweifel hege."

Er starrte schweigend auf die holprige Straße und schwieg. Dabei mahlte seine Kiefermuskulatur unentwegt. Dann fuhr er plötzlich rechts an den Straßenrand und stellte den Motor ab. Er drehte sich zu Charlotte. Sein Blick war ernst als er sagte: „Charlotte ich muss gestehen, ich bin dir nicht zufällig begegnet an diesem Abend, an dem wir uns kennenlernten."

„Wie bitte?", sie wich einen Zoll vor ihm zurück. Es war unheimlich, wie er sie ansah. Aber sie blieb sitzen und schwieg.

„Wie du weißt, ist mir Frau Müller, deine Vorgesetzte, schon länger bekannt. Sie ist so eine Art Tante von mir. Wir kennen uns sehr gut und ich habe sie ab und an in ihrer Arbeitsstelle besucht. Ich bin Künstler, ich habe keine festen Arbeitszeiten. Wenn ich in der Gegend war, habe ich einen Abstecher gemacht und sie besucht."

„Aha", kam es zögerlich aus Charlottes Mund.

„Wie dem auch sei …", fuhr er fort. „Jedenfalls habe ich dich dort vor ein paar Wochen das erste Mal gesehen. Und du bist mir nicht mehr aus dem Kopf gegangen. Ich denke seither nur an dich. Du weißt es wahrscheinlich nicht mehr. Du hast eine fertige Arbeit bei ihr abgegeben und sahst bezaubernd aus. Wie immer."

„Und da hast du Frau Müller gebeten, mich auf einen Empfang mitzubringen", kombinierte Charlotte. Sie wusste nicht so recht, was sie davon halten sollte.

„Ich weiß, es klingt verrückt und ich weiß selbst nicht, was ich davon halten soll. Aber so ist es nun mal. Ich glaube, ich habe mich auf Anhieb unsterblich in dich verliebt. Ich bin nun mal sehr schüchtern", gab Adam zu.

„Was du aber ganz gut verbergen kannst", schnappte Charlotte. Aber sie lächelte dabei. Dass sich jemand derart um sie bemüht, gefiel ihr.

„Bist du jetzt böse auf mich? Glaube mir, für mich bist du schon jetzt die eine unter den Frauen, die ich so lange suchen musste", sagte er mit dem Blick eines ertappten Hundes. Dann wurde ihm klar, was er da sagte. „Ich bin zu weit gegangen, verzeih mir. Ich will dich nicht bedrängen.“ Er senkte den Blick, schien einen Kampf mit sich auszufechten. Er wollte unter keinen Umständen, dass sie sich bedrängt fühlte und deshalb weglaufen würde. Was durchaus verständlich wäre.

Sie sah ihn an und musterte ihn streng. Dann lachte sie auf.

„Du bist wirklich allerliebst. Warum sollte ich böse sein? Ich bin eher geschmeichelt. Und wenn ich ehrlich bin, geht es mir beinahe genauso wie dir. Ich denke, du bist ein guter Mann, und dass ich es mit dir aushalten könnte.“

Er grinste über sein ganzes Gesicht als hätte er einen Zahnarzttermin. Man sah ihm die Erleichterung an.

„Ich dachte schon, ich wäre zu weit gegangen.“ Er schien von einer tonnenschweren Last befreit. „Zum Glück bist du mir nicht böse, dass ich jemand anderen vorgeschickt habe, dich mit mir bekannt zu machen.“

„Nun, bei einer Frau meiner Klasse ist das durchaus verständlich“, antwortete sie mit gespieltem Stolz. Sie reckte arrogant das Kinn und blickte geradeaus.

Er lachte und sie fiel ein.

„Dann ist ja alles gut“, sagte er schließlich und machte sich daran, das Auto zu starten. Dazu musste er den Wagen natürlich verlassen, um die Kurbel zu drehen. Er ging um die lange Motorhaube herum und beugte sich nach unten. Er wagte noch einen Blick über den Mercedesstern zu seiner Angebeteten und dann wurde es dunkel.

Frieda wurde nervös. Es war schon spät. Charlotte hatte doch gesagt, sie wäre zum Abendbrot wieder zu Hause. Auf der einen Seite war sie mit einem sehr sympathischen jungen und attraktiven Mann unterwegs. Da konnte mal schon mal die Zeit vergessen. Allerdings war es nicht gerade schicklich für ein Paar, das keines ist, derart lange allein unterwegs zu sein.

„Humbug“, wischte sie den Gedanken durch ein Selbstgespräch beiseite. „Sie ist alt genug zu wissen, wie weit sie ihn gehen lässt.“

Außerdem musste ja nichts dabei sein. Sie machten schließlich nur einen Sonntagsausflug.

Sie setzte sich hin und widmete sich ihrer Stickarbeit. Darüber vergaß sie ihrerseits die Zeit. Die Uhr auf dem Schrank tickte unentwegt, unaufhaltsam, unbeeindruckt. Frieda lullte das Geräusch ein. Tick, tick, tick im Sekundentakt.

Beruhigend, vertraut, unbeachtet. Die Gedanken flogen davon. Sie ließ ihnen eine lange Leine. Die Augen wurden schwer, brannten, fielen zu. Schließlich schlief Frieda in dem bequemen Sessel ein.

Charlotte wachte kurz auf und dachte, sie wäre blind. Sie konnte nichts sehen. Dunkelheit umgab sie. Doch ihre Augen waren geöffnet, da war sie sicher. Wenn auch nur einen schmalen Spalt. Sie kämpfte gegen die Schwere ihres Körpers an, die es ihr verbot aufzustehen. Sie hob den Kopf, er wog unendlich schwer. Zu schwer – sie ließ ihn wieder fallen. Die Augen schlossen sich erneut. Was roch hier so komisch? Sie wollte nur schlafen. Sie war so müde, … es war egal.

Völlig außer Atem stand der Türmer in der Amtsstube seines Freundes.

„Heinrich, was ist denn mit dir los?“, zeigte sich Schuhmann besorgt.

„Charlotte ist weg“, keuchte der Türmer.

„Wie? Weg?“

„Na, *weg* halt“, schrie Heinrich. „Sie ist nicht nach Hause gekommen. Sie ist bestimmt in den Fängen dieses Monsters.“

„Jetzt beruhige dich erst mal und erzähle alles von Anfang an“, schlug Schuhmann vor. Er hielt ihm ein Glas Wasser hin, dessen Inhalt der Türmer gierig trank.

„Was gibt’s da zu erzählen“, rief er aufgeregt. Beim Reden wedelte er wild mit den Armen umher. „Frieda kam heute Morgen zu mir und sagte, dass Charlotte diese Nacht nicht nach Hause gekommen ist.“

„Was heißt nach Hause gekommen?“, fragte Schuhmann mehr rhetorisch als bittend. „Das heißt also, sie war unterwegs.“

„Ja, sie hatte den Tag mit diesem Künstler verbringen wollen, diesem Sorbers. Er hat sie bestimmt in seinen Fängen, dieser … ich hatte doch Recht, verdammt. Er ist unser Mann.“

„Das wäre selten dämlich“, sagte Schuhmann. Heinrich blickte ihn fragend an.

„Naja“, beantwortete der Kommissar die ungestellte Frage, „er hat sie persönlich bei deiner Schwiegermutter abgeholt. Jeder weiß, dass Charlotte bei ihm ist. Wenn er sie jetzt entführt, schnappen wir ihn im Nu."

„Dann los", rief Heinrich.

Schuhmann schaut skeptisch.

„Meinst du nicht, dass es Zeitverschwendung ist? Wir sollten lieber nachdenken, was passiert sein könnte und uns Gewissheit über Charlottes Verbleib verschaffen."

„Eben", sagte der Türmer trotzig. „Und deshalb sollten wir den Kerl befragen, der zuletzt mit meiner Schwester gesehen wurde. Oder meinst du nicht?"

Gegen dieses Argument hatte der Kommissar keine Chance. Er schnappte seinen Mantel und eilte mit Heinrich davon.

Sie war die Richtige. Sie hatte das Aussehen, die Anmut und sogar den richtigen Namen. Sie war seine Fahrkarte in die Erlösung. Endlich würde er sich von seiner Schwester lossagen. Sie würde endlich verschwinden und ihn nie wieder zu irgendetwas zwingen können.

„Das glaubst du doch wohl selbst nicht", sprach sie aus dem Nichts zu ihm. Er schreckte zusammen.

„Was meinst du?", versuchte er eine Lüge, von der er wusste, dass sie sinnlos war.

Sie lachte böse.

„Ich bin in deinem Kopf, du Blödmann. Schon vergessen?"

Sie tippte ihn wieder auf die Stirn. So fest, dass es schmerzte.

Er wich zurück.

„Aber du bist nicht gut für mich", sagte er mit fester Stimme.

„Wie kannst du so etwas sagen?" Ihr Ton war erstaunlich sanft. Sie schien gekränkt zu sein. „Nach all dem, was ich für dich getan habe."

„Was hast du denn schon für mich getan?", brüllte er. „Du hast mich immer nur gequält. Nie war dir irgendetwas gut genug. Du bist schlecht. Du zerstörst mich. Ich will, dass du gehst."

„Und du meinst, wenn du die Richtige aus Fleisch und Blut gefunden hast, verschwinde ich einfach so?"

Er starrte sie an. Seine Augen waren mit Tränen gefüllt. Er wusste in diesem Moment, dass sie niemals gehen würde. Es gab nur eine Lösung. Aber bevor er die in Betracht zog, wollte er noch einen letzten Versuch starten. Nur noch einen einzigen. Wenn es diesmal nicht klappte, war alles vorbei.

Er ließ seine Schwester stehen. Sie lachte ihm hinterher und rief: „Du Dummkopf. Du hast nicht den Mumm dafür, niemals."

Er öffnete die Falltür zum Keller und stieg hinab in das Verließ.

Das Licht war schummerig, dennoch konnte er sie sehen. Wie schön sie war. Komplett. Perfekt. Hinreißend.

Ein Lächeln schlich sich auf seine Lippen als er sie beobachtete.

Sie schlief noch immer. Das Chloroform wirkte noch. Er hoffte, nicht zu viel genommen zu haben. Aber ihr Brustkorb hob und senkte sich regelmäßig. Alles war gut.

Er erinnerte sich an das erste Mal, als er sie sah. Auf dieser Ausstellung von diesem Maler, der sie ihm dann beinahe weggenommen hätte. Die Bilder dieses Kerls waren nicht annähernd so gut wie seine.

Er trug ein Tablett mit diesem widerlichen Getränk durch die Menge. Sie rissen ihm das Zeug beinahe aus der Hand und schütteten es in ihre fetten Hälse. Niemand beachtete ihn. Niemand sah ihm in die Augen. Wer achtet schon auf den Kellner? Er war unsichtbar. Und das wollte er auch sein.

Dann sah er sie. Beinahe hätte er das Tablett fallen lassen. Sie schien perfekt. Er schlich sich unauffällig an sie heran, um ihre Stimme zu hören. Er hätte weinen können, als er sie hörte. Ihr Lachen war fast identisch mit dem *seiner* Charlotte. Und als jemand ihren Namen nannte, war er sicher, dass es ein Zeichen war.

Dann dachte er voller Reue an die vier Frauen, die er zuvor für die Richtige gehalten hatte. Er hatte sie entführt, damit sie bei ihm sein konnten. Ihn beschützen vor seinen Ängsten. Doch irgendwie hatte er den Eindruck, als wollten sie ihn einfach nicht verstehen. Er hatte es ihnen doch erklärt. Sie waren die Wiedergeburt der einzigen Frau, die in seinem erbärmlichen Leben Gewicht gehabt hatte. Niemals hatte er ihren Tod geplant. Deshalb hatte er sie ja auch in seinem Versteck am Leben gehalten. Er war total verunsichert seinerzeit.

Die Erste, diese Elsbeth, hatte sich schnell als die Falsche entpuppt. Ihr Gekreische den ganzen Tag, war beinahe nicht mehr auszuhalten. Es wurde erst besser, als er Gisela dazu setzte. Doch als Franziska dazu kam, wurde es wirklich schwierig. Und

Hertha ließ das Fass überlaufen. Er hatte schnell keine Argumente mehr gegen seine Schwester.

„Wie viele Weiber willst du denn noch entführen?“, hatte sie gekeift. „Willst du sie vielleicht irgendwann im Keller stapeln?“

„Was soll ich denn machen?“, hatte er gejammert.

„Du musst sie töten“, hatte sie gesagt.

„Nein.“

„Du hast Charlotte auch getötet.“

„Das warst du“, schrie er.

Sie lachte nur.

Dann irgendwann hatte er die Kontrolle verloren und war neben den vier Leichen aufgewacht.

„Alles muss man selber machen“, hörte er die tadelnde Stimme seiner Schwester. Er blickte auf. Blutverschmiert stand sie vor ihm. Sie sah zufrieden aus.

„Was hast du getan?“, jammerte er beim Anblick der Leichen.

„Was getan werden musste. Und jetzt schaff’ die Flittchen aus dem Haus.“

„Wohin?“

„Meinetwegen werf’ sie in den Kanal. Sie sind ch nur Schmutz.“

Das tat er dann auch. Mitten in der Nacht.

Danach dachte er, die Sache sei erledigt. Er würde sich in sein Schicksal ergeben und seine Schwester ertragen. Bis an sein Lebensende. Nach einem missglückten Versuch, sich das Leben zu nehmen, dem Sprung vom Eisernen Steg, stand sie neben ihm im Krankenhaus am Bett und lachte ihn aus. Zum Glück hatte man ihm abgekauft, dass es nur ein Unfall gewesen war. Bevor man seine Person ermittelten konnte, hatte er sich davon gestohlen.

Seitdem hatte er es nicht gewagt, seinem bejammernswerten Leben ein Ende zu setzen.

Als er dann Charlotte erblickte, fasste er wieder Mut. Jetzt war sie bei ihm. Aber seine Schwester war immer noch da.

„Und du denkst, das ist die Richtige?“, sagte sie trocken, als sie neben ihm auftauchte und gemeinsam mit ihm die Gefangene musterte. „Ich gebe zu, die Ähnlichkeit ist frappierend. Aber sie ist nicht die Richtige.“

„Warum nicht?“

„Weil sie dich nicht liebt, dich niemals lieben wird und es noch nicht mal in Erwägung ziehen wird."

„Du wirst schon sehen", blieb er standhaft.

„Am Ende darf ich die Frau dann wieder entsorgen."

„Du wirst ihr kein Haar krümmen."

„Wenn sie uns in Gefahr bringt, wird sie verschwinden müssen, Bruderherz. Da kannst du dich auf den Kopf stellen und singen, mein Lieber. Das ist eine in Stein gemeißelte Tatsache."

Zum Glück konnte Schuhmann ein Automobil auftreiben, das die beiden nach Berkersheim fuhr. Es dauerte nicht lange, da hatten sie das kleine Dorf erreicht. Die Straßen waren hier schlecht. Sie waren nicht für Automobile gemacht. Zum Glück hatte es nicht geregnet.

„Wo genau ist denn dieses Atelier?", fragte Schuhmann den Türmer.

„Ich habe keine Ahnung, lass uns jemanden fragen."

Suchend fuhren sie durch den Ort, als sie nach ein paar Minuten spielende Kinder sahen.

„Ob die was wissen?", fragte der Kommissar.

„Versuchen können wir es ja mal."

Sie näherten sich der kleinen Gruppe. Sobald sie das Automobil sahen, waren die Knaben in Aufruhr.

Nur einer blieb stehen. Die anderen sprangen um das Fahrzeug herum und ließen ihrer Bewunderung freien Lauf. Sie zu befragen schien unmöglich, zu sehr waren sie mit dem Automobil beschäftigt.

Der Türmer stieg aus und ging auf den Jungen zu, der allein am Straßenrand stand. Als er näher kam, traute er seinen Augen nicht.

„Das darf doch wohl nicht wahr sein", stieß er aus. „Was machst du denn hier, Pitt Jonas Müller?"

Der Junge grinste Heinrich an und sagte: „Des gleische könnt isch Sie fraache."

„Ich habe zuerst gefragt."

„Mein Obba wohnt hier mit meiner Omma."

„Und ihr seid zu Besuch. Was für ein Zufall."

„Ach", winkte der Junge ab. „Mir sinn öfters hier. Des iss kaan so große Zufall." Dann legte er den Kopf schief und fragte: „Un? Was mache sie jetzt hier, mit ihrm Kumpel, dem Polizist?"

„Wir suchen nach jemandem."
„In dem Kaff hier?"
„Ja, wir haben eine Spur, die uns hierher führt."
„Hä? Isch dacht Sie wern bei der Feuerwehr und nett bei de Polizei."
„Bin ich auch", bestätigte der Türmer. „Allerdings berate ich die Polizei ab und an bei besonders kniffligen Fällen."
„Wen suche Se dann?"
„Einen Maler namens Sorbers. Er muss hier in Berkersheim sein Atelier haben."
„Da gibt's nur aan. Hier de Bersch runner und dann uff de link Seit es erste Haus."
„Besten Dank, Pitt Jonas", lächelte Niemann und warf dem Jungen eine kleine Münze zu, die dieser sofort auf Richtigkeit mit den Zähnen überprüfte. Dann grüßte er mit der Münze zurück und steckte sie ein.
Der Türmer drehte sich zum Automobil um und sah, dass Schuhmann die Kinder von seinem Gefährt wegscheuchte, wie eine Kuh lästige Mücken mit ihrem Schwanz.
„Haut ab, fasst nichts an. He! Du! Ich habe gesagt: Finger weg!" Der erfahrene Polizist wirkte überfordert. Der Türmer lachte. Dann stieg er ein und wartete, bis Schuhmann soweit war.
Endlich hatte er es geschafft, dass die Bande vom Auto abließ. Er stieg ein und blaffte: „Danke für die Hilfe. Jetzt haben wir überall Kratzer im Lack, wissen aber immer noch nicht, wo wir suchen müssen."
„De Bersch da runner und dann uff de link Seit des erste Haus", zitierte der Türmer gelassen.
Schuhmanns Kopf flog herum. Ungläubig starrte er seinen Freund an.
„Wie zum …?"
„Ich habe meine Quellen."

Charlotte öffnete die Augen. Es tat weh. Das grelle Licht blendete sie, sodass sie Mühe hatte etwas zu erkennen. Sie hörte ein Geräusch, dass sie an irgendetwas erinnerte. Sie wusste aber nicht was. Dann wurde ihr Blick genauer. Sie schaute sich um. Sie war umgeben von Leinwänden, allesamt mit der Rückseite zu ihr gedreht. Sie konnte nicht erkennen, ob die Leinwände bemalt waren. Sie lag in einem Bett, auf der Seite. Sie schaute an sich herunter und stellte fest, dass Sie ein Kleid trug, das ihr nicht gehörte. Es war schwarz mit einem weisen Unterrock. Dann ging ihr Griff an ihren schmerzenden Kopf. Sie ertastete, dass sie etwas darauf trug. Dann erkannte sie es. Sie trug den Habit einer Nonne.

„Was soll das?“, sagte sie leise.

„Oh, du bist wach“, hörte sie eine Stimme. Sie suchte nach deren Ursprung. Dann sah sie in ein paar Metern Entfernung eine Staffelei, auf der eine große Leinwand stand. Dahinter konnte sie einen Körper stehen sehen, vermutlich einen Mann.

Dann fiel ihr wieder ein, dass Adam ihr sein Atelier zeigen wollte. Aber warum konnte sie sich dann an die Anreise nicht erinnern, geschweige denn, wie sie in den Habit gekommen ist.

„Was ist passiert?“, fragte sie deshalb. Noch ohne Furcht.

„Du hast ein wenig geschlafen“, sagte die Stimme.

Charlotte kniff die Augen zusammen. Diese Stimme kannte sie nicht. Es war nicht Adams tiefer Bass. Diese Stimme war wesentlich höher, und … ungeschliffener, als würde sie nicht oft benutzt.

Charlotte wurde misstrauisch. Zuerst wollte sie die Flucht ergreifen, doch dann besann sie sich. Die Situation war nicht bedrohlich, noch nicht.

Sie hörte ein missbilligendes Geräusch.

„Jetzt hast du die Pose zerstört. Wie soll ich denn da ordentlich arbeiten?“, sagte die Stimme tadelnd hinter der Leinwand.

Charlotte hörte, wie der Künstler seine Utensilien ablegte. Dann trat er hinter der Leinwand hervor. Er stand im Gegenlicht und war nicht zu erkennen. Charlotte wurde unruhig, was dem Mann nicht verborgen blieb.

„Schsch“, machte er leise. „Keine Angst, ich tu dir nichts. Ich möchte dich nur wieder richtig drapieren.“

Beim nächsten Schritt, trat er aus dem Gegenlicht. Jetzt konnte Charlotte sehen, wer da mit ihr sprach.

„Wer sind Sie?“, fragte sie, eher mit Neugierde als mit Angst.

„Aber Charlotte, du musst mich doch erkennen.“ Der Mann blieb stehen. Enttäuschung lag in seinen Worten. „Ich bin’s, Karl Friedrich.“

Charlotte schwieg. Sie kannte keinen Karl Friedrich.

„Karl Friedrich Boehnisch“, sagte der Mann jetzt seinen vollen Namen. Gerade so, als müsse nun endlich der Groschen bei Charlotte fallen.

„Tut mir leid“, antwortete Charlotte. „Aber ich kenne Sie nicht.“

Er lachte verständnisvoll.

„Natürlich“, sagte er dann und schlug sich an die Stirn. „Wie dumm von mir. Als wir uns das letzte Mal sahen, war ich ja noch ein Kind.“

Charlotte wurde mulmig. Sie hatte es hier wohl mit einem mindestens merkwürdigen Menschen zu tun, wenn nicht sogar mit einem Verrückten.

„Würden Sie mir bitte erklären, wie ich in dieses Bett komme und warum ich diesen Habit anhabe?“, forderte sie schroff. „Und wenn wir schon bei Erklärungen sind, warum weiß ich nicht, wie ich hierhergekommen bin?“

„Aber du musst es doch gewohnt sein, einen Habit zu tragen. Schließlich bist du eine Nonne.“

Charlotte hatte jetzt genug.

„Wenn ich eines nicht bin, dann eine Nonne, mein Lieber.“

Sie setzte sich auf die Bettkante und wollte aufstehen. Doch schon nach wenigen Zentimetern, die sie sich erhob, wurde ihr schwindelig und sie ließ sich wieder auf das Bett fallen. Sie schloss die Augen und versuchte, sich zu konzentrieren.

„Was haben sie mit mir gemacht?“, wollte sie wissen.

„Ich muss gestehen, ich habe dich ein wenig betäubt“, gab Boehnisch gelassen zu.

„Warum?“

„Weil du sonst nicht mitgekommen wärst.“

„Was wollen Sie von mir?“

„Wir gehören zusammen, Charlotte.“

„Wer sind Sie?“

„Das habe ich dir doch schon gesagt.“

„Sie haben mir einen Namen genannt, den ich nicht kenne. Aber deshalb weiß ich noch lange nicht, wer Sie sind und was Sie von mir wollen.“

„Siehst du“, keifte plötzlich die Schwester dazwischen. „Ich habe es dir doch gleich gesagt, dass es nichts bringt. Sie ist es nicht. Deine Charlotte ist tot.“

„Hör auf“, zischte Boehnisch.

„Womit?“, fragte Charlotte.

Die Schwester lachte nur.

„Ich brauche dich nicht mehr“, sagte er zu seiner Schwester.

„Dann kann ich ja gehen“, antwortete Charlotte. Sie versuchte aufzustehen. Diesmal fand sie festen Stand.

„Aber bevor ich gehe, hätte ich gerne meine Kleidung wieder. Und eine befriedigende Erklärung der Umstände, die mich in dieses …“, sie schaute sich um, „Atelier gebracht haben.“

„Du kannst nicht gehen, Charlotte“, sagte Boehnisch ruhig.

Die Schwester lachte immer noch. Sie wurde lauter, schriller, nerviger.

„Und du hör’ endlich auf zu lachen“, rief Boehnisch in den Raum.

„Mir ist nicht zum Lachen zumute, Herr Boehnisch“, erwiderte Charlotte.

„Dich meine ich doch gar nicht“, sagte er zu ihr.

Charlotte war ein wenig verwirrt.

„Wen denn dann?“

„Na sie“, sagte er und zeigte in Richtung Tür.

Charlotte folgte dem Fingerzeig.

„Da ist niemand“, sagte sie.

„Da steht meine Schwester, die musst du doch sehen“, sagte er. Stress lag in seiner Stimme.

„Tut mir leid, aber ich sehe dort niemanden.“

Adam Sorbers wachte auf. Die Sonne schien ihm ins Gesicht. Er lag auf dem Rücken.

Im Gras.

Warum?

Sein Kopf brummte wie ein Bienenkorb.

Was war passiert?

Er fasste sich an die Stelle, die am meisten schmerzte.

„Au“, rief er, als er an den Punkt kam. Er wartete einen Moment, dann fasste er noch einmal an seinen demolierten Schädel. Diesmal jedoch wesentlich langsamer und vorsichtiger.

Er zog die Luft durch die Zähne ein, als der Schmerz erneut in seinen Körper schoss.

Instinktiv zuckte er zurück und schaute anschließend auf seine Finger. Blut klebte daran.

„Verdammt“, stieß er aus. „Was soll das?“

Er beschloss einen Stehversuch zu unternehmen. Er schaute sich kurz um, ob nicht irgendetwas im Weg lag und stützte sich ab. Vorsichtig, langsam und behäbig hievte er sich in eine aufrechte Position.

Ein wenig drehte sich die Welt, doch schnell stabilisierte sich sein Umfeld. Er wagte den nächsten Abschnitt. Er brachte sich in die Hocke und verweilte einen Moment. Sein Kopf schmerzte. Er fasste sich ins Genick, wo er weitere Pein spürte.

Langsam wurde es etwas besser. Er rappelte sich vollends auf und versuchte sich daran zu erinnern, was passiert war.

„Charlotte!“, stieß er dann aus. Panik kroch in ihm hoch. Er versuchte sie zurückzudrängen. Was ihm aber nur leidlich gelang.

Er schaute sich um. Die Schmerzen waren vergessen. Zumindest bis zum ersten Schritt, denn da meldete sich sein Kopf wieder. Adam ermahnte sich zur Besonnenheit. Mit gemäßigtem Tempo ging er weiter. Sein Weg führte ihn zurück auf die Straße. Nur wenige Meter musste er dafür laufen.

Seine letzte Erinnerung war, dass er versucht hatte, das Automobil zu starten. Danach ging seine Erinnerung erst wieder am Boden liegend im Gebüsch weiter. Trotz des Brummschädels zwang er sich, die Situation zu analysieren.

„Charlotte?“, rief er zunächst. Vielleicht war sie in der Nähe. Er rief ihren Namen noch einige Male, was mit schmerzhaften Stichen in seinem Kopf verbunden war. Als würde ihm bei jedem Rufen jemand eine Nadel in den Kopf stechen.

Als er keine Antwort auf seine Rufe bekam, begann er die Umgebung abzusuchen. Er inspizierte jeden Busch im Umkreis von einhundert Metern. Wurde aber nicht fündig.

Er hielt einen Moment inne, um seine Gedanken zu ordnen.

„Die grobe Suche war erfolglos“, murmelte. „Nach grob kommt fein“, stellte er fest und ging zurück zum Fahrzeug.

Er untersuchte das Gefährt intensiv nach Spuren, die ihm Aufschluss über den Verbleib seiner Begleitung geben könnten.

Er untersuchte den Mercedes akribisch, kam aber zu keinem Ergebnis. Er setzte sich auf die vordere Stoßstange und gab sich seiner Verzweiflung hin. Sein Blick senkte sich und die Panik gewann die Oberhand.

„Was soll ich denn jetzt machen?“, stellte sich Adam die entscheidende Frage. Da fiel sein Blick auf etwas am Straßenrand.

Auf dem Holzweg

Schnell hatten Schuhmann und der Türmer das entsprechende Haus in Berkersheim gefunden.

„Was machen wir jetzt?“, fragte Heinrich seinen Freund Gerhard. Beide saßen noch im Automobil.

„Wir schauen uns erst mal um“, entschied der Polizist.

„Ich hoffe, er hat meiner Schwester kein Leid angetan, sonst vergesse ich mich“, murmelte der Türmer und stieg aus.

„Sei nicht zu voreilig“, warnte ihn sein Freund. „Vielleicht ist alles ganz harmlos.“

„Was soll daran harmlos sein, wenn er meine Schwester in den Fängen hat? Er ist vielleicht ein Massenmörder. Wie soll ich da nicht voreilig sein?“

„Du reagierst über, Heini.“

„Meinetwegen.“

Schuhmann rollte mit den Augen und stieg ebenfalls aus. Das Haus, in dem das Atelier Sorbers sein sollte, war groß. Die Außenanlagen waren gepflegt, die Fassade schien erst kürzlich neu angelegt worden zu sein und auf dem Dach lagen Schindeln ohne Verwitterungszeichen.

„Scheint Geld zu haben, der Künstler“, bemerkte Schuhmann.

„Das ändert nichts daran, dass er meine Schwester töten will“, bemerkte Heinrich.

Schuhmann schluckte einen Kommentar hinunter.

„Lass uns mal anklopfen“, sagte er stattdessen und ging zur Vordertür.

„Ich gehe hinten rum“, entschied der Türmer. „Falls er uns entwischen will.“

„Endlich mal ein konstruktiver Beitrag“, stimmte Schuhmann zu.

Der Türmer ging um das Haus herum in den Garten. Dort legte er sich hinter einem Gebüsch auf die Lauer. Bereit, den Schuft zu fangen, sollte er sich aus dem Staub machen wollen.

Der Polizist ging an die Vordertür und zog an der Klingelschnur. Im Inneren konnte man das melodische Läuten deutlich hören.

Nichts regte sich.

Schuhmann zog erneut an der Klingel, diesmal länger.

Es blieb weiter still.

Nach einigen Augenblicken, gab der Polizist auf und ging ebenfalls um das Haus herum. Er stand alsbald im Garten des Gebäudes und suchte nach seinem Freund.

„Heini?“, rief er, als er nichts sehen konnte.

Der Türmer kam aus seinem Versteck hervor und fragte: „Was ist, hast du ihn?“

„Nein, er macht nicht auf.“

„Der Schuft!“

„Hast du mal daran gedacht, dass er nicht zu Hause ist?“

„Es gibt nur eine Lösung, das herauszufinden“, sprach der Türmer und ging auf das Haus zu.

„Was hast du vor?“, fragte der Polizist.

Statt einer Antwort hatte der Türmer mit einem gezielten Tritt die Hintertür des Hauses eingetreten. Krachend flog das Glas aus der Tür, als sie an die Wand anschlug.

„Nach Ihnen“, sagte der Türmer unbeeindruckt und machte eine einladende Handbewegung.

„Du weißt, dass das illegal ist?“

„So wie das Entführen und Ermorden von Frauen“, erwiderte der Türmer schroff. „Wenn du nicht mitkommst, ist das deine Entscheidung. Ich gehe jetzt rein.“

Heinrich betrat das Haus, ohne zu zögern.

Nach kurzem innerem Ringen, folgte ihm Schuhmann. Er fühlte sich nicht wohl dabei.

„Hallo?“, rief der Türmer in das Haus hinein.

Es rührte sich nichts.

„Hallo, Herr Sorbers?“, rief auch Schuhmann.

Beide lauschten einen Moment.

„Scheint tatsächlich niemand da zu sein.“

„Ach komm? Echt?“

„Wir sollten trotzdem das Haus durchsuchen. Vielleicht finden wir einen Hinweis.“

„Heini, das geht so nicht“, sagte Schuhmann eindringlich.

„Wirst schon sehen, was geht und was nicht“, blieb der Türmer standhaft und fing an, das Haus zu durchsuchen. Zögernd tat Schuhmann es ihm gleich.

Nach wenigen Minuten hatten sie jeden Raum des Hauses abgesucht und nichts gefunden, was auf eine Anwesenheit des gesuchten Mannes, geschweige denn Charlottes hinwies.

Die beiden Freunde standen nun in der Küche Sorbers' und stellten ihre Ratlosigkeit zur Schau.

„Hallo?", hörten sie plötzlich eine weibliche Stimme.

Die zwei Männer schauten sich erschrocken an. Der Türmer schien mit seinem Blick zu sagen: „Verdammt, was jetzt?"

Schuhmann gab ihm zu verstehen, dass er ruhig bleiben soll.

„Ja, bitte?", antwortete der Polizist. Er ging zur Vordertür, aus deren Richtung die Stimme zu ihnen gedrungen war. Schuhmann bog um die Ecke und sah, wie eine ältere Frau in der Eingangstür stand. In der Hand hielt sie eine Spitzhacke. Sie wirkte sowohl ängstlich, als auch zu allem bereit.

„Guten Tag", sagte Schuhmann freundlich, blieb aber auf Abstand. Er hatte wenig Lust, Bekanntschaft mit der Spitzhacke zu machen.

„Wer sind Sie und was mache Sie in diesem Haus?" Die Frau bemühte sich um reine Sprache. Ihr Frankfurter Akzent blieb jedoch nicht verborgen. Sie trug eine Schürze ohne Ärmel und ein Kopftuch, das in starkem farblichem Kontrast zu der, ebenfalls geschmacklosen, Schürze stand.

An den Füßen trug sie derbe Holzschuhe. Ihre Hände sahen aus, als hätten sie viel geschafft im Leben. Ebenso wie das gegerbte Gesicht. Ihr Blick war immer noch stahlhart. Sie machte den Eindruck, als würde sie des Öfteren wehrhaft sein müssen.

„Gute Frau", beschwichtigte Schuhmann sie. „Ich bin von der Polizei. Alles hat seine Ordnung."

„Beweise", sagte sie nur.

„Ich habe eine Marke", sagte Schuhmann und holte langsam die Kette aus seiner Hosentasche, an der besagte Polizeimarke hing. Er machte einen Schritt auf die Frau zu und hielt ihr seinen Dienstausweis hin. Sie musterte das Metallstück mit Argwohn. Dann senkte sie zur Erleichterung Schuhmanns die Hacke.

„Was machense denn hier?", wollte die Alte wissen.

„Wir suchen nach Herrn Sorbers."

„Der iss nett da."

„Das haben wir auch festgestellt."

„Und wieso sin Se dann in dere Hütt?"

„Das wäre ein wenig zu kompliziert zu erklären. Nur so viel: Es hat alles seine Ordnung. Wir wollen nichts Böses."

Wieder musterte die Frau den Polizisten abschätzig. Dann gab sie sich zufrieden.

„Der Herr Sorbers war seit e paar Tach nemmer da."

„Wissen Sie zufällig, wo er ist?"

„Bin isch Hellseherin?"

„Ich weiß nicht?", war alles was Schuhmann dazu einfiel.

„Der meld' sisch nett bei mir ab."

„Aha", machte Schuhmann. „Demnach wissen Sie nicht den gegenwärtigen Aufenthaltsort des Herrn Sorbers?"

„Hä?"

„Wissen Sie wo er ist?"

„Wer?"

„Na, … Herr Sorbers."

„Sind Sie irschendwie taub oder dumm, oder so ebbes?"

Schuhmann zeigte sich schockiert.

„Ich darf doch sehr bitten …"

„Derfe Se. Un isch hab Ihne ewe gesacht, dass isch nett weiß wo de Sorbers is, oder?"

„Das ist korrekt."

„Dann is ja alles geklärt. Und jetzt schnappe Se sisch Ihr bled Metallmärksche und Ihne Ihrn geschwollenes Geschwätz und mache sich vom Acker."

Schuhmann suchte nach einer passenden Erwiderung, fand keine und entschied sich für einen Rückzieher.

„Wir sind hier ohnehin fertig."

„Wir?", schnappte die Alte. „Iss da noch so ahner?"

In dem Moment kam Heinrich aus der Küche. Bei seinem Anblick hob die Alte wieder die Spitzhacke zum Angriff.

„Wieviel von eusch Kerle sinn denn noch da drin?", rief sie.

„Nur noch ich, gute Frau", blieb der Türmer ruhig. „Und wir hatten gerade vor zu gehen."

„Dann ab jetzt", sagte die Frau und warf ihren Kopf nach hinten.

Zögerlich schoben sich die beiden Männer an ihr vorbei. Jederzeit damit rechnend einen Schlag der Hacke abzubekommen. Mit eingezogenem Genick verließen sie das Grundstück, flankiert von der aufmerksamen Nachbarin.

Als sie durch das Gartentor getreten waren, warf die Frau ihnen noch einen tadelnden Blick zu und trollte sich. Nicht ohne ein „Unfassbar, so e Freschheit“ in ihre Richtung zu schleudern. Den beiden Männern blieb nichts, als ihr nachzuschauen und ihrem Schöpfer dafür zu danken, dass sie von der Alten nicht gemeuchelt wurden.

„Und was machen wir jetzt?“, fragte der Türmer.

Richter hatte den ganzen Morgen über in der Schreibstube über den Akten des Vierfachmordes gebrütet, wie eine Henne über ihren Eiern. Er zermarterte sich das Hirn.

„Irgendwas haben wir übersehen“, sprach er zu sich selbst. Er rieb sich nachdenklich das Kinn.

„Hier komme ich nicht weiter“, sagte er schließlich und schnappte seinen Gehrock. Er machte sich auf den Weg in die Irrenanstalt. Er war sicher, dass man ihm da helfen konnte.

Charlotte hatte genug von dem Possenspiel.

„Wenn Sie nichts dagegen haben, werde ich nun ihre Gastfreundlichkeit nicht mehr länger in Anspruch nehmen. Sie sollten sich helfen lassen.“

„Aber Charlotte“, sagte Boehnisch, als würde er mit einem kleinen Kind reden. „Das kann ich nicht zulassen.“

„Das werden wir dann sehen“, erwiderte Charlotte trotzig und stand vom Bett auf. Sie schaute an sich herunter. Im Habit wollte sie nicht gehen.

„Wo ist meine Kleidung?“, fragte sie streng.

„Du trägst sie bereits. Du bist eine Nonne. Die tragen nun mal einen Habit.“

„Ich bin weder eine Nonne, noch trage ich einen Habit. Also, wo sind meine Kleider?“

Boehnisch lächelte traurig.

„Ich habe dir doch gleich gesagt, dass sie nicht die Richtige ist, Bruderherz“, kommentierte die Schwester triumphierend.

„Sie ist die Richtige“, schrie Boehnisch schrill.

„Ich bin noch hier“, sagte die Schwester gelassen. „Hattest du nicht gesagt, dass ich verschwinde, wenn du sie gefunden hast.“

„Sie muss sich noch daran gewöhnen“, antwortete er. „Sie ist die Richtige.“

Die Schwester lachte wieder dieses höhnische Lachen, das er so an ihr hasste. Er hielt sich die Ohren zu.

Charlotte sah ihn verwirrt an. Sie schien es hier mit einem Wahnsinnigen zu tun zu haben. Sie wollte so schnell wie möglich weg von ihm. Sie beschloss, dass es besser war mit einem Habit zu gehen, als überhaupt nicht. Sie machte einen Schritt Richtung Tür. Doch sie schaffte es nicht, den Schritt zu vollenden. Etwas hielt sie am Knöchel zurück. Sie schaute nach unten und sah eine eiserne Fußfessel. Die daran befestigte Kette war gespannt und irgendwo unter dem Bett verankert.

„Was soll das?“, fragte sie wütend.

Boehnisch nahm die Hände von den Ohren und sah sie mit stumpfem Blick an.

„Ich kann nicht zulassen, dass du mich noch einmal zurücklässt. Verstehst du das denn nicht?“

„Ich weiß nicht, für wen sie mich halten, aber ich bin mit Sicherheit nicht die, für die sich mich halten.“

„Du wirst nicht gehen!“ Die Stimme Boehnischs war jetzt bedrohlich. „Du wirst nicht gehen“, wiederholte er. Dabei steigerte sich seine Wut. Dann kam sie wieder über ihn, wie ein Schatten, der ihm das Bewusstsein vernebelte. Er trat einen Schritt auf Charlotte zu und verpasste ihr einen brutalen Schlag an die Schläfe. Charlotte wurde auf das Bett zurückgeworfen. Sie spürte einen brennenden Schmerz. Ihr Blick wurde verschwommen. Sie war außerstande sich zu orientieren, als der zweite Schlag sie in die Bewusstlosigkeit trieb.

Richter hatte einige Mühe jemanden zu finden, der ihm Auskunft geben konnte. Erst als er lautstark damit drohte, mit der geballten Kraft der Frankfurter Polizei die Irrenanstalt auf den Kopf zu stellen, wurde er zum Leiter der Anstalt geführt.

„Was kann ich für Sie tun?“, zeigte sich dieser überraschend freundlich.

„Ich benötige einige Informationen über Ihre Patienten“, sagte Richter.

Der Mann lachte.

„Was ist daran so lustig?“, wollte Richter wissen.

„Wir sind ein Krankenhaus, werter Herr. Wir unterliegen der Schweigepflicht.“

„Und ich ermittle in einem Mordfall. Weitere Menschen werden sterben, wenn Sie mir nicht die Informationen geben, die ich benötige."

Diese Antwort ließ den Anstaltsleiter aufhorchen. Die zuvor zur Schau gestellte Überheblichkeit war wie weggeblasen.

„Warum sagen Sie das nicht gleich?"

„Weil man mir nicht zuhört. Man fragt sich unweigerlich, wer hier eigentlich Patient und wer Arzt ist."

„Bitte, bleiben wir doch sachlich."

„Also?"

„Was möchten Sie wissen?"

Schuhmann und der Türmer waren bereits wieder auf dem Weg zurück in die Stadt. Mit dem Automobil hatten sie die Strecke schnell zurückgelegt. Einigermaßen ratlos kamen sie am Polizeipräsidium an.

„Ich werde nochmal zu meiner Schwiegermutter gehen, mit etwas Glück ist Charlotte bereits wieder bei ihr und alles löst sich in Wohlgefallen auf."

„Tu das, Heini", stimmte Schuhmann zu. „Ich rede derweil mit Richter, vielleicht hat er Neuigkeiten für uns."

„Warum fährst du mich nicht schnell rüber zu Frieda, dann weißt du gleich Bescheid."

Der Polizist stimmte zu und machte einen Umweg über die Hochstraße.

Richter hatte eine entscheidende Information in der Irrenanstalt bekommen. Er war sicher, dass sie die ganze Zeit über auf der falschen Fährte waren. Er musste nur noch Kommissar Schuhmann finden und ihm die Information zukommen lassen. Er war nervös. Wie er kurz vor dem Verlassen des Präsidiums erfahren hatte, war die Schwester des Türmers abgängig. Sie passte in das Schema der gefährdeten Frauen. Wenn er mit seiner Vermutung richtig lag, würde sie in argen Schwierigkeiten stecken.

Leider konnte er nicht ermitteln, wo sich sein Vorgesetzter derzeit aufhielt. Im Präsidium hatte man ihm gesagt, dass er in dem Mordfall Ermittlungen durchführte, die ihn nach außerhalb zwangen. Mehr war nicht zu erfahren. Also wartete er in der

Amtsstube in der Hoffnung, dass Schuhmann irgendwann dorthin zurückkehren würde.

„Was soll das heißen?“, fragte der Türmer mit zittriger Stimme. Er war soeben, zusammen mit seinem Freund Kommissar Schuhmann, bei seiner Schwiegermutter eingetroffen.

„Was ich gesagt habe“, erwiderte Frieda. „Sie ist immer noch nicht nach Hause gekommen.“

Dem Türmer wurde schwindelig. Er suchte nach einer Sitzgelegenheit und fand diese auf der kleinen Kommode im Flur. Er ließ sich darauf nieder und verbarg den Kopf in seinen Händen, die er auf seine Knie stützte.

„Was ist mit dir?“, fragte Frieda, der dämmerte, dass sich hier großes Ungemach zusammenbraute.

Der Türmer war nicht in der Lage zu antworten. Seine Verzweiflung war zu groß. Stattdessen antwortete der Kommissar: „Wir haben Grund zur Annahme, das Charlotte in ernsthaften Schwierigkeiten steckt.“

„Was genau meinen Sie damit?“, fragte Frieda, die eine Antwort darauf eigentlich nicht hören wollte.

„Wir gehen davon aus, dass Herr Sorbers der gesuchte Mörder ist und nun Charlotte in seiner Gewalt hat.“

Frieda schlug die Hand vor ihren Mund. Tränen schossen ihr in die Augen. In ihrem Gesicht erschienen ihre Gedanken. Sie schüttelte den Kopf.

„Nein“, sagte sie gepresst. „Das ist nicht wahr.“

„Ich fürchte doch, Frieda“, meldete sich der Türmer zu Wort.

„Dann geht sie suchen“, rief Frieda an der Grenze zur Hysterie. „Was hockt ihr hier herum? Sie ist deine Schwester.“

„Beruhigen Sie sich, Frau Schmidt-Johann“, sagte der Kommissar.

„Ich soll mich beruhigen?“, schrie sie. Dabei fuchtelte sie wie wild mit den Armen, als würde sie Fliegen verscheuchen. „Wie soll ich mich denn bitte schön beruhigen. Charlotte ist mein Mündel. Ich empfinde wie eine Mutter für sie. Sie ist in größter Gefahr und Sie haben nichts Besseres zu tun, als mir zu sagen, ich solle mich beruhigen? Das ist ja wohl der Gipfel!“

Heinrich hatte sich wieder gefasst und stand nun auf. Er schaute seine Schwiegermutter an und sagte: „Und sie ist meine

Schwester und ich verspreche dir, dass wir sie finden und unversehrt nach Hause bringen werden."

„Das will ich dir raten", erwiderte Frieda bedrohlich. „Sonst wirst du mich kennenlernen. Und jetzt verlasst meine Wohnung und sucht Charlotte."

Die beiden Männer tauschten einen Blick und verließen die Wohnung. Sie hatten nicht den Hauch einer Ahnung, wo sie nach Charlotte suchen sollten.

Als Charlotte aufwachte, fand sie sich in einem Keller wieder. Der Raum war feucht. Der Boden aus gestampftem Lehm und es roch nach Erde. Sie war immer noch gefesselt. Ihr Kopf dröhnte vor Schmerz. Am Leib trug sie immer noch den Habit.

Sie schaute sich um. Auf den ersten Blick schien eine Flucht unmöglich. Das einzige Fenster, durch das ein wenig Licht fiel, war gerade einmal groß genug für eine Katze. Obendrein war es auch noch vergittert.

„Hilfe", rief sie zögerlich. Dann lauschte sie. Nichts war zu hören. Sie rief lauter nach Hilfe. Bis sie schließlich kreischte.

Nach ein paar Minuten hörte sie Schritte über sich auf den Holzdielen. Augenblicke später wurde die Tür zu ihrem Verließ geöffnet. Das Licht viel herein und blendete sie. Sie schaute die Treppe hinauf und sah den von hinten beleuchteten Umriss eines Mannes.

„Charlotte, meine Liebe", sagte er freundlich. „Du bist wach. Wie schön."

Er kam langsam die Treppe herunter.

„Hilfe!", schrie sie wieder.

Mit kaum erwarteter Schnelligkeit war Boehnisch bei ihr und hielt ihr den Mund zu. Er hockte vor ihr und sah sie mit großen Augen an, während er ihr seine Hand auf den Mund presste.

„Schsch", machte er. „Das darfst du nicht. Sie hört dich sonst."

Sie starrte ihn an. Die Augen weit aufgerissen, ängstlich, verstört.

„Wenn sie dich hört, kann ich für nichts garantieren", fuhr er fort. „Du musst still sein. Bitte!" In dem letzten Wort lag ein Flehen, dass sie so nicht erwartet hatte. Sie verlangsamte ihre Atmung und nickte kurz. Er nahm zögerlich die Hand von ihrem

Mund. Salziger Geschmack lag auf ihren Lippen, als sie diese mit der Zunge befeuchtete.

„Was wollen Sie von mir?“, fragte sie leise.

„Ich will dich. Ich will mit dir zusammen sein. Wie damals im Heim.“

„Ich war nie in einem Heim. So verstehen Sie doch: Ich bin nicht die, für die Sie mich halten.“

„Doch, das bist du“, erwiderte er verständnisvoll. Seine Stimme klang seltsam verzerrt. „Aber du hast es sicherlich nur vergessen. Tut dein Kopf noch weh?“

Sie starrte ihn an. Natürlich tat ihr der Kopf weh, aber dafür stand ihr jetzt nicht der Sinn.

„Würden Sie bitte die Freundlichkeit besitzen, mir zu erklären, was ich hier mache?“

„Aber das weißt du doch.“

„Tut sie scheinbar nicht“, blaffte auf einmal die Schwester. Sie ließ ein böses Kichern ihren Worten folgen.

„Halt dich da raus“, sagte er mit geschlossenen Augen. Er schien sich nicht aufregen zu wollen.

„Kann ich nicht. Sie ist ja schließlich meine Konkurrentin.“

„Sie hat sich wenigstens um mich gekümmert.“

„Das habe ich doch wohl auch getan.“ Die Schwester schien schwer in ihrer Ehre gekränkt.

„Du hast mich all die Jahre nur getrieben. Dir war nie irgendetwas gut genug.“ Als er weitersprach, hatte er einen merkwürdigen Singsang in der Stimme. „Karl Friedrich tu dies, Karl Friedrich tu das. Hier musst du nochmal nacharbeiten, streng’ dich mehr an, das packst du nie.“

Charlotte hörte verwirrt zu. Was stimmte mit diesem Mann nicht? Sie bekam fürchterliche Angst. Er verlor die Kontrolle.

„Mit wem sprechen Sie da eigentlich?“, fragte sie, ohne es zu wollen. Sie hatte ihren Gedanken einfach ausgesprochen.

„Mit meiner Schwester“, sagte Boehnisch.

„Da ist aber niemand.“

Boehnischs Blick verdunkelte sich. Dann zeigte er neben sich und sagte: „Sie steht direkt neben mir. Bist du blind?“

Charlotte schwieg. Sie war mit der Situation überfordert.

Sorbers hatte zwischen der engen Vegetation einen schmalen Weg entdeckt. Er stieß sich von der Motorhaube seines Fahrzeuges ab. Sein Blick war fixiert auf die Stelle im Gebüsch, an der er glaubte, etwas gesehen zu haben. Als er näher kam, sah er es deutlich. An einem dünnen Ast hing eine goldene Kette. Er nahm sie in die Hand und untersuchte sie.

„Das ist doch Charlottes Kette", sagte er vor sich hin. Er schaute sich auf dem Boden um. Dabei sah er deutlich Schleifspuren, die in das Gebüsch führten. Sorbers teilte das Gebüsch mit den Händen und folgte dem Pfad, den er sich dadurch freigelegt hatte. Neugierig geworden drang er immer weiter vor. Er schlug sich durch den engen Durchgang, der schließlich in einen schmalen Weg mündete. Der Weg war von der Straße aus nicht zu sehen gewesen. Sorbers kannte sich hier nicht gut genug aus, um zu sagen, wohin der Trampelpfad führte. Er war aber sicher, das Charlotte hier entführt worden sein musste. Entschlossen ging er weiter.

Schuhmann und der Türmer einigten sich darauf, dass es am sinnvollsten war, zunächst zum Polizeipräsidium zu gehen und dort einen Suchauftrag nach Sorbers zu starten.

„Wenn wir ihn haben, haben wir Charlotte", hatte Schuhmann gesagt. Er war jetzt auch nervös geworden. Die Zeit lief gegen sie. Mit jeder Stunde, die verging, sank die Wahrscheinlichkeit, Charlotte zu retten.

„Wenn wir schon mal hier sind, schauen wir noch mal die Akten durch", beschloss Schuhmann, als sie die Amtsstube betraten. Sie hatten gerade die Suche nach Adam Sorbers veranlasst. Jetzt konnten sie nichts weiter tun als abwarten. Demnach konnten sie auch die Zeit nutzen und die Akten studieren.

Sie trafen Richter in dem kleinen Raum, der an einem Katheder stand und den Kopf auf seine Arme stützte. Er sah zerknirscht aus. Als er die beiden Männer wahrnahm, erhellte sich seine Miene.

„Mein Herren, wie schön, dass sie endlich zurück sind", begrüßte er die beiden. „Ich habe Neuigkeiten für Sie."

„Herr Richter", sprach Schuhmann. „Verstehen Sie mich bitte nicht falsch, aber Herr Niemann ist in großer Sorge um seine Schwester. Wie Sie vielleicht mitbekommen haben, gibt es Anzeichen dafür, dass sie in den Fängen des Mörders ist. Ich glaube kaum, dass Herr Niemann in der Stimmung für Ihre Schwadronaden ist. Sie werden mit Ihren Informationen noch ein wenig zurückhaltend sein müssen. Wir müssen nun alles daran setzen, Sorbers zu finden und dann ist der Fall gelöst. Wir haben bereits eine Fahndung in die Wege geleitet. Wir werden nun die Zeit nutzen, während die Kollegen nach dem Mörder suchen, um die Beweislage gerichtfest zu machen. "

„Sorbers?"

„Ja, er ist der Mann, den wir suchen."

„Da muss ich widersprechen."

Unerwartete Hilfe

Sorbers folgte dem Weg, der ihn in Richtung Vilbel führte. Er hatte immer noch Kopfschmerzen, nahm diese jedoch nicht wahr. Sie wurden von der Anspannung verdrängt, seine Begleitung zu finden, für die er sich verantwortlich fühlte. Die ersten zarten Bande zwischen ihnen waren zwar nicht mit Liebe zu erklären, aber eine starke Zuneigung war es allemal.

Er machte sich Gedanken darüber, was Charlotte zugestoßen sein mochte. Doch je mehr er darüber nachdachte, desto weniger wollte er es wirklich wissen. Er schüttelte den Gedanken ab und suchte sich weiter seinen Weg.

Da sah er das heruntergekommene Haus. Das Dach bedurfte dringend einer Reparatur, die Fenster waren blind und die Farbe verlor den Kampf gegen das Wetter. Ein Schild, dessen Schriftzug verblasst war, hing windschief über dem Eingang. Das Wort *Gaststube* war lückenhaft zu erkennen. Das Haus sah trotz des bedauerlichen Zustands bewohnt aus. Sorbers beschloss einen Versuch zu starten. Vielleicht hat einer der Bewohner etwas gesehen und konnte helfen.

„Herr Richter, bei allem Respekt", sagte Schuhmann herablassend. „Aber wie kommen Sie darauf, dass wir den falschen Mann jagen? Alle Indizien sprechen für Sorbers als Täter. Er war auf allen fraglichen Empfängen, er ist Maler, so erklärt sich die Farbe auf den Kleidern der Frauen, er hat Charlotte in seiner Gewalt, zumindest wurde sie zuletzt in seiner Begleitung gesehen …"

„Aber er ist nicht der, den wir suchen müssen", beharrte Richter.

„Erklären Sie sich, Mann. Wir haben nicht viel Zeit", zeigte Schuhmann seine Ungeduld.

Richter holte tief Luft.

„Ich habe die Zeit, die Sie unterwegs waren genutzt, um die Aktenlage erneut zu studieren", erzählte Richter. „Dabei ist mir immer wieder der Satz eingefallen, den Herr Niemann in die Ermittlungen seinerzeit eingeflochten hat."

„Und welcher Satz war das?", fragte Schuhmann drängelnd.

„Wer macht so was?"

„Und? Zu welchem Schluss sind Sie gekommen?“

„Auf jeden Fall muss dieser Mensch krank im Kopf sein“, erklärte Richter. „Und deshalb bin ich zur Irrenanstalt gefahren und habe mich dort ein wenig umgehört.“

„Wie sinnvoll. Hat man Ihnen gleich ein Zimmer angeboten?“, blaffte Schuhmann abschätzig. „Das ist ja wohl die gröbste Zeitverschwendung, die man sich vorstellen kann, Richter. Natürlich ist der Täter eine kranke Seele. Gesunde machen so etwas nicht.“

„Gemach, Herr Kommissar“, blieb Richter ruhig. „Bevor Sie mich verurteilen, hören Sie mich weiter an.“

Schuhmann nickte unwillig, hörte aber zu.

„Ich hatte zunächst Anlaufschwierigkeiten, man berief sich auf die ärztliche Schweigepflicht und derlei Dinge. Ich verlieh meinem Ansinnen ein wenig Nachdruck und man half mir letztendlich. Wenn auch widerwillig.“

Schuhmanns Faden riss: „Jetzt hören Sie auf zu schwafeln, Richter. Ich will das Ergebnis hören und keinen Tagebucheintrag.“

Richters Blick wechselte kurz. Man sah ihm die Enttauschung an, seine Erkenntnisse nicht weiter ausschmücken zu dürfen. Er hob die Brauen und sagte: „Also gut, lange Rede kurzer Sinn. Man hat mir mitgeteilt, dass ein gewisser Karl Friedrich Boehnisch seit einigen Monaten abgängig sei und er zu Gewaltausbrüchen neigt. Er hat mehrere Selbstmordversuche hinter sich. Er ist ein Brandstifter, der einer Verurteilung aufgrund seiner Jugend zum Tatzeitpunkt entging. Stattdessen hat man ihn in die Irrenanstalt gebracht. Dort litt er an Wahnvorstellungen. Seine krankhaften Fantasien hingen immer im Zusammenhang mit einer Ordensschwester, die bei dem von ihm gelegten Brand ums Leben kam. Er war besessen von der Idee, dass sie noch am Leben ist und auf ihn warten würde. Einzig, wenn er malte fand er ein wenig Ruhe. Und seine Bilder sind von hoher Qualität. Ich habe welche gesehen.“

„Da stellen sich zwei Fragen“, mischte sich der Türmer ein. Die beiden anderen Männer schauten ihn abwartend an. „Warum hat man seine Flucht nicht gemeldet und was hat das alles mit meiner Schwester zu tun?“

„Das ist ganz einfach. Die Flucht dieses Boehnisch wurde sehr wohl gemeldet. Allerdings konnte sie nicht mit unserem Fall in Verbindung gebracht werden, es fehlte einfach die Verknüpfung. Was das mit Ihrer Schwester zu tun hat, erschließt sich, wenn man ein Bild der verstorbenen Ordensschwester betrachtet."

Richter kramte in seiner Jackentasche und holte eine verblichene Fotografie hervor. Es handelte sich um ein Gruppenbild, dass vor dem Kinderheim Sankt Margaretha erstellt wurde. Darauf waren die Heimkinder und die Ordensschwestern zu sehen. In der ersten Reihe stand eine Frau in einem Habit. Als der Türmer das Abbild der jungen Schwester, die Richter als die Verstorbene markierte, genauer betrachtete, blieb ihm der Atem stehen.

Sorbers klopfte zögerlich an die Tür der Gaststätte. Er wartete einen Moment und lauschte, ob sich im Inneren etwas regte. Augenblicke später schlug er fester mit der Faust an die Tür. Es dröhnte. Falls jemand im Haus war, musste er die Schläge gehört haben. Zur Sicherheit rief er noch: „Hallo? Ist da jemand? Ich benötige Hilfe."

Sekunden später schob sich ein Schlüssel in das Schloss der Tür. Es dauerte einen kurzen Moment, dann wurde die Tür einen Spalt geöffnet. Ein misstrauisches Augenpaar blickte durch den schmalen Spalt zwischen Tür und Rahmen.

„Wer sind Sie?", fragte der Fremde.

„Bitte", rief Sorbers flehentlich. „Sie müssen mir helfen."

„So?"

„Ich, … wir, also meine Begleitung und ich, wir sind nicht weit von hier überfallen worden."

„Was hab ich damit zu tun?"

„Meine Begleitung ist entführt worden. Vielleicht haben Sie etwas gesehen. Ich flehe Sie an, helfen Sie mir. Haben Sie vielleicht ein Telefon?"

Der Mann lachte kurz freudlos. Ein Telefon, dachte Sorbers. Dämliche Frage. Das Haus hatte sicherlich noch nicht mal eine Versorgungsleitung, so weit weg vom Schuss. Kein Wunder, dass die Gaststätte geschlossen war, wer verirrte sich schon in diese Einöde?

Während Sorbers mit seinen Gedanken beschäftigt war, öffnete sich die Tür komplett und der Mann sagte: „Selbstverständlich. Kommen Sie herein, wir können von meinem Anschluss aus die Polizei verständigen. Entschuldigen Sie mein Misstrauen, aber wenn man hier draußen allein wohnt, ist Vertrauen keine Eigenschaft, die sehr ausgeprägt ist."

„Vielen Dank", zeigte sich Sorbers erleichtert und betrat das Gemäuer. Er schaute sich kurz um. Alles in dem Haus schrie nach Renovierung. Sie standen in der ehemaligen Gaststube, die nur durch einige Holzsäulen gestützt wurde. Es war erstaunlich sauber in dem alten Gebäude. Freilich waren die Möbel alt und abgenutzt, aber hier schien jemand sehr viel Wert auf Sauberkeit zu legen.

An der Stirnseite des Raums konnte Sorbers die Theke ausmachen, über der vereinzelt Lampen hingen. Der Boden schien frisch gefegt worden zu sein und die Wände waren von einem aschfahlen Grau überzogen, aber auch hier schien jemand den Schmutz entfernt zu haben.

Wer putzt denn die Wände seines Hauses?, schoss es Sorbers durch den Kopf. Es roch nach Erde, die Luft war trocken und stickig. Der trotz der Sauberkeit umherfliegende Staub tanzte im wenigen Licht, dass in Bahnen durch die blinden Fensterscheiben drang. Sorbers Nase fing beim Anblick der Schwebeteilchen sofort an zu jucken. Er unterdrückte ein Niesen.

„Kommen Sie, das Telefon steht hier drüben", sagte der Fremde und ging voraus. Sorbers bedankte sich und folgte dem Mann. Er war erleichtert, dass er jemanden gefunden hatte, der ihm helfen konnte.

„Was genau ist denn passiert?", erkundigte sich der hilfsbereite Herr im Gehen.

„Wir waren auf einem Ausflug und legten einige Meter von hier eine kurze Pause ein. Ich wollte den Motor meines Automobils starten, als ich hinterrücks überfallen wurde. Als ich aufwachte war Charlotte weg."

„Charlotte?"

„Meine Begleitung."

„Ach so."

„Ich fand ihre Halskette im Gebüsch und bin den Spuren bis zu Ihrem Haus gefolgt."

„Und Sie haben niemanden sonst getroffen, der Ihnen helfen konnte?"

„Nein, Sie sind der Erste seitdem", antwortete Sorbers froh. „Ich bin Ihnen wirklich dankbar für die Hilfe."

„Ist doch selbstverständlich“, sagte der Mann freundlich. Er zeigte in eine Ecke und sagte: „Hier hinten ist der Telefonapparat. Bedienen Sie sich.“

„Besten Dank, Sie sind meine Rettung“, erwiderte Sorbers und ging an dem Mann vorbei in die ausgewiesene Richtung. Er erreichte wenige Schritte später die besagte Ecke. Doch er fand dort keinen Telefonapparat. Sein Blick suchte in der dunklen Ecke. „Hier ist kein Telefonapparat.“

„Natürlich nicht, du Dummkopf“, antwortete Boehnisch und schlug Sorbers mit einem kräftigen Schlag auf den Hinterkopf nieder.

Richter hatte die beiden anderen Männer zwar nicht vollends überzeugt. Allerdings mussten sie zugeben, dass man berechtigte Zweifel daran haben konnte, dass Sorbers der richtige Verdächtige war. Sie befanden sich in einer schwierigen Situation. Die Zeit rieselte ihnen durch die Hände wie feiner Sand. Charlotte war in größter Gefahr und sie hatten nicht den Hauch einer Ahnung, wo sie sich befand.

„Was sollen wir jetzt machen?“, fragte Schuhmann in die Runde. „Wir haben zwei Verdächtige und keine Ahnung wo sich auch nur einer aufhält, geschweige denn, wo sich das Opfer befindet.“

„Nenn sie nicht so“, fuhr der Türmer hoch. „Du sprichst hier von meiner Schwester. Und so lange wir nichts anderes wissen, ist sie kein Opfer.“

„Entschuldige.“

„Schwamm drüber. Wir müssen handeln. Sag lieber, was wir tun sollen?“

„Am besten wir teilen uns auf.“

„Und wie?“

„Richter schnappt sich ein paar Männer und sucht die Gegend um den Lohrberg ab. Da wollten die beiden hin. Vielleicht findet sich ja dort ein Anhaltspunkt.“

„Und was machen wir in der Zwischenzeit?“

„Wir besuchen einen alten Bekannten.“

Die Spuren laufen zusammen

Sorbers wachte benommen auf. Seine erneute Ohnmacht schien nur von kurzer Dauer gewesen zu sein. So ganz weggetreten war er ohnehin nicht gewesen. Es glich eher einer Benommenheit die ihn lähmte. Schemenhaft bekam er mit, wie ihn der Fremde gefesselt und in den Keller geschafft hatte. Nach und nach klarte er auf und erfasste die Situation. Der Mann stand über ihn gebeugt. Im dämmrigen Licht des Kellers erkannte er die Umrisse des Mannes. Unfähig zu sprechen beobachtete er die Geschehnisse um sich herum. Der Mann sprach vor sich hin.

„Was sollte ich denn machen?“, rief er aufgeregt. Sorbers kniff die Augen zusammen. War da noch eine Person. So sehr er sich auch anstrengte, es war ihm unmöglich noch jemanden zu erkennen. Vielleicht war die zweite Person hinter all dem Gerümpel seinem Blick verborgen. Aber er hörte die Antworten nicht. Sein Geist nahm etwas auf, was ihn zutiefst verstörte.

„Du kannst mir nichts mehr befehlen“, sprach der Mann hysterisch weiter. Dann schlug er sich mit voller Wucht ins Gesicht. Sorbers traute seinen Augen nicht.

„Du kannst mich so viel schlagen, wie du willst, ich werde niemanden mehr töten“, schrie der Mann weinerlich.

„Was ist hier los?“, murmelte Sorbers.

„Du halt dein Maul“, kreischte Boehnisch plötzlich in Sorbers Richtung. „Ich will keinen Mucks von dir hören. Ich werde sonst meine Entscheidung revidieren und dir den Garaus machen.“ Er kam auf Sorbers zu. In seinem Gesicht stand die nackte Wut, schwer kontrollierbarer Zorn. Sorbers schwieg. Er hatte Angst. Nur Zentimeter vor ihm blieb Boehnisch mit erhobener Faust stehen. Sorbers stellte sich auf einen Schlag ein. Doch der kam nicht. Stattdessen drehte der Angreifer ab und stapfte die Stufen der hölzernen Treppe nach oben, wo er knallend die Tür ins Schloss warf. Sorbers blickte ihm nach. Er hörte, wie sich die Schritte entfernten, dann war Stille.

Die Stille wurde durch ein Stöhnen unterbrochen. Also war doch noch jemand im Raum. Sorbers versuchte aufzustehen, was ihm nicht gelang. Seine Beine waren aneinandergebunden.

„Hallo?“, rief er verhalten. „Ist da jemand?“

Als Antwort kam wieder ein Stöhnen, eindeutig das einer Frau.

„Charlotte? Bist du das?“

„Adam?“, kam es leise zurück.

„Oh mein Gott“, entfuhr es Sorbers. „Charlotte, wo bist du?“

„Hier drüben.“

Sorbers bewegte sich so gut es ging in die Richtung, aus der die Stimme zu ihm drang. Nur schwerlich kam er voran, da er an Händen und Füßen gefesselt war. Es tat weh, aber er konnte seine Position verändern. Langsam kam er voran. Wenig später lag er erschöpft und völlig derangiert am Boden. Er hob mit letzter Kraft den schmerzenden Kopf. In der anderen Ecke des Raums sah er Charlotte in einen Habit gekleidet und gefesselt. Ihre Augen waren geschwollen vom Weinen. Als sie ihn sah, lächelte sie. Sorbers Kopf fiel vor Erschöpfung auf den modrigen Lehmboden. Die Schläge hatten ihm zugesetzt.

„Alles wird gut“, sagte er noch und verlor erneut das Bewusstsein.

Schuhmann ging zusammen mit dem Türmer zurück zum Automobil. Sie stiegen ein und fuhren in die Kaiserstraße.

„Was erhoffst du dir von dem Besuch bei Möhnring?“, fragte der Türmer auf der Fahrt.

„Wir haben die Sache von Anfang an falsch angepackt. Je länger ich darüber nachdenke, klingt mir Richters Verdacht plausibel.“

„Inwiefern?“

„Wir haben nur die Gästeliste. Dabei haben wir völlig vergessen, wer auch auf all den Empfängen war.“

„Das Personal“, fiel es dem Türmer wie Schuppen von den Augen. „Natürlich.“ Er schlug sich klatschend auf die Stirn.

„Mein Fehler“, gab Schuhmann zu.

„Nicht allein.“

„Das darf nicht passieren.“

„Ist es aber und jetzt mach dich nicht verrückt“, beruhigte ihn sein Freund. „Niemand ist perfekt. Aber woher weißt du, dass unser Mann bei Möhnring angestellt war?“

„Weiß ich nicht. Ist nur ein Verdacht.“

„Einen Versuch ist es wert.“

Kurz darauf hatten sie Möhnrings Haus erreicht. Schuhmann stellte das Fahrzeug direkt vor der Tür des herrschaftlichen Gebäudes ab. Er stürmte die wenigen Stufen zur Haustür empor und klingelte wie wild. Sekunden später wurde die Tür von Möhnrings Diener geöffnet.

„Ah, der Herr Kommissar. Was kann ich für Sie tun?"

„Drei Mal darfst du raten, Heinrich", bellte Schuhmann und schob sich am völlig perplexen Diener vorbei ins Haus.

„Sie können doch nicht einfach …", echauffierte sich dieser.

Schuhmann fuhr herum und hielt dem Diener seinen Zeigefinger unter die Nase.

„Ich kann, mein Freund. Und jetzt bring' mir deinen Herrn und Meister und zwar stehenden Fußes oder ich krame deine alten Akten hervor. Da wird sich sicherlich etwas finden."

Zum großen Erstaunen des Türmers reagierte der Diener umgehend und ohne Gegenrede. Minuten später kam Möhnring die Stufen der verschwenderisch ausgestatteten Lobby hinunter.

„Ah", rief er überschwänglich mit ausgebreiteten Armen und frechem Grinsen. „Holmes und sein beständiger Schatten, Doktor Watson", trallerte Möhnring zur Begrüßung. „Was führt die Herren denn erneut zu mir?"

„Sparen Sie sich Ihren Hohn", erwiderte Schuhmann kühl. „Wir müssen wissen, wer bei den fraglichen Empfängen als Kellner eingesetzt wurde."

„Das kann aber dauern", antwortete Möhnring ohne Mitleid erkennen zu lassen.

„Dann fangen Sie am besten gleich an."

Richter schnappte sich jeden verfügbaren Mann und lotste den Suchtrupp zum Lohrberg. Er teilte einige Männer dazu ein, Passanten zu befragen, ob das gesuchte Paar wirklich hier gewesen war. Andere wiederum suchten den gesamten Park und das Umfeld nach Hinweisen ab. Bei der Größe des Parks nahm dies einige Zeit in Anspruch. Richter lief von Mann zu Mann und stellte unentwegt dieselbe Frage.

„Konnten Sie etwas herausfinden?"

Meist wurde die Frage verneint. Nach etlichen Versuchen aber, sagte einer der Kollegen: „Ein Pärchen, das auf die Beschreibung passt, wurde heute am frühen Nachmittag auf der Liegewiese beobachtet. Der Wirt der Gaststätte hat sie von der

Terrasse aus dort drüben gesehen." Der Polizist zeigte auf eine Liegewiese in etwa fünfzig Metern Entfernung.

Richter schätzte die Entfernung von der Terrasse bis zur Liegewiese auf gut und gerne einhundert Meter.

„Das ist aber ein ordentliches Stück", kommentierte er zweifelnd. „Wo ist der Mann? Ich will mit ihm reden."

Der Polizist führte die beiden Männer zusammen. Der Wirt war ein dicker Mann, dessen Schürze mehr Flecken aufwies, als eine Großstadt Tauben hatte. Sein Haar war schütter und verschwitzt. Er roch nach Zwiebeln und altem Fett – und sah auch so aus.

„Was macht Sie so sicher, dass es unser gesuchtes Pärchen ist?"

„Na hörse ma", blaffte der Mann. „Isch kenn doch de Sorbers. Des iss doch en stadtbekannte Maler. Und wenn der ne neu Flamme dabei hat, guckt mer ach emal genauer hie. Hübsch warse."

„Und Zweifel sind ausgeschlossen?"

„Ausgeschlosse!"

„Wann genau war das?"

„Isch hab' nett uff die Uhr geguckt, aber des müsst so um die Mittachszeit gewese sei."

„Konnten Sie sehen, wohin das Paar danach gegangen ist?"

Der Wirt verzog das Gesicht.

„Sischer bin isch ett. Abber isch hab dem sein Mercedes uffm Parkplatz gesehe. Und hinnerher warer fort. Isch würd saache, die sinn zusamme fortgefahrn."

„Wissen Sie zufällig, wo das Fahrzeug des Herrn Sorbers stand? Möglichst genau, bitte."

„Ey, dann komme Se mal mit, isch zeischs Ihne."

Der Mann ging voraus und führte die Polizisten zu dem Platz, an dem Sorbers seine auffällige Luxuskarosse am Mittag abgestellt hatte. Man konnte tatsächlich die Reifenspuren im Kies sehen.

„Rufen Sie alle zusammen", befahl Richter dem Kollegen, der umgehend gehorchte.

Schuhmann und der Türmer hatten nicht so lange auf Möhnring warten müssen, wie dieser es angekündigt hatte. Scheinbar hatte er Ordnung in seiner Buchhaltung. Er kam mit einem Stapel Akten zurück in das Empfangszimmer und knallte die Mappen auf den Tisch.

„Bitte sehr, meine Herren“, sagte er mit einem erleichterten Schnaufen. „Bedienen Sie sich.“

„Können wir das Ganze nicht abkürzen?“, warf der Türmer ein.

Schuhmann nickte und sagte: „Zunächst interessieren wir uns für einen gewissen Herrn Boehnisch.“

„Warum lassen Sie mich dann den ganzen Papierberg hierher schleppen?“

Schuhmann zuckte nur mit den Schultern und unterdrückte ein bösartiges Grinsen. Möhnring durchblätterte den Stapel und zog eine der Akten daraus hervor. Er warf sie Schuhmann hin.

„Hier, das ist seine Akte. Ziemlich dünn, wenn Sie mich fragen.“

„Ich frage aber nicht“, gab Schuhmann zurück. Er konnte Möhnring trotz seiner wiederholten Hilfe immer noch nicht leiden. Einmal Verbrecher, immer Verbrecher.

Ungeduldig schlug er die Akte Boehnischs auf. Ganz vorne war der Arbeitsvertrag abgeheftet. Diesen überflog Schuhmann nur kurz und blätterte weiter. Im weiteren Verlauf wurde akribisch aufgeführt, wann, wo und wie lange Boehnisch bei welchen Anlässen gearbeitet hatte. Jeder einzelne Arbeitsnachweis wurde persönlich vom Angestellten quittiert. Schuhmann verglich die infrage kommenden Daten.

„Das passt“, sagte er schließlich. „Boehnisch war bei allen Empfängen zugegen. Er ist unser Mann.“

„Darf ich fragen, was meinem Mitarbeiter vorgeworfen wird?“, schaltete sich Möhnring ein.

„Menschraub und Mord.“

Möhnring zog die Brauen nach oben.

„Das ist starker Tobak“, kommentierte er. „Ich versichere Ihnen, nichts davon gewusst zu haben. Ich bin ein ehrbarer Geschäftsmann … geworden.“

„Ach, Möhnring“, sagte Schuhmann trocken. „Mit Ihnen sind wir doch durch. Sagen Sie uns lieber, wo wir den Kerl finden können.“

„Steht doch in der Akte.“

Schuhmann blätterte die Akte erneut durch. Tatsächlich fand er im Arbeitsvertrag die Adresse des Mannes.

„Wenn ich gewusst hätte, dass es so einfach ist, hätte ich uns viel Ärger ersparen können."

„Auf was warten wir?", fragte der Türmer und sprang auf. Schuhmann teilte die Meinung seines Freundes und folgte ihm. Beim Hinausgehen trafen sich die Blicke des Kommissars und Möhnrings. Mit einem kaum zu sehenden Nicken, bedankte sich Schuhmann bei seinem alten Widersacher.

Endlich wachte Sorbers auf. Charlotte war mittlerweile zu ihm herangerückt.

„Adam", flüsterte sie. „Wie geht es dir?"

„Schlecht."

„Du musst durchhalten. Er wird uns nichts tun. Ich weiß es."

„Was macht dich so sicher?"

„Weil wir immer noch am Leben sind", sagte sie. „Wenn sein Ziel unser Tod wäre, hätte er uns schon längst getötet."

„Aber was will er?"

„Er hält mich für eine andere Frau", erklärte sie. „Es muss sich um eine verstorbene Person handeln, die ihm viel bedeutet hat. Er bildet sich ein, ich wäre zu ihm zurückgekehrt."

„Können wir das nicht zu unserem Vorteil nutzen?"

„Wie meinst du das?"

„Was ist, wenn du mitspielst?"

Charlotte schwieg. Die Idee war nicht abwegig. Es war einen Versuch wert. Charlotte rief nach Boehnisch.

„Karl Friedrich?", rief sie laut. „Komm und binde mich los."

Beide Gefangenen lauschten. Schritte näherten sich der Kellertür, doch sie wurde nicht geöffnet.

„Karl Friedrich, was soll das alles hier?", rief Charlotte. „Ich dachte, du liebst mich. Geht man so mit seiner Liebsten um?"

Die Tür wurde langsam geöffnet.

„Charlotte?"

„Wer denn sonst, du Dummkopf", tadelte sie ihn sanft, beinahe liebevoll. Sorbers war erschrocken vom schauspielerischen Talent der jungen Frau. „Komm' her und beende dieses lächerliche Spiel mit den Fesseln."

Boehnisch stieg langsam die Treppe hinunter. Er machte Licht an, das die Gefangenen blendete. Sorbers schloss die Augen und stellte sich bewusstlos.

„Charlotte", flüsterte Boehnisch. „Bist du es wirklich?"

„Wer denn sonst? Binde mich los, was soll das alles hier?“

Als Boehnisch näher kam, erschrak Charlotte. Er sah gealtert aus. Sein Gesicht war eingefallen und unrasiert, seine Augen knallrot und sein Haar unfrisiert. Die Kleidung hing an ihm, als wäre sie geliehen. Er roch ungewaschen. Ein fürchterlicher Anblick.

„Sie wird uns nicht in Ruhe lassen“, sagte er resigniert und hockte sich vor seine beiden Opfer.

„Wen meinst du?“

„Hildegard.“

„Wer ist Hildegard?“

„Meine Schwester. Sie quält mich seit so vielen Jahren.“ Die Stimme des Entführers brach. Er schien nur mit viel Überwindung sprechen zu können. „Charlotte, du musst mir glauben, dass ich niemanden töten wollte.“ Er blickte ihr in die Augen. Sein Gesicht spiegelte unendliches Leid. „Ich wollte die Frauen nicht töten, aber Hildegard hat es mir befohlen. Sie war es, die all die Frauen getötet hat. Nicht ich, ich war nur ihr Werkzeug.“

„Ich verstehe nicht“, antwortete Charlotte.

„Natürlich nicht“, brüllte er plötzlich und sprang auf. „Du warst ja all die Jahre nicht da, du hast mich verlassen.“

„Beruhige dich“, versuchte Charlotte die Situation zu retten. Aber statt ruhiger zu werden, wurde Boehnisch immer lauter.

„Hau ab, Hildegard“, brüllte er und fuchtelte in der Luft herum. „Ich will, dass du endlich verschwindest.“

Er hielt sich die Ohren zu und schrie enthemmt. Charlotte bekam es mit der Angst zu tun.

„Karl Friedrich“, rief sie. „Hör mir zu.“

Er drehte sich zu Charlotte.

„Da ist niemand“, sagte sie eindringlich. „Du bildest dir das nur ein.“

„Aber da steht sie doch und lacht. Bist du blind? Dieses Lachen, ich kann es nicht mehr ertragen. Hörst du das denn nicht?“

Charlotte wusste nicht mehr weiter. Sie war völlig überfordert.

„Adam, du musst etwas tun“, raunzte sie ihrem Freund zu, der immer noch neben ihr lag und so tat, als wäre er ohnmächtig.

Er hob den Kopf leicht an und flüsterte: „Einen kleinen Moment noch.“

Boehnisch tobte weiter, schrie, warf Dinge umher, flippte völlig aus. Charlotte unternahm noch ein paar Versuche, zu ihm durchzudringen, scheiterte aber kläglich. Der Mann war wie eine rasende Lokomotive ohne Zugführer. Die Situation drohte zu eskalieren. Boehnisch kam auf Charlotte zu, er sprach verzerrt.

„Dieses Weib ist schuld an allem“, brüllte er und zeigte auf Charlotte. „Hätte sie mich nicht verraten, wäre alles anders gelaufen.“

„Was redest du da?“, antwortete Charlotte. „Ich habe dir nie etwas getan.“ Im Augenwinkel konnte sie sehen, wie Adam sich an seinen Fesseln zu schaffen machte. Er schien sich von den Fesseln befreit zu haben. Boehnisch war zu sehr mit seiner Raserei beschäftigt, um es zu bemerken.

„Ja, Hildegard du hast Recht“, sagte er schließlich. „Ich werde sie beide töten müssen.“

Charlotte wurde schwindelig. Die Wahnvorstellungen dieses Mannes waren stärker als sein Wille. Seine eingebildete Schwester trieb ihn zum Äußersten, das war Charlotte nun klar.

Boehnisch kramte in den Regalen des Kellers. Er suchte nach irgendetwas. Wie ein Tier fegte er durch den Raum.

„Hier muss es doch irgendwo sein“, murmelte er dabei. „Ich habe es doch vorhin noch gesehen.“

Dann endlich schien er gefunden zu haben, wonach er suchte. Er hielt einen langen Holzstiel in der Hand, an dessen Ende einmal ein Gartenwerkzeug gesteckt haben musste. Jetzt befand sich dort nichts mehr. Allerdings wirkte der Gegenstand in der Hand des Mörders wie eine Streitaxt. Mit dem Knüppel in der Hand trat er vor Charlotte. Er schaute sie mit irrem Blick an. Dann schien ihm etwas einzufallen.

„Ich sollte vielleicht erst diesen Kerl hier ausschalten. Was meinst du, Hildegard?“ Er deutete mit dem Knüppel auf den jetzt wieder regungslosen Adam am Boden. „Dann sind wir ja endlich mal einer Meinung.“

Der Rasende drehte sich zu Sorbers, holte weit über den Kopf mit dem Knüppel aus. Der Knüppel schoss hinab, während Charlotte einen gedehnten Schrei losließ.

Zu aller Überraschung drehte sich der vermeintlich Bewusstlose im letzten Moment auf die Seite, löste seine Fesseln, griff nach einem Gegenstand und warf diesen dem Angreifer mitten ins Gesicht. Boehnisch heulte auf. Er hielt sich das

Gesicht. Sorbers hatte ihm ein Einmachglas mitten auf die Nase geschleudert. Hastig nutzte Adam die Zeit, um den letzten Rest seiner Fesseln zu entfernen. Charlotte schaute gespannt zu. Es lief alles wie in einem Aquarium an ihr vorbei. Als stünde sie davor und beobachtete die Geschehnisse. Sie sah, wie Adam sich befreien konnte, aber auch, wie ihr Widersacher sich erholte und einen neuen Angriff vorbereitete. Während Boehnisch nach der Keule griff, die er fallen gelassen hatte, stürzte Sorbers auf Charlotte zu, um ihr zu helfen.

„Pass auf", schrie Charlotte, als sie hinter Adam sah, wie Boehnisch erneut zum Schlag ausholte. Instinktiv rollte Adam sich zur Seite und entging dem Schlag. Krachend schlug der Holzschaft kurz vor Charlottes Beinen ein. Boehnisch war nun völlig animalisch. Er schien komplett die Kontrolle über sein Tun verloren zu haben. Adam bekam etwas zu greifen, mit dem er sich verteidigen konnte. Es war zwar nur ein Besenstiel, der wesentlich dünner als der Knüppel seines Gegners war, aber immer noch besser als nichts. Adam konnte ein paar Schläge Boehnischs parieren. Ein erbitterter Kampf entbrannte. Charlotte war immer noch gefesselt.

Richter und seine Kollegen folgten den wenigen Spuren, die durch die Automobile auf dem Lohrberg hinterlassen wurden. So dauerte es nicht lange, bis sie Sorbers Mercedes gefunden hatten. Richters Gedanken rasten. Hier stimmte doch etwas nicht. Er hatte bis dahin noch immer Zweifel an seiner Version gehabt. Doch jetzt war er sicher, dass Sorbers nicht der richtige Mann war. Er würde nicht sein Automobil zurücklassen, wenn er die Schwester des Türmers in seiner Gewalt hatte. Er lief um das Fahrzeug herum und suchte nach Hinweisen. Als er am Bug ankam, blieb er stehen.

„Das ist doch Blut", murmelte er. Tatsächlich war ein kleiner dunkelroter Fleck an der sonst blankpolierten Stoßstange zu erkennen. „Hier muss ein Kampf stattgefunden haben."

Sofort befahl er seinen Männern die Gegend um das Automobil gründlich nach Kampfspuren und Hinweisen, die Aufschluss über den Verbleib der Insassen geben könnten, abzusuchen. Schon nach wenigen Minuten wurde sein Name gerufen. Hastig eilte Richter zu einem Kollegen.

„Hier, Herr Richter", sagte der Polizist und zeigte auf den Boden. „Schleifspuren und das hier habe ich im Gebüsch gefunden." Er hielt einen Damenschuh in der Hand.

„Gut gemacht, weitersuchen", sagte Richter knapp und nahm den Schuh an sich. Tatsächlich führte die Spur weiter auf dem Feldweg entlang und durch das Unterholz auf eine größere Straße. Dort verlor sich die Spur, weshalb Richter wieder seine Leute ausschwärmen ließ.

„Weißt du wo das ist?", fragte der Türmer, als sie ins Fahrzeug stiegen, um Boehnisch einen Besuch abzustatten.

„Irgendwo Richtung Vilbel", vermutete Schuhmann und startete das Fahrzeug mittels der Kurbel. Tuckernd sprang der Motor an und schüttelte die Karosserie. Schuhmann zog die Kurbel ab und sprang an den Steuerstand. „Wir werden es schon finden."

Sie fuhren alsbald die Friedberger Landstraße stadtauswärts entlang. Frankfurt in ihrem Rücken wurde kleiner, sie passierten die Friedberger Warte als letzte Bastion der Stadt und fuhren weiter nach Osten, wo nur wenige Kilometer weiter das kleine Städtchen Vilbel lag. Auf halben Weg nach Vilbel befand sich das Alte Zollhaus, dort würden sie anhalten und nachfragen, wo sich denn der Heiligenstock befindet, wo Boehnischs Adresse laut Arbeitsvertrag war.

Schuhmann hielt an und fragte einen jungen Mann, der im Vorgarten des Alten Zollhauses Unkraut jätete.

„Guten Tag, junger Mann", grüßte Schuhmann. Der Angesprochene nickte nur zum Gruß und unterbrach seine Arbeit. „Wir suchen nach einer Adresse am Heiligenstock, können sie uns darüber Auskunft erteilen?"

„Da gibt's eigentlich nur ein Haus, das ist die *Alte Käthe*."

„Alte Käthe?"

„Ja, das war mal eine Gaststätte." Der Mann verzog das Gesicht und sagte dann: „Wohl eher eine Spelunke. Ziemlich heruntergekommen."

„Wo finde ich dieses Haus?", beharrte Schuhmann.

„Da sind sie schon zu weit. Einfach hier ein paar Meter wieder zurück und dann rechts in den Wald hinein. Da gibt es nur einen Weg, das können Sie nicht verfehlen. Sie stoßen direkt darauf."

„Besten Dank“, sagte Schuhmann und tippte sich an den Hut.

Der Polizist hielt kurz inne. Dann bedankte er sich erneut und setzte den Wagen zurück.

Der Kampf war unerbittlich. Während Boehnisch wie ein Wahnsinniger auf Sorbers eindrosch, schrie Charlotte, sie sollen damit aufhören. Doch die beiden Männer hörten nicht auf sie. Sie hatten sich gegenseitig blutende Wunden zugefügt. Der Kampf war anstrengend, zumal Adam ohnehin geschwächt war. Die Kontrahenten standen sich nun lauernd und erschöpft gegenüber. Sie taxierten den Gegner und warteten darauf einen Lücke in der jeweiligen Deckung zu finden und diese eiskalt zu nutzen. Beide Männer waren bereit, bis zum Äußersten zu gehen, ein Kampf auf Leben und Tod.

Sorbers schlug nun wieder auf Boehnisch ein. Doch er verfehlte sein Ziel, kam ins Straucheln und stolperte an ihm vorbei. Er verlor das Gleichgewicht und fiel gegen ein Regal. Krachend kippte es um und verteilte den Inhalt im Raum. Sorbers lag darauf und bot ein einfaches Ziel. Boehnisch nutzte seine Chance und prügelte mit der Holzstange auf den Wehrlosen ein. Mit einem hässlichen Geräusch donnerte der Knüppel auf den Rücken Sorbers. Der Getroffene schrie auf, der Schlag zeigte Wirkung. Mit letzter Kraft rollte sich Sorbers von dem Regal, schaffte es irgendwie auf die Beine. Vornübergebeugt nahm er Abstand von seinem Gegner, der allerdings mit seinen Kräften ebenfalls am Ende schien. Beide Männer taumelten durch den Keller, Charlotte lag immer noch gefesselt in der Ecke des Raumes und war der Verzweiflung nahe.

Sorbers stolperte erneut. Er verlor kurz die Konzentration, was Boehnisch sofort ausnutzte und ihm den Rest gab. Er zerschlug mit einem schwungvollen Schlag die Kniescheibe Sorbers. Schreiend fiel dieser zu Boden. Der Schmerz war zu stark, seine Kraft zu wenig, als dass er sich davon erholen konnte. Schnaufend stand Boehnisch vor ihm. Der Kampf war entschieden.

Finale

Wie es der Gärtner vom *Alten Zollhaus* beschrieben hatte, führte der einzig befahrbare Weg zu besagter Gaststätte. Schuhmann und der Türmer stiegen aus und besahen sich das Objekt.

„Da soll einer wohnen?“, zweifelte der Türmer.

„Sieht nicht sehr bewohnt aus“, gab Schuhmann zu. Er ging ein paar Schritte auf das Gebäude zu. „Aber ein anderes Haus gibt es hier nicht.“

„Schon wieder sind wir falsch“, resignierte der Türmer. „Ich mache mir langsam die allergrößten Sorgen um meine Schwester. Wenn wir nicht bald eine brauchbare Spur finden, ist alles dahin.“

Schuhmann überlegte kurz, ob er seinem Freund Trost spenden sollte, er kam aber letztendlich zu dem Schluss, dass es wenig Sinn machte. Er würde nie die richtigen Worte finden können.

„Ich gebe zu, ich stehe vor einem Rätsel“, sagte er stattdessen. „Sie kann doch nicht vom Erdboden verschwunden sein.“

„Lass uns gehen, Gerd“, antwortete der Türmer matt. „Vielleicht hat Richter etwas gefunden.“

Kaum hatte er den Satz vollendet trat Besagter aus dem Gebüsch. Verblüfft blieb er stehen. Dann hatte er sich orientiert und ging zu den beiden Männern.

„Mein Herren, was führt Sie hierher?“, fragte er.

„Wir haben diese Adresse genannt bekommen. Hier soll sich Boehnisch niedergelassen haben. Aber wie Sie sehen …“, er deutete auf das verfallene Haus, „… wohnt hier niemand.“

„Was macht Sie da so sicher?“

„In diesem Haus kann niemand wohnen. Schauen Sie sich die Bruchbude doch mal an.“

„Das werde ich“, sagte Richter entschlossen und marschierte direkt auf das Haus zu.

Schuhmann lächelte milde und ließ ihn gewähren. Nach und nach trafen auch die anderen Kollegen ein.

Einer berichtete von dem Fund des Mercedes, und dass die Spuren hierher führten.

„Vielleicht sind wir hier doch richtig“, schöpfte Schuhmann wieder neuen Mut. Er ging auf das Haus zu, vor dem Richter mit in die Hüften gestemmten Händen stand. Sein Blick schweifte über die Fassade.

„Hier stimmt etwas nicht“, sagte er, als Schuhmann neben ihn trat.

„Was meinen Sie?“

„Das Gemäuer wirkt trotz seines bedauerlichen Zustands nicht tot“, erklärte Richter. „Das ist verwirrend.“

„Wir sollten einmal um das Haus herum gehen.“

Die beiden Polizisten taten, was Schuhmann vorgeschlagen hatte. Richter ging rechts am Gebäude vorbei und Schuhmann nahm sich die linke Seite vor. Es war nicht so einfach, einen Weg um das Haus zu finden, da die Vegetation weite Teile des Geländes für sich beanspruchte. Es dauerte eine Weile, bis sich die beiden Männer an der Rückseite wieder trafen.

„Ich konnte nichts Auffälliges finden“, sagte Richter.

„Geht mir genauso“, klagte Schuhmann enttäuscht.

„Wir sollten einen Weg hinein finden“, schlug Richter vor.

„Das wäre Hausfriedensbruch“, widersprach Schuhmann.

„Es ist Gefahr in Verzug, Herr Kommissar“, erinnerte der kleine Mann.

„Sie haben Recht. Gehen wir hinein.“

Sorbers war am Ende seiner Kräfte. Es ging um nicht weniger als sein Leben, an dem er sehr hing. Dennoch war es ihm unmöglich weiterzukämpfen. Sein Knie war zerschmettert, sein Kopf hatte heute etliche schwere Schläge einstecken müssen, mehrere schmerzhafte Wunden übersäten seinen Körper und seine Arme waren schwer wie Blei. Es war zu Ende, er hatte verloren und mit ihm Charlotte.

Er schaute nach oben, wo sein Gegner stand. Er war auch erschöpft, aber er stand auf seinen Beinen, das war entscheidend. Irgendwo hörte er das Weinen Charlottes, sein Kopf wollte aufstehen und weiterkämpfen, aber sein Körper verweigerte den Dienst.

Verschwommen sah er, wie sein taumelnder Gegner den Knüppel über den Kopf hob und nochmals zum Schlag ansetzte. Adam Sorbers schloss mit dem Leben ab, schickte ein Stoßgebet zum Himmel und schloss die Augen.

Da knallte es zwei Mal.

Das Knallen verwirrte Sorbers. Ein Knüppel knallt nicht. Und wenn ein Knüppel einen Schädel zertrümmert, hört man sicherlich kein knallendes Geräusch.

Verwundert öffnete er die Augen. Boehnisch stand noch immer vor ihm, verharrt in der Pose zum Schlag auf seinen Kopf. Doch dann geschah etwas Unerwartetes, Boehnisch ließ den Knüppel nach hinten aus seinen Händen gleiten. Gleichzeitig sackte er auf die Knie und kippte vornüber.

Sorbers war nicht sicher, was er da gerade gesehen hatte. Als sein Blick endlich klarer wurde, sah er viele Männer, die in den Keller stürmten, Boehnisch schnappten und herumriefen. Jemand kam zu ihm und fragte nach seinem Befinden, er war nicht imstande zu antworten. Er deutete nur auf sein Knie. Das verzerrte Gesicht des Polizisten, als dieser die Verletzung sah, war das Letzte an das Sorbers sich erinnerte.

Epilog

Schuhmann und der Türmer saßen einige Tage später im Abendrot auf der Aussichtsplattform des Doms. Es war noch recht warm zu dieser Stunde. Vor ihnen, auf einem kleinen Tisch, stand ein Bembel, voll mit feinstem Stöffchen und zwei gefüllte Gerippte.

„Mein lieber Freund, das war knapp“, sagte Schuhmann und schnappte sich sein Glas. Der Türmer tat es ihm gleich. Melodisch stießen sie die Gläser aneinander und tranken.

„Das kannst du laut sagen“, stimmte der Türmer zu.

„Mein lieber Freund, das war knapp“, wiederholte Schuhmann laut und grinste. Heinrich schaute ihn an und schüttelte den Kopf. Schuhmann grinste noch breiter und sagte: „Komm schon, du musst nicht mehr griesgrämig sein. Wir haben den Mörder gefangen, wenn auch nur tot. Aber wir haben Adam Sorbers gerettet und deine Schwester unversehrt nach Hause gebracht.“

„*Körperlich* unversehrt“, schränkte der Türmer ein. „Ich fürchte, sie wird noch einige Zeit daran zu knabbern haben.“

Schuhmann nickte zustimmend.

„Wie geht es eigentlich Sorbers?“, fragt der Türmer.

„Er wird wohl nie wieder normal laufen können“, antwortete der Kommissar. „Seine Knieschiebe war in tausend Stücke gesplittert. Die restlichen Verletzungen waren für sich gesehen harmlos, aber zusammengenommen bedrohlich“, fuhr er fort.

„Und seine Kopfverletzungen?“

Schuhmann lachte auf. „Er ist wohl ein Dickschädel allererster Güteklasse. Mehr als ein paar Tage Kopfschmerzen werden da wohl nicht zurückbleiben.“

„Na, dann ist ja alles gut“, schloss der Türmer und schenkte sich noch einen Äppler ein.

Danksagungen

Ich bedanke mich bei all denen, die mich bei diesem Buch unterstützt haben. Angefangen bei Reiner und Olli die es immer wieder ertragen, dass ich sie mit meinen Ideen so lange nerve, bis ich endlich zufrieden bin. Marcel sei hier besonders erwähnt. Er ist unermüdlich in der kreativen Umsetzung meiner wirren Ideen. Danke, kleiner Bruder.

Natürlich muss auch Erika, der dieses Buch gewidmet ist, gedankt werden. Ohne ihre Beharrlichkeit, wäre dieser Roman gar nicht entstanden. Ich bedanke mich bei Herrn Krahl, der mir einen kleinen Einblick in die tiefen der menschlichen Psyche gestatte. Auch Christine Ellger und Gisela Froese bin ich zu großem Dank verpflichtet. Beide haben mich in nicht unerheblicher Weise bei diesem Buchprojekt freundlicherweise unterstützt.

Ich habe mich auch bei Frank Demant zu bedanken, der mir die Tür zur Veröffentlichung aufgestoßen hat. Auch wenn wir nicht immer einer Meinung waren, habe ich viel von ihm gelernt. Meinen Jungs Till und Pitt danke ich für ständige Erdung und den Blick fürs Wesentliche im Leben. Bei meiner Frau Conny habe ich mich literarisch nicht zu bedanken … aber ich danke ihr dafür, dass sie es nicht aufgibt, zu versuchen einen besseren Menschen aus mir zu machen.

Ich bedanke mich sogar bei meinen Kritikern, denn auch die verbessern mich. Aber nur bei den konstruktiven. Die sogenannten *Kritiker* auf Amazon oder sonst wo, die sich als notorische Schlechtredner auf Kosten anderer profilieren wollen, sollen an ihren kluggeschissenen Gedanken ersticken und versuchen, selbst einen Roman zu schreiben und in die Veröffentlichung zu bringen, damit Sie wissen, wie viel Arbeit darin steckt.

Und natürlich danke ich nicht zuletzt Ihnen, liebe/r Leser/in dafür, dass Sie mein Buch gekauft haben. Haben Sie es illegal heruntergeladen, verdamme ich Sie. Haben Sie es geliehen, bin ich nicht ganz so böse. Ich hoffe aber in jedem Fall, dass ich Sie für ein paar Stunden entführen konnte in die kleine Welt aus meinem Kopf. Wenn es Ihnen gefallen hat, sagen Sie es weiter. Wenn nicht, behalten Sie es für sich.

Weitere Romane von Meddi Müller

Der Gewürzhändler zu Frankfurt

Frankfurt Mitte des 18. Jahrhunderts. Arthur ist ein einfacher fahrender Händler entlang von Main und Rhein, bis ihm ein Unwetter Hab und Gut raubt. Er wird von einem Flörsheimer Gutsherren gerettet und verliebt sich in dessen Tochter Elisabeth. Nach einem Streit mit Arthur willigt Elisabeth in die von ihrem Vater arrangierte Hochzeit mit einem fränkischen Adligen ein. Zu diesem Zeitpunkt ist sie jedoch bereits schwanger. Als Elisabeths Ehemann von dem Kind erfährt, muss Arthur das Gut fluchtartig verlassen. Sein Weg führt ihn zurück in seine Geburtsstadt Frankfurt, in der er den Gewürzhandel erlernt und sich schnell in den Kreisen des gehobenen Bürgertums etabliert. Als er Elisabeth und den gemeinsamen Sohn aus den Fängen des Adligen befreit, scheint das Glück perfekt. Doch die Ereignisse nehmen eine Wendung, die Arthur in sein größtes Abenteuer stürzen: Die Seereise nach Indien.

Erleben Sie die spannenden Abenteuer des Gewürzhändlers Arthur. Gehen Sie mit ihm auf große Reise und erfahren Sie, welche Unwegsamkeiten ihm auf seiner langen Odyssee zurück nach Hause widerfahren.

Erschienen im Röschen-Verlag
ISBN 978-3980991599
432 Seiten
Preis: € 12,95
Auch als eBook erhältlich

Handsignierte Exemplare auf www.meddimueller.com

Der Türmer

Frankfurt am Beginn des 20. Jahrhunderts. Feuerwehrmann Heinrich Niemann ist der neue Türmer im Kaiserdom. Eines Morgens macht er bei seinem täglichen Rundgang im Glockenraum eine schreckliche Entdeckung: Eine tote Frau. Der Türmer läuft sofort zum Polizeipräsidium, um seinen Fund zu melden. Als er in Begleitung der Wachtmeister zum Tatort zurückkehrt, finden Sie nur eine alte Wolldecke. Die Frau, die der Türmer gesehen haben will, ist verschwunden. Niemand glaubt dem Türmer, denn: ohne Leiche – kein Mord. Doch der eigenwillige Feuerwehrmann gibt nicht auf. Er weiß, was er gesehen hat und ermittelt auf eigene Faust. Schon bald findet er in Kommissar Schuhmann einen Freund und Helfer. Doch die beiden merken schnell, dass aus anfänglicher Neugierde tödlicher Ernst geworden ist …

Erschienen im Röschen-Verlag
ISBN 978-3940908049
208 Seiten
Preis: € 10,50 inkl. Versand
Auch als eBook erhältlich

Handsignierte Exemplare auf www.meddimueller.com

Glanzgold

Der zweite Fall des Türmers

Frankfurt 1909. Heinrich Niemann ist der Türmer des Frankfurter Doms. Er lebt ein ruhiges Leben hoch über der Stadt. Als seine Schwester Charlotte von Hannover nach Frankfurt zieht, ändert sich das jedoch bald. Durch einen Zufall lernt sie den charmanten aber geheimnisvollen Heiko Lorenz kennen. Sie ist begeistert von ihrem neuen Bekannten. Doch dem Türmer missfällt die Liaison seiner kleinen Schwester. Er wittert hinter der perfekten Fassade Ungemach. Irgendetwas stimmt nicht mit diesem Lorenz.

Als Charlotte zufällig ein geheimnisvolles Gespräch zwischen Lorenz und einem gewissen Herrn Hoffmann belauscht, beginnt ein Wettlauf gegen die Zeit. Charlotte berichtet Ihrem Bruder von dem Gespräch, in dem das Datum 19. Mai 1909 gefallen ist. An diesem Tag besucht Kaiser Wilhelm II. die Stadt. Plant Lorenz ein Attentat auf den Kaiser? Welche Rolle spielt dieser ominöse Hoffmann in diesem Stück? Warum wollen Sie den Kaiser töten? Oder wollen Sie ihn doch nicht töten und alles ist nur ein Missverständnis?

Der Türmer ermittelt in seinem zweiten Fall, der ihn auch in die Wetterau führt, wieder auf eigene Faust und gegen alle Widerstände. Charlotte hält zu ihrem Geliebten und Heinrichs Freund Kommissar Schuhmann verweigert die Zusammenarbeit. Ohne Beweise kann und will er nicht eingreifen. Doch der Türmer ist felsenfest davon überzeugt, dass Lorenz etwas im Schilde führt. Doch manchmal kommt es anders als man denkt …

Unter Verdacht

Der dritte Fall des Türmers

Frankfurt, im Frühjahr 1910. Kommissar Schuhmann wird im Morgengrauen verhaftet. Ihm wird vorgeworfen, Hildegard Rüdgers ermordet zu haben. Es gelingt ihm jedoch, in den Frankfurter Dom zu flüchten, wo ihm vom Pfarrer Asyl gewährt wird. Die Beweise gegen ihn sind erdrückend. Die Polizei lässt sich nicht mehr lange hinhalten und droht damit, den Dom zu stürmen. Die Zeit drängt. Schuhmanns Freund, der Türmer Heinrich Niemann, steht zu ihm und ermittelt verdeckt in Frankfurts Unterwelt, um seinen Freund zu entlasten. Er schleust sich in die *Barmherzige Bruderschaft* ein, die unter dem Deckmantel der Wohltätigkeit Verbrechen verübt. Doch die mächtige Bande geht mit Verrätern nicht gerade zimperlich um …

Der dritte Fall des Frankfurter Türmers ist zugleich sein gefährlichster. Spannung bis zur letzten Seite.

Erschienen im Verlag M. Naumann
ISBN 978-3943206180
Preis: € 12,80
Noch nicht als eBook erhältlich
Handsignierte Exemplare auf www.meddimueller.com

Besuchen Sie mich im Internet

Auf **www.meddimueller.com** gibt es viel zu entdecken. Kurzgeschichten, Gedankengänge, den Nixnutz-Award, der einzige Preis der nix nutzt, ein Schreibtagebuch über die Entstehung dieses Romans, einen Blog u.v.m.… schauen sie doch einfach einmal hinein. Gerne können Sie mich auch auf Facebook als „Freund“ hinzufügen, damit Sie immer auf dem Laufenden bleiben. Allerdings sollten sie zur Anfrage eine Nachricht schicken und mir mitteilen, dass Sie ein/e Leser/in sind, damit ich sie einordnen kann.

Bis dahin

Lesen Sie wohl

Ihne Ihrn

Meddi Müller